电脑骑士

赫连佳新　著

中国文联出版社

图书在版编目（CIP）数据

电脑骑士 / 赫连佳新著 . -- 北京：中国文联出版
社，2018.1（2024.6 重印）
ISBN 978 - 7 - 5190 - 3327 - 9

Ⅰ . ①电… Ⅱ . ①赫… Ⅲ . ①科学幻想小说—中国—
当代 Ⅳ . ①I247.5

中国版本图书馆 CIP 数据核字（2017）第 303904 号

著　　者　赫连佳新
责任编辑　周小丽
责任校对　贾文梅
装帧设计　春天·书装工作室

出版发行　中国文联出版社有限公司
地　　址　北京市朝阳区农展馆南里 10 号　　　　邮编　100125
电　　话　010 - 85923025（发行部）　　　　　85923091（总编室）
经　　销　全国新华书店等
印　　刷　三河市华东印刷有限公司

开　　本　710 毫米×1000 毫米　　　1/16
印　　张　17.5
字　　数　227 千字
版　　次　2024 年 6 月第 1 版第 3 次印刷
定　　价　78.00 元

前　言

　　这是一部科幻小说，当然不是网络上很多奇思异想的穿越奇文，也不是想到哪儿就是哪儿的童话。这部奇案小说就像我们平常的生活那样，是发生在这个世界上的故事。只不过是用那些前瞻性的科学预见来连贯起整个书中的人物和故事。我们知道，科学为我们带来了生活中的巨大改变和进步，表现的只是客观的真理。但是它从来没有为我们人类承诺，科学一定会为我们带来和平和幸福。有时候你能感觉到，科学技术一味的前行，对我们人类的感情无动于衷，对由此产生的哀怨也是不闻不问。可是我们只能设法和科学生活在一起，因为没有任何力量，能够恢复被它摧毁的幻觉。像那些核子武器，机器人的发展，对 DNA 技术的嫁接，军事科技的发展……我们应该担心对科技成果的滥用以及对未来缺乏规范的科技创新都会给人类带来致命的威胁。

　　沃什达士曾经一针见血地指出："真正反人类的，恰恰是人类自己的短期需求。人们在自然科学上所有不懈努力的结果，就是用自己的智慧去创造敌人，然后再由它们来毁灭人类本身和我们的星球。"当然，面对这些现实我们不是毫无办法，伟大的科学家爱因斯坦说："在人类无法运用和控制其余所有宇宙上那些与我们作对的能量之后，我们迫不及待地需要一种能量来滋养我们。如果想要自己的物种得以存活，如果我们发现了生命的意义，如果我们想拯救这个世界，和每一个居住在世界上的生灵，爱是唯一的答案。"

目　录

发生时间：2013—2015 年

人物索引

布里斯·叶赫：国际刑警法国中心局警官（华裔），医学、心理学、计算机学博士，26 岁。

伊　娃：警官，布里斯小组成员，28 岁。

露西亚：警官，布里斯小组成员，29 岁。

阿尔弗雷德：国际刑警法国中心局高级警官，LFGC 指挥官。

公　主：电脑骑士成员之一，南非公主，智商 260。

酋　长：电脑骑士成员之一，智商 240。

奥勒流：电脑骑士成员之一，智商 230。

埃丽娜：美国心理学学者，美国政府 BLUE 机构（测试社会发展可能产生的对立因素组织）特务，电脑骑士的 W 层管理员，实际的电脑骑士控制者。

引　言

　　骑士是欧洲中世纪时受过正规军事训练的骑兵的称号，后来演变为一种荣誉称号，用于表示一种社会阶层。而"电脑黑客"一词，源于英文 Hacker，指热心于计算机技术，水平高超的电脑专家，但到了今天，"黑客"一词已被用于泛指那些专门利用电脑搞破坏或恶作剧的家伙。对这些人的正确英文叫法是 Hack，有人翻译成"骇客"。

　　解释完骑士的词意，我的故事现在开始了，这是我所经历很多奇特案件中的第一个，直到今天，我还在世界的某个角落里，寻找着手中案件的线索。你们知道我不是 007 那样的间谍，只是一名刑事警察，一个供职于法国国际刑警中心局的年轻警官。因为我继承了家族传统的基因，那就是太爷爷、爷爷和父亲给予的，对于解开各种人世间秘密的灵感。可是在我心中，英雄只有一个人——美籍华人神探李昌钰先生。

黑客袭击

很多著名的黑客破解密码，并非用的什么尖端的技术，而只是用到了密码心理学，研究用户的心理，从细微处入手分析用户的信息，分析用户的心理状态，从而更快地破解出密码。其实，获得信息还有很多途径，密码心理学如果掌握得好，可以非常快速破解获得用户的信息。

——叶赫兴安

神秘邮件

年轻刑警……直接挑衅……奇怪爆炸……破解邮件

看了看手机上的日历，才发现已经是 2013 年 11 月 6 日，我在巴黎的国际刑警法国中心局电讯中心，见习已经整整一年了。说起来在国外这么多年，还是法国的感受最为深刻，那就是巴黎的早晨太美了。一年四季，巴黎都有她极为妩媚的一面。每天在清晨上班的途中，我都要仔细地观察，努力积累着各种对环境描述的词汇。今天我却顾不上欣赏那些景观，只是心里默念着那两句诗："黄昏成就了清晨的叹息，清晨开启了黄昏的惊喜……"开着汽车直奔上班的地方——法国国家警察总局。

我住的警官宿舍离总局很远，每天有一个小时会浪费在拥堵的路上。今天一早我随身携带的专用手机，忽然显示了局里的命令："请立即跟随阿尔弗雷德高级警官，到里昂国际刑警总部报到，这是一次重要的学习任务。"国际刑警组织全称为"国际刑事警察组织"，由 1923 年成立的"国际刑事警察委员会"延续而成。自从 1956 年更名以后，已经是具有 190 个成员国，世界上最大的各国刑事警察间合作组织，也是联合国以外的第二大国际组织。它的主要责任是为调查恐怖活动、有组织罪案、科技罪案等严重的跨国罪案，提供技术支持、情报交换和协调工作。我去里昂国际刑警总部，是和那位叫阿尔弗雷德的高级警官一起去，他是国际刑警分局里的电脑专家，有四十多岁了。这位阿尔弗雷德从来都是少言寡语、视线略微向上，一脸高傲、

拒人于千里之外的样子。看高级警官那高耸的大鼻子，就知道阿尔弗雷德是个典型的高卢人。我看了一眼那个大鼻子上司，心里不满地想："不与别人交谈，完全不谈自己，是一种甚为高贵的虚伪……"里昂距离巴黎470公里，我们选择了坐高速列车，时间大概要两个小时，两个人背靠背地坐在车厢里，一声不吭地想着自己的事情。

我今年26岁，名字叫布里斯·叶赫（Bruce），叶赫是姓，布里斯是名字，具体就是一座森林的意思，这是我的法国名，我是华人，所以还有一个中国名字叫叶赫兴安。看到后面的名字，你就会懂得我为什么会起一个布里斯的法国名字了。我是一名九〇后，出生在中国吉林小兴安岭的长白山。从小就爱看那些侦探小说，什么《福尔摩斯探案集》，英国女侦探小说家阿加莎·克里斯蒂的作品《东方快车谋杀案》和《尼罗河谋杀案》。还有日本大师松本清张、森村诚一的推理小说，就连日本漫画家青山刚昌创作的侦探动漫《名侦探柯南》，也是每集必看。实际上我小学只读了三年，就考上了初中，到初三的时候，我已经把高中的课程全学完了，最后被一家科技大学的少年班录取。在大学里我读了最喜爱的计算机专业，家里人希望我去当医生，在奶奶的压力下又同时兼修医学三年。16岁时我以医学和电脑两个专业的双学士毕了业。然后考上美国斯坦福大学的心理学硕士，七年后在获取心理学博士学位离校的同时，我也戴上了本校计算机工程专业的博士帽。中国来的同学们都说我是"神童"，其实他们那些人一点都不笨，只是整天游手好闲不愿意学习而已，而我是按照自己的目标去刻苦攻读的。按理说这个时候我的前途基本就确定了，在美国有很多的公司需要我这样的人才，以后衣食无忧地来往于美国和中国，慢慢地娶妻生子其乐融融。家里人都以我为豪，可是他们万万没有想到，我却偷偷地跑到法国来，以23岁的年龄，考取了法国的警察学院。为什么专门考取法国的警察学院？因为国际刑警总部在法国的里昂。你们一定奇怪地想："这小子一定是疯了……"其实我是在实现自己的理想："做一个像我太爷爷、爷爷和父亲那样的神探……一定要先当一名国际刑警。"这可不是英国 007 那样的风流间谍，而是美国华裔神探李昌钰那样的人。

在美国的时候，我得知了刑侦领域"李昌钰"这三个字的分量，他相当于篮球界的乔丹、流行歌曲界的杰克逊、喜剧电影界的卓别林，要是把他形容为神探一点也不为过。李昌钰一共侦破了八千多起案件，是美国刑侦最厉害的鉴识专家，同样是美国警界迄今为止职位最高的亚洲人，连他主演的电视剧都拿过两次大奖。他有 22 个博士头衔，被称为现代福尔摩斯，FBI 侦破不了的案件都要请他。大家一定奇怪，"这么说……你家应该也是侦探世家？"可不是嘛，我的太爷爷是东北最有名的猎人，他最拿手的就是"打踪"，就是能看到几乎没有痕迹的脚印。清朝年间，关外奉天的几宗大案子，像什么"黄金失踪案""北镇闹鬼案"都是太爷爷破的。

爷爷在当年东北督军张作霖的警察厅里任刑侦处长，经他手抓到的盗墓贼，没有一个不是佩服得五体投地。新中国成立后父亲在一个兵工厂里当保卫科长，当地公安局一有什么大案子，就来请我的父亲帮忙。可是到了我这一辈儿，家里说什么也不让我再涉及这个行业了，奶奶老对我说："兴安，老老实实当个医生吧……老家的郎中，那时……可受乡亲们尊重呢。"可是血液里流淌着祖先基因的我，早就暗下决心："你们的叶赫兴安，会成为世界级的大侦探……"在美国学习期间，我自己琢磨出一种密码，我把它取名为"甲骨文"。就是用甲骨文的文字，排列出顺序来，在书写情报的时候人为地减少笔画，而减少的一或者二……甚至整个字，用它的笔画数来对应英语字母（或者我当时选择的任何一种文字字母排序）的顺序，就能组出词句读懂它的内容了。（比如缺少一画，那就是 A，二画就是 B……以此类推）当时不知道怎么被 CIA（美国中情局）知道了，非要邀我去 CIA 工作，可是我的理想并不是做一个间谍而是神探，当时就拒绝了他们的好意。

那个分局的头头不死心，还来和我交朋友反复地劝说，后来我就考进法国的警察学院了。

经过两年的学习，我的法语、英语、日语、西班牙语和警察专业课门门都是优秀，最后如愿以偿地被分配到"国际刑警法国中心局（ICPO）"做一名实习警官。到这个月已经整整一年了，却没有接触过一宗有意思的案子，那些大案交给解密分局了，日常工作对我来说简直味同嚼蜡。很多同事都羡慕地说："你真幸运，竟然能如此顺利地转正。"因为这几年的见习警官，没有一个不是因为这样或那样的问题而延期转正的。

到了里昂，我们直接来到城市北侧的国际刑警总部，它位于法国里昂城北的罗纳河畔。这座银灰色立方体玻璃大厦，显得十分庄重。总部大楼并不高大，外观方形的六层大楼敦实如碉堡。这里远离市区绿树掩映，水波荡漾环境优雅，整个大厦好像浸泡在一方浅水池中。周围是数米高的花墙和具有侦控功能的铁栅，大厦顶端的透明尖塔上天线林立，摄像头架在个个方位，几乎没有死角。从正门走进中空的圆形大厅就能看到地面中央有"INTERPOL"的醒目标志。四周有四部电梯直通各楼层办公室，位于三层的指挥中心24小时对各国信息进行监控。国际刑警组织成立的最初目的，就是为打击跨国犯罪和跨境追捕逃犯，建立一个沟通平台。其工作方式主要是通过安全的体系，进行有效信息的沟通和协调工作。随着全球经济一体化进程，各种经济犯罪也在迈向全球化，国际刑警组织的任务变得更加重要。总部秘书处派了一位年轻的小姐来接我们，我们照例在检验了护照和进行安全检查后，由那位年轻的小姐带领入内。楼内每一道门都有电子锁控制，内部人员用带有照片的电子通行证才能打开，每个人出入各道门的数据都记录在电脑中。这些和我们工作的法国中心局的设置一样，但在外人看来，那可是颇有些神秘色彩的。

总部工作的高效率我们早有耳闻，而今天有了切身体会。那位小姐把我俩领到了"电脑中心"，笑了一下转身就走了。一位面部严肃的技师，安排我们到另一间房屋的一排电脑面前，说着："打开，看指令。"连多余的半句客套话都没有，又做自己的事情去了。阿尔弗雷德点开面前的电脑马上出现了工作指令："阿尔弗雷德警官，有一封邮件是早晨从巴黎内政部长的私人邮箱发到总部的，这封邮件被人用电子锁密封，打不开也退不回去。有语音指示要求由您打开这个邮件，鉴于以上情况请解决这个问题。"阿尔弗雷德警官非常谨慎，他安排我与法国内政部办公厅联系以确认真伪。我立即用刑警总部的电话与内政部联系，反馈的结果是"根本没有此事"。事实证明这是黑客的邮件，可下一步怎么办呢？我是跟随阿尔弗雷德来学习的，所以就站在电脑专家身后约一步远的距离，观察他是如何去做的。看到眼前的黑客邮件我有些感慨："当今网络世界真是英雄辈出黑客当道，那些聪明的孩子们进入白宫网站都如入无人之境地啊……不过想起当年我在斯坦福大学的时候，不也进入什么白宫、白金汉宫、联邦调查局、国防部的网络里，溜达了都不只一次吗……"

国际刑警总部的内部电脑，都使用专用的服务器，只有一个通道的前端与总部另一个系统连接。内部电脑有很多道安全屏障系统做隔绝，就像五个安全门一样，没想到这封邮件，竟然轻而易举地出现在国际刑警极端隐秘的系统里。我的心里分析着："黑客应该是在邮件的传输过程中使用了窃听手段，先进入内政部的网络，在内政部的网络中安装 Sniffer，指定它监听往外部服务器端口发送的数据包，再从收集下来的信息中，查看 user 和 password 后的字符串，就能看到用户名和相应的密码，从而进入了国际刑警总部的网络……可是那局域网的五道屏障又是如何破解的呢……"我知道很多著名的黑客破解密码，并非用的什么尖端的技术，而只是用到了密码心理学，研究用户设计障碍时的心理状态，从细微处入手分析用户的信息，分析用户的心理状态，从而更快地破解出密码。其实，获得信息还有很多途径，

密码心理学如果掌握得好，可以非常快速破解获得用户的信息。"手段虽然一样，但是智商却有很大的区别啊……"

我站在阿尔弗雷德的身后，看着他点了一下邮件，一个电子合成的女声，竟然用语音和阿尔弗雷德交流起来："阿尔弗雷德先生，请您走到门口面对识别系统，以确认您的身份。"他有些不情愿地走过去，仰起脸看着门上的摄像孔，这时电脑语音又响了起来："经过瞳孔验证确认，您是阿尔弗雷德先生。"我心想："看来这个黑客专门研究过他的情况，还掌握了所有基础资料……现在应该是黑客和阿尔弗雷德现场对话。"我们的电脑专家回到电脑前面，默不作声地用键盘回复她："请问您有什么事情吗？"邮件回答："当然，要不就不会把您这位电脑专家从巴黎请来了。"阿尔弗雷德又询问了一句："我们打过交道吗？"邮件回答："很多次……"警官回复她："能问一下如何称呼您吗？"这时候荧屏上出现了字母"LFGC"，阿尔弗雷德经验丰富，很快就从字头中拼出了几个英语单词："忠诚、信仰、荣耀、勇气。"我看到这几个词马上就明白了，"这不是中世纪欧洲骑士的口号吗？"阿尔弗雷德打出几个字："是欧洲骑士吗？"电脑里立刻出现了一个骑着马，穿着铁甲持兵器的图案，接着邮件回答说："电脑骑士。"长官问她："难道你就是半年前侵入我私人电脑，窃取我的个人资料的那位……铁甲武士？"语音回答说："是的，不过现在我向你更正，我一直就是电脑骑士。"我站在那里一下子愣住了，心里有些好笑："这不是上大学的时候，我给自己起的网名……要知道我那时候才十二三岁啊……只是觉得调皮好玩儿。"电脑专家有些鄙夷地写道："难道你不为自己的行为感到耻辱吗……"那个悦耳的女声又在说话："先生，我知道您的所有情况，您的父母……您的童年是悲惨的……您的家庭是不幸的……"这位高级警官的孩子是个海军军官，去年在海外执行军事任务牺牲了。我觉得，"这个黑客显然和我们的电脑专家有过节，她是在激怒阿尔弗雷德，难道黑客有什么意图吗？"阿尔弗雷德沉默了一会儿，邮件又发言了："邮件的名字叫牵牛花，这次选择请您这位电脑专家打开邮件，时间是有限的，结果也是预定的。阿尔弗雷德先生不要生气，再见。"邮件后台的黑客关闭了对话，我心里有一种预感："黑客是在故意激怒阿尔弗雷德……这后面绝对隐藏着一个严重的事件，而不是在开什么玩笑，必须百分之百地加以重视。"这时眼前的电脑上出现了阿尔弗雷德孩子的照片，电脑专家阿尔弗雷德虽然很有涵养，他也再不能忍受邮件的侮辱了，电脑专家站起身来对我说："布里斯，这种小儿科的玩笑，我们没有必要认真地在这里浪费时间……我去向总部报告结果——这是些假冒黑客的白帽子在捣乱。"

　　白帽子是那些玩电脑的人发明出来的词汇，理论上讲，白帽子是对外来网络攻击作防御的人。他们对电脑系统的语言、TCP 有很高的造诣，精通攻击和防御。我奇怪地问道："您为什么这么确定是白帽子……邮件不打开了吗？"看来我的话激怒了阿尔弗雷德，他满脸通红地说："难道你连这些也看不透吗？"我知道阿尔弗雷德是被"邮件"刺痛了，他的样子让我有些着急，我对这位高级警官脱口说了一句："先生……您错了，我认为这是个真正的对手……"没想到，就在刚才我不礼貌地对待自己上级的时候，总部的解密中心主任就在门口，这一切他都看到了。"阿……阿尔弗雷德警官……""哦，老朋友……"他们小声地相互打着招呼，探讨着那封邮件："您真觉得没有什么问题吗？只是一个玩笑……而已？"电脑专家终于忍不住而爆发了："那就是一个混蛋……"我转过身来看着他们，发现紧贴两个人桌子上的几台电脑荧屏自动闪了几下，甚至靠窗台的空气除尘过滤器也闪了几下绿灯。我觉得十分蹊跷，跳起来拉着他们向后退了两步。就在这时桌子上的电脑的面板，和那台空气除尘过滤器的机壳爆炸了。那些韧性极好的工业塑料做成的机壳，它的碎片被崩得到处都是，两个人的脸上被碎片划了好几道口子，我的胳膊也被那些碎片划伤了。由于和

爆炸物品有了距离，我们三人没有受到大的伤害。这时整个大厦的警报系统都响了，武装警卫和消防员迅速赶到这里，所有的人都被命令不许动。我想："难道是恐怖组织袭击……不，是邮件后面的黑客所为。"大概十几分钟之后一切都恢复了平静，阿尔弗雷德瞪着眼睛看着眼前的样子，对着主任和我皱着眉头说："怎么会这样……是不是总部的设备老化？"我那年轻人的冲劲儿又上来了，不客气地说："阿尔弗雷德警官，这是邮件在警告我们……"那位解密中心主任似乎明白了眼前的事故原因，他试探地看着我："见习警官……你能打开那个邮件吗……"

说实在的，很多灵感和心理暗示都来自家族基因的第六感以及所学的心理学知识。它们把那些浓浓的迷雾变成了大雨，让我在某些关键时刻，一下子就清醒和明白了很多问题。我对解密中心主任解释说："这个邮件能破解国际刑警总部电脑的五道防护网，又进入总部独立的内部网络，黑客肯定是个非同小可的人物。他敢选择国际刑警电脑专家来挑战，就表明了他不可小觑的水平。"那位主任点点头，我接着分析，"还有一个就是中国人说的初生牛犊不怕虎……可是刚才的爆炸还提示了两个问题：一、他能够通过你身边的电子设备，随时听或者看到你的情况。二、他能把大部分的电器都作为武器来使用……主任，这可是非常可怕的事情。"解密中心主任站起身来，"可以断定这是一个新产生的恐怖活动……我马上就去汇报，见习警官，抓紧时间破解邮件吧。"然后带着满脸流血的阿尔弗雷德走了。

我把自己的眼镜擦了擦，然后掏出了从北京网购来的"朵雅银纤维防辐射面罩"，这是电脑防辐射的面具，是一块软软的能防辐射的纤维，那种脸上只露出两只眼睛和两个鼻孔的面具，戴在脸上就像东北满族的萨满在跳大神。这东西看似很可笑，其实是我的防范工具，因为这样对方在电脑里观察我，就得不到真实的数据了。我认真地检查了这封电子邮件，发到的时间是早上五点四十分，黑客通过进入内政部长的邮箱，把自己的邮件转发了过来，还在邮件外面加了五道程序锁。解开第一个程序锁必须回答两个问题。"肖邦是如何进行小夜曲的发明创作的？""肖邦的小夜曲共有多少篇？"在结尾的地方放置了一个五线谱的高、低音两个谱号和小提琴标志。我心想："这个黑客还是一位喜爱音乐的人……"但是我知道所有的解锁只能一次，对方不会给你留下任何余地。在音乐方面我就像个盲人，所以我立即去查阅资料，终于弄清了爱尔兰人费尔德的身世（1782—1837），因为费尔德才是小夜曲的始创者，是费尔德率先将"小夜曲"作为钢琴作品的一种创作方式。他在1813—1835年，共创作了18首供钢琴演奏用的小夜曲，其特征是低音部以波动的伴奏音形，衬托出右手所弹奏甜美的主题旋律。1814年，费尔德的3首小夜曲在莱比锡出版，从此成为弗雷得利克·肖邦（1810—1849）创作小夜曲的源头，使他在一生中又创作了27首美妙的小夜曲。这是我工作以来第一次独立解开黑客的密码，我的内心有些紧张，一直想着爷爷经常提醒我做事的那句话："一定要注意细微之处……"我把涉及费尔德和肖邦的数字都排列好（1782—1837—1813—1835—18—1814—3—1810—1849—21GF），这些字符再加上代表高音符号的G以及代表低音符号的F，电脑图形显示：锁打开了，钥匙却拔不出来。按照"邮件"的要求，每道程序都要有我自己的情况附加。于是在后面我把手腕上电子表上显示的血压数字，86—125mmHg放在了后面，终于顺利解开了第一道程序锁。这时忽然想到，"邮件"曾经告诉过："我的名字叫牵牛花，这次选择了十名电脑顶级专家，请大家解决在邮件里提出的问题，当然时间是有限的，最后的结果也是预先设定的。"我抬头一看已经是中午一点了，"牵牛花……牵牛花……"法国人称牵牛花为"清晨的美女"，而日本人称之为"朝颜"，都是因为牵牛花的开花习性，清晨开花到傍晚闭合，可爱的小喇叭花只有短短一个白昼的寿命。"啊，这就是说黑客给我规定的时间，是到下午五点四十分……结果嘛，前

面的爆炸只是个警告。"大家知道，现在有每秒计算几十千万亿次的计算机，用它来解答这些问题再好不过了。可是黑客所设计的程序，很多是针对计算机系统和网络的缺陷和漏洞，然后进行入侵和渗透的。那是针对缺陷实施攻击的技术，有时候他并不要完整的答案做钥匙，而是前后"几串半成品钥匙"合并成一个所谓的开门者。现在并不知道那个黑客，给阿尔弗雷德下了什么"最后通牒"，所以必须在规定的时间之前打开那个邮件。我一个一个地攻克了"邮件"设置的障碍，就剩下最后也是最为复杂的一个程序。

电脑荧屏上出现了一个空白五线谱表，出现了一行文字："这是一个转基因程序，如何采用非人类方式……作曲。"我有些不满地叨叨着："看来这位音乐大师非要把我这个乐盲，也提高到音乐家的水平啊……"我记得 2013 年《科学美国人》杂志，提出过年度十大科技热词之一，就是"转基因"这个在全球倍受争议的词汇。而争议的关键是在"某些人类"是否像自己所认为的那样，已经可以代替上帝来改造自然？……毕竟人类认为地球是宇宙的中心。"应该说，这些黑客们天马行空的行事方式，就符合某些人类的想法……"转基因技术标志着不同种类生物的基因，都能通过基因工程技术进行重组，人类可以根据自己的意愿，定向地改造生物的遗传特性，创造新的生命类型。"要突破用大脑来创作音乐的传统模式……"我有些着急，心脏在胸腔里"砰砰"地敲击着，那种既有规律又有变化的敲击声，一下子使我兴奋了，这时我想起了常说的一句话："心想事成……对，我不用大脑试着用心脏来作曲……"忽然想起前些时候自己做过一次心电图检查，我从自己的包里找出一卷坐标纸，把它拷贝到电脑里，另外加上了我的身高 181cm。五线谱的五线四格，是从中音"咪"到高音"发"，把心电图的起伏坐标，按 c 调分为八度，"嘿，真的还是一首乐曲呢……"没想到那个看不见的"电脑骑士"，竟然在电脑里把这首世界唯一的心率乐曲，合成电子音乐"叮叮咚咚"地播放了出来。荧屏上出现了一行英文："这本来是正在研究的题目之一，恭喜被您攻克了。从此音乐进入了一个新的时代，所有具有心脏的动物，都会创作自己的音乐，祝贺您的成功……"

我满头大汗地看了看时间——下午的 5 点 15 分，扭过头来看到解密室主任站在身后，我站起来摘下面罩对他小声说："报告主任警官，我打开了邮件前面的密码锁，到目前还有 25 分钟时间……黑客们发明了电脑炸弹，只要他们设置了爆炸程序，那些被锁定的电子设备，都会按照指令爆炸。必须马上通知总部，把要求发到世界各国——一定要在电脑前设置防爆装置。"这时电脑里展示着那封邮件的内容，只有一句英语："世界上最有价值的奢侈品是时间，而你不多了。"

银行窃案

窃案不断……现场了解……金额巨大……提琴代表什么

"多么嚣张的口气……他认为我们是破解不了这封邮件的。"我把打开邮件的过程和最后的结果，向总部长官和阿尔弗雷德作了报告，能看出阿尔弗雷德高级警官的脸色很不好。总部解密中心主任对我们说："这是个不知天高地厚的黑客，在向我们挑战呢……"任务结束了，我和阿尔弗雷德警官返回了巴黎。阿尔弗雷德警官在回来的时候，特意向总部申请，拿回了几片电脑碎片做分析。回来后才得知黑客的这次挑战，还涉及其他国家警察系统的十位电脑专家。由于通知及时，所以其余几位电脑专家只是受了些轻伤，没有得到"电脑骑士"致命的打击。但是国际刑警和各国的中心局，迅速把这个未知的"个人或是组织"列入了极端危险的恐怖分子的名单。

回来之后，心里有些忐忑不安，我知道在法国警察系统，由于不礼貌的冒犯行为，每年都有年轻人受到处分。我沮丧地想："我那天的表现，很多人看到了，这回按期转正……大概又泡汤了。"没想到那个大鼻子阿尔弗雷德，戴着满头的绷带到局长那里，竭力推荐我到国际刑警法国中心局的解密分局，"这位布里斯警官的能力非常棒，具有强烈的预知感，请求局长把他放在合适的位置，小伙子一定能发挥更大的作用。"随后我顺利地转为正式警官，同时被调到国际刑警法国中心局最重要的解密分局工作。我感慨地想："在我的家乡和大学同学里，怎么就很难碰到这样心胸坦荡的人呢……"

就在人们准备过圣诞节的时候，银行又出大事了。巴黎的一家商业银行，离奇地丢失了 6500 万欧元（约一亿美元）。按说这种案子本来是巴黎警察总局的事情，但是当警局介入调查以后，发现案情非常复杂，这才要求国际刑警同时介入。国际刑警总部，同时也向成员国中心局发出了案情通报以及要求对各国银行进行核查的通告。法国中心局抽出了三个人，任命我为组长前往出事银行，全面清理银行的电子账目。我们发现问题的出现不是在法国境内，而且也不是近期，是至少在两年之内陆续发生的事情。自从进入了网络时代，美国微软公司的比尔·盖茨就曾经预言："传统商业银行，是要在 21 世纪灭绝的一群恐龙。"他甚至说："银行业是必需的，而银行是不必要的。"在我掌握的资料里，网上银行的安全隐患根本未能消除，盖茨的预言未免过于乐观。目前银行家们都认为，用来处理银行业务的计算机系统，已经相当安全了。但我眼睛所看到的是，各家银行的金库，都是设在那些高级金融罪犯的卧室里，他们掏取别人的金钱，就像打开自己房间里的保险箱。

　　我在美国读研究生的时候，就看了很多关于计算机犯罪的案例，其中就有早期黑客在金融领域犯罪的记录。比如在 1994 年，世界上就发生了第一起利用互联网，窃取巨款的重要案例。俄罗斯计算机专家伏拉德米尔·列维在圣彼得堡，通过一台 286 计算机，把自己的终端机接在了花旗银行的计算机上，就从美国花旗银行窃走了数百万美元的巨款。这个列维就待在俄罗斯，甚至没有离开过他的桌子，就成功地进入了银行顾客的账户。他把别人的资金，转移到他所设立的账户里。列维虽然可以利用个人电脑，在网上成功转账，但他要提取现金，就必须有人走进银行去取款。结果俄国警方守在取款机边，在取款人提款时将他们抓获，然后顺藤摸瓜找出了首犯列维。

　　这起案件让人们大开眼界，案例让大家首次意识到，这种盗窃方式潜在的巨大威胁。当罪犯登上互联网后，他们所在的地理位置就无

第一章　黑客袭击

17

关紧要了。由于网络安全问题始终未能得到很好的、完全的解决，利用互联网犯罪的案例逐年增多。网络窃贼的作案方法、作案工具有数十种之多，其中包括：释放计算机病毒使计算机系统瘫痪，或者通过可以发现网站软件程序薄弱之处的"扫描器"来实现他们窃取核心技术或信息的目的。

经过我们将近一个月仔细地查验，那些高级窃贼是通过一种新型的窃取密码的"嗅探器"（这是我给它暂时起的名字……）破译了关键密码，再通过破译密码，轻而易举地修改了银行计算机系统内的账户数据，达到了窃取资金的目的。黑客们在一家银行窃取一千万美金后，就立刻转向另一家银行，这是盗窃行为长期未被发现的原因。黑客们入侵的目标是银行本身，而非储户或其账户信息，他们的目标是经济利益而不是间谍活动。可是这些狡猾的罪犯没留下丝毫踪迹，我们对这些黑客也就一无所知。就在这时各国的通报来了，黑客们于2012年年底开始，已渗透了超过三十个国家的一百家银行，黑客团伙使用相同的方法，已从世界各家银行一共窃取了多达数十亿美元。但是最终被我们发现了一个线索，在每一个银行的数据库的文件里，都留下了一个就像提琴样子的，令人费解的高音谱号。

我们通过几个月的调查，终于在英国又发现了黑客们的线索。EGG 互联网银行是拥有一百多万用户的，使用电子高速公路和电话进行运作的网络银行。几乎和巴黎那家银行同时遭专业黑客入侵，但是被盗走的五十万英镑（六百万美金），先转到了巴黎商业银行虚假的银行账户上，随后对这些钱悄无声息地进行盗窃。他们编制程序，让数十个 ATM 机在特定的时间吐钱，并由专人将钱取走。国际刑警总部迅速通知了英国国家中心局。英国警方经过侦查后，对在 ATM 机上取钱的几个嫌疑犯的住所，进行了一连串的突击检查，最后在白金汉郡米尔顿凯恩斯地区，逮捕了三名二十多岁的男性嫌疑犯，并连夜对其进行审讯，虽然结果并不理想，他们只是被雇用来取零钱的"老鼠"，更多的钱被在虚拟账户中，转来转去而消失了。警方还从那些小喽啰的住处，查获了一些毒品和现金以及扣押了一些电脑设备和文件。于是这些网络银行的盗窃案，在配合国际刑警的英国警方逮捕了几名嫌疑犯后，向世界各国媒体公开曝光。

这起网络银行盗窃案，将为安全性广受质疑的网络银行业带来冲击。英国警方宣称，这是一起非常复杂的，有组织有计划的专业犯罪，罪犯将因特网作为犯罪的工具，将作案目标直指银行的网络。英国国家计算机系统公司的发言人称："这些罪犯都是一些专业人员……犯罪组织的目标不止是针对网络银行，……是那些能够带来巨大收益的领域。我们将着手研究对付有组织的犯罪的办法。"英国内务部已召集有关部门人员，成立专门小组负责解决这种高技术犯罪。

向伦敦警方提供了线索之后，法国商业银行案子的过程也弄清楚了，我们小组总算可以喘一口气了。我们的一些交换情报显示，俄罗斯安全公司卡巴斯基实验室，对黑客袭击银行的方式进行过研究，他们指出，"黑客们首先通过网络钓鱼，或其他方法进入银行的电脑，然后潜伏数月用截图甚至对银行雇员使用系统的过程进行录像等方式，入侵银行的系统。一旦黑客们熟悉了银行的运作模式，他们就会直接动手。"卡巴斯基实验室称，"大部分黑客入侵的目标位于欧亚的几个大国。尽管有一些黑客也拓展到亚洲、中东、非洲和欧洲。"一家欧洲非盈利机构金融服务信息分享和分析中心称，其成员早在去年一月就已收到关于这份报告的简报，警示过各国银行关注黑客的非法窃取活动。

很快，南亚一个国家的银行出现了大案，黑客使用相同的手法利用网络盗走一亿美金。该国迅速向国际刑警组织总部提出申请："鉴于我国警界对互联网知识人才的匮乏，请ICPO（国际刑警组织）派专家来协助侦破此案……"总部与法国中心局协商，决定抽调我的小组到南亚某国去协助办理此案。我们到了这个气候炎热的国家以后，

马上开始对情况进行了解，当地警方和银行高管，能提供的情况就只有一句话，"2014 年一月份，我们发现不明黑客从联邦储备银行的账户里，盗取了一亿美元"。

我们针对银行劫案开展了细致深入的调查，调查结果显示：该银行系统是脆弱的，容易受到网络的攻击。该国央行甚至都没有部署在银行的网络上安装防火墙，让我们这些办案人员极度惊讶。我们认真地分段检查了该银行系统的网络装置，才发现他们计算机连接至SWIFT（环球同业银行金融电讯协会，是国际银行同业间的国际合作组织）全球支付网络的，竟然是一只价格便宜的二手交换机。我们的调查结果表示，由于这些漏洞，黑客在去年（2014 年）早些时候就进入了该系统。可以看出他们曾经试图利用该国央行的 SWIFT 系统，登录信息上显示黑客们准备窃取十亿美元，但是好像他们只是在这里试探一下，随后改变了方式。可是我们在电子账目上的一个栏目里发现了那个五线谱的高音谱号。在我们与当地警方和银行高管进行信息交换时，我就直截了当地对他们表示："如果有防火墙，对黑客来说，他们的攻击就相对困难一些，但是你们银行整个互联网系统是脆弱不堪的。使用这种廉价的网络设备，导致调查人员很难判断，黑客们究竟做了什么，来自何处，以至于无法收集足够的信息来还原案件发生的场景。"经过检查我们发现，该国央行拥有几千台计算机，却被多个政府部门的官员们拿去占用。位于该国央行大楼连接 SWIFT 的机房，竟然只有约十平米的面积。按照规定这里有四台服务器以及四台显示器，与 SWIFT（环球同业银行金融电讯协会，国际银行同业国际合作组织）相关的设施，应当与网络的其他部分隔离开。我们向该国央行提出，"请使用价格较高、带管理功能的交换机，这样将避免出现那些低级的失窃事件"。ICPO（国际刑警组织）的小组已经证实，从去年二月初，黑客就攻破了该国央行的系统，并试图将十亿美元资金从联储银行的账户中转走。由于大部分的支付申请被简单地拦截，于是黑客将一亿美元转入东南亚另一个国家的虚拟账户中，然后再经过转款和修改账目而消失得无影无踪"。

我在向总部提交的报告里，提到了在法国、英国和南亚某国，所有发生的窃案，都具有某一黑客的特征——电子账目中的五线谱高音谱号。"该国央行和SWIFT（环球同业银行金融电讯协会，国际银行同业国际合作组织）进行的监督都存在不足。"接下来就是各方的推诿和扯皮，该国央行强调："SWIFT有责任去做这件事，但没有任何证据表明，在盗窃发生之前他们提出过建议。"而SWIFT驻布鲁塞尔发言人则拒绝对此置评，SWIFT此前曾表示："此次黑客攻击是由于该国央行的内部运营问题，而SWIFT的核心消息服务并未被攻破。"另一方面，该国央行发言人表示："直到盗窃事件发生，SWIFT的系统工程师赶来之后，SWIFT官员才建议该银行升级交换机。"关于黑客和幕后主使者仍没有线索，被称为"南亚史上最大银行网络失窃案"的被盗事件一直还在调查之中。

可是黑客专门留下的像小提琴的高音谱号，当地警方和银行业内人士都否定这与窃贼有什么联系："电脑有时会自然生成一些无效数字，哪有窃贼偷了钱，还专门留下自己的标记呢？"可是我并不那样看这个问题，我反复地琢磨："究竟这是什么意思呢？"我忽然想到了中国古典小说，大概又是一个艺高人胆大的做法，就像中国古时候那些类似《水浒》的小说里描写的那样——"杀人者……打虎武松是也。"

甄别黑客

局势严重……电脑骑士……甄别措施……蛛丝马迹

南亚某国的金融案，我们最终移交到该国的国际刑警中心局，而我们回到法国以后，就集中精力查找"电脑骑士"的线索。对于"电脑骑士"这个新产生的恐怖黑客（个人或团伙），国际刑警总部迅速把它列入一级防范，要求各国警方提高警惕。法国中心局成立了专门的应对机构——LFGC 处，由高级警官阿尔弗雷德领导，下面分三个小组，第一组起名为"福尔摩斯"，那是英国柯南道尔塑造的破案大师。第二组称自己"黑斯廷斯"，这是英国阿加莎·克里斯蒂笔下的神探。而我的第三小组就归属于这个部门，可是还没想好小组的名字。现在首要任务，就是如何跟踪到这个组织。对于这样一个突然出现的"电脑骑士"，那个电子邮件，是掌握的第一个线索。而我是知道情况最多的，也就是主要的牵头人。我把这个黑客的情况，都记载到自己的小本里，基本情况如下：

黑客名称：电脑骑士（LFGC）

危险级别：进入恐怖组织或个人预防序列，为一等一级（在目前的 IT 行业里，具有无所不能的窃听能力、观察能力、攻击能力和破解渗透能力）。

规模：个人或合伙（尚未得知其是否形成组织）。

特点：具有音乐天赋和很深的造诣。

性格：具有高智商，目空一切的作风，且报复性极强。
（具有女性、儿童的报复心理特点？）

犯罪事实：目前毫无线索，尚未得知。

应对措施：目前只是寻找线索。

邮件：奢侈品，什么意思？

银行窃案：高音谱号，这些线索之间的联系。

　　我把案例给分局的同事们介绍时，强调了几点："一、黑客利用邮件挑战，说明了他有很高超的网络破解能力；二、黑客具有很强的报复性，在半年前她侵入高级警官的私人电脑，由此与电脑专家产生了敌意。明显的是她把阿尔弗雷德警官先激怒，然后利用电子炸弹伤害警官……三、可以利用一切电子设备，进行窃听和观看，而最可怕的是电子炸弹，会破坏任何设备，杀伤你的技术和操作人员。"讨论时，"LFGC"处的人们在看法上，普遍倾向于几个可能性："首先这是黑客个案，需要调查他与我局高级警官的矛盾所在。其次关于电子炸弹是否是个意外，因为到目前为止，还没有人掌握这个技术。最后对于他的网络技术，要注意到是否是大国的情报系统所为……"

　　这件事情过去了一个月，世界上所有的计算机安全系统，都没有什么意外发生。说实在的，我还是很担心目前世界上的电脑五级防护体系，那个千疮百孔的保护层。具体说就是：第一级是用户自主保护级，第二级是系统审计保护级，第三级为安全标记保护级，第四级又是结构化保护级，而第五级则是访问验证保护级。对于那些"自称为电脑骑士的黑客，那就像纸一样的薄……"我们在虚拟空间里搜寻着"……骑士"的蛛丝马迹，对方不是用那种铜墙铁壁似的防护墙对付我们，而是像空气一样，在"以太"中消失得无影无踪。

　　我们都知道，对于窃听功能和跟踪观察，像英国的军情五处和美国的中央情报局，已经掌握了非常先进的方式。像每个人的手机，

随处可见的监控设备，可是像这样，几乎是随心所欲的使用毫不相干的洗衣机、空调，甚至是超市里的收款机来掌握你的图像和语言动态，还是比MI5（英国军情五处）和CIA（美国中情局）要更胜一筹。最可怕的是他可以随意进入你的系统，破坏你的计算机终端，"很难说，他不会把电子炸弹植入到各国武器的中央系统，要是那样，世界就非常危险了……"我还是把情况分析汇总了一个文件，提交给局长，很快这份重要的文件，就摆到了世界各国政府首脑的桌子上。世界各国的电脑专家开始通力合作，集中解决这两个问题。互联网年代是高科技时代，用一句中国的老话说："那就是神龙见首不见尾……"一旦发生什么事情肯定就是大事。中心局长官交给我一个任务："布里斯博士，你的三人小组，想尽一切办法甄别出电脑骑士的真实身份，再紧紧咬住他的蛛丝马迹……我们一定要把这个可怕的恐怖组织消灭掉。"

　　我的小组由三个人组成，我是组长，另外两位组员吗……你们可不许笑我，是一黑一白两个法国妞。在背后人们都叫我的小组是"三色球"，就是黑、白、黄。要说这也没什么，在中国国内大家经常开这样的玩笑，在法国可没有人敢直接叫出来，要知道那就涉嫌种族歧视，是触犯法律的事情了。金发白皮肤蓝眼睛的美人儿叫露西亚，黑发黑皮肤黑眼睛的美人儿叫伊娃。这两位小姐无论用欧洲人的眼光，还是亚洲人的审美观点，都是地道的大美人。那脸蛋和身材以及全身凹凸有致的曲线，把那警服表现得紧致合身、光彩靓丽。很多国家的警员来到法国中心局，第一个印象就是法国警察的服装太漂亮了，法国的警察太美丽了。这两位女士都比我年龄大，在警察局里都是老资格的情报分析员，在南亚工作时都表现得非常干练。两位小姐具有七年的警龄，而我才刚满一年。她俩也不知道是故意捣蛋还是恭维我，一天换一个头衔，什么"医学博士""计算机博士""心理医生""电脑骑士""组长"，就是不称呼我"警官"，大概在内心里还不服气我这个刚刚转正的普通警官吧。

在甄别工作开始之前，我列了一个提纲，里面的问题就是要用排除法来解决的那些事情：

首先我们关心他是不是"伊斯兰国"恐怖组织（ISIS）的改头换面？经过资料分析，既然黑客自称"电脑骑士"，还配有LOGO，有具体图形，这些都是欧洲文化和传统，不是伊斯兰文化。而且据各国情报机构的资料，至少目前伊斯兰国不具备这样高超的电脑技术，否则他们就会轻而易举的在全世界展开进攻，所以应该排除ISIS的可能性。排除了ISIS，接着我们把世界四大谍报组织也分析了一下。

1. 英国军情五处（MI5）

军情五处是负责保卫英国的安全，应对危及国家安全的秘密组织的威胁。这些威胁包括恐怖主义、谍报活动和大规模杀伤性武器的扩散。此外，军情五处还为许多机构提供安全咨询，帮助他们减少受到威胁的可能。

2. 美国中央情报局（CIA）

美国中央情报局是世界三大情报机构之一，主要任务是公开和秘密地收集和分析关于国外政府、公司、恐怖组织、个人、政治、文化、科技等方面的情报，协调其他国内情报机构的活动，并把这些情报报告到美国政府各个部门的工作。它也负责维持大量军事设备，这些设备在冷战期间用于推翻对美国利益构成威胁的反对者。美国中央情报局总部设在弗吉尼亚州的兰利，与苏联国家安全委员会、英国军情六处和以色列摩萨德，并称为"世界四大情报组织"。

3. 俄罗斯联邦国家安全局（FSB）

联邦国家安全局肩负保卫国家安全的许多任务：防范和制止联邦法律规定范围之内的社会犯罪活动、有组织犯罪、营私舞弊、走私、贩毒等恶性社会犯罪的行动，并坚决打击在俄罗斯社会中出现的恐怖暴力犯罪活动等等。

4，以色列情报和特殊使命局（摩萨德 Mossad）

摩萨德的活动非常广泛，凡是涉及以色列国家安全的都属于它的活动界限，它的情报搜集能力非常强。潜伏境外的特工主要进入所在国核心、秘密部门窃取情报。情报以军事情报为主，政治情报为辅。军事情报用以维持强大的武力，以应对阿拉伯国家的敌视所造成的国家生存危机，政治情报则用以辅助以色列的外交决策。

这些情报组织如果说针对某一个国家或某一件事情，或许会采取一些隐蔽性的攻击，但是我们经过仔细分析，像攻击个人的行为，从什么角度来看都与这些组织无关。

我们决定把重点放在黑客和网络犯罪分子的身上，在当今的网络世界里，他们可以称得上是最危险的角色了。因为他们善于隐匿难以追踪，对网络用户构成了无处不在的严重威胁。而调查显示由网络攻击活动造成的经济损失，已经超过了五百七十五万亿美元。然而天网恢恢疏而不漏，即便那些手段高超的网络罪犯，也难逃被法办的命运。毕竟黑客也是人，是人就难免犯错误。虽然他们很少留下作案痕迹，而且还有网络归属地区的保护，但他们还是会在作案动机、作案手段以及身份信息的方面留下蛛丝马迹。

另一个重点就是国际黑客组织，像"匿名者""蜥蜴小组""第七层成员""混沌计算机俱乐部""LULZSEC、GLOBALHELL""网络破解黑客组织""TARH ANDISHAN"，这些都是被国际上公认的邪恶黑客组织。对他们的防范和围堵，所在国都在密切地监视着他们。我琢磨着，然后对伊娃说："这些人也是目标之一，很有可能通过改头换面发动新的邪恶活动。可以把我设计的一些木马程序，植入到他们的网络，再密切监视这些黑客的动作……"我设计的特洛伊木马程序，是直接侵入他们的电脑并进行破坏的高手，那些木马会附着在电源开关上，只要他们打开电源木马就会跑遍电脑的全身。露西亚有些讥讽地说："医学博士，这可不是你在给别人看病，他们可都是国际上的黑客组织，难道还会上你的当……"我笑着说："你不信……我的木马还进入了某个总统情妇的系统……你想听不？"逗了一会儿，我告诉她们，"不管谁打开了这些电脑，木马病毒马上就会发挥作用，留在他们的电脑系统中，在 Windows 启动时，执行的程序就会通知我，报告他们的 IP 地址以及预先设定的端口……我在收到信息后利用潜伏在其中的程序，就可以窥视他整个硬盘中的内容，从而了解他是不是电脑骑士。"

我琢磨着，"电脑骑士"应该是个新的黑客，因为有名的黑客都已经被国际刑警组织登录在案，"不过也难说，是不是他们重新作案，又在挑战法律和程序呢？"露西亚和伊娃从资料库里整理打印出标题式的黑客文件，我们开始对这些电脑神人进行简单的了解和分析：

凯文·米特尼克，1964 年在美国洛杉矶出生。这个号称为世界头号电脑黑客的"著名人物"，但其传奇的经历足以令全世界为之震惊。2002 年，对于曾经臭名昭著的计算机黑客凯文·米特尼克来说，圣诞节提前来到了。这一年，的确是他快乐的一年，获得了彻底的自由。就是可以自由上网，不能上网对于黑客来说，简直就是另一种监狱生活。同时，他还推出了一本刚刚完成的畅销书《欺骗的艺术》。

艾德里安·拉莫，历史上五大最著名的黑客之一。他喜欢专门找大的组织下手，例如破解进入微软和《纽约时报》。拉莫喜欢使用咖啡店、可可店或者图书馆的网络来进行他的黑客行为，因此得了一个诨号：不回家的黑客。拉莫经常发现安全漏洞，并加以利用，但是，通常他会告知企业相关的漏洞。乔纳森·詹姆斯，历史上五大最著名的黑客之一。16 岁的时候就已经恶名远扬，因为他成为第一个因为黑客行径，被捕入狱的未成年人。他稍后承认自己喜欢开玩笑、四处闲逛和迎接挑战。罗伯特·塔潘·莫里斯康奈尔大学毕业生，同样是世界顶级五大黑客之一。在 1988 年不小心散布了第一只互联网病毒"蠕

虫"，美国历史上五大最著名的黑客之一。他是蠕虫病毒的创造者，这一病毒被认为是首个通过互联网传播的蠕虫病毒。也正是如此，他成为首个被以1986年电脑欺骗和滥用法案起诉的人。凯文·普尔森，1965年出生于美国。贝尔实验室的电脑科学操作组程序员。在1969年发明了Unix操作系统。他常使用马甲"Dark Dante，（黑暗但丁）"作案，因攻击进入洛杉矶电台的KISS-FM电话线而出名，这也为他赢得了一辆保时捷。这五名世界顶级的高手应该说是黑客，对于他们来说只是一种好奇和创新，在他们的身上没有盗窃银行和银行卡的事实和经历，我们把这五位顶级高手也剔除在外。

　　随后我们在已经掌握的世界一百多名黑客里，挑出了九个在金融方面的犯罪高手，看看是否在这些人中有收获。露西亚眯着她那美丽的眼睛对我说："博士，你看……九个人里有一个马来西亚人，曾经攻入美国联邦储备银行的电脑系统，其余都是俄罗斯和东欧人，而他们主要的犯罪记录是窃取个人信息——就是从零售商那里窃取信用卡信息。"

　　我把资料拿来翻阅着，嘴里念着他们的情况："俄罗斯黑客，谢兹涅夫——世界上最多产的窃取财务信息贩子之一。他曾侵入了几家美国零售商POS系统，通过安装恶意软件，窃取客户的信用卡信息。奥维奇，又是一名俄罗斯黑客，他针对最受欢迎的电子商务网站，使用僵尸网络，通过对资源密集型网页攻击，阴谋故意破坏受保护电脑、占有未经授权的接入设备以及身份信息的窃取。菲尔可曼还是俄罗斯黑客，针对美国零售商进行了一系列的黑客活动。菲尔可曼渗透到哈特兰支付系统，汉纳福德兄弟和其他零售商系统。霍林是一名乌克兰黑客，使用在线论坛向客户出售窃取来的借记卡和信用卡凭证。霍林在一些出售窃取来的支付卡信息的网站担任管理员。看来俄罗斯倒是个黑客云集的地方啊……"我看到那个叫林文博的名字，不由得赞叹了几句："呵呵，这倒是个天才……"林文博是马来西亚华裔，利用网络漏洞攻击美国金融机构，2010 年，林文博成功渗透进入美国克利夫兰联邦储备银行的计算机网络。林文博的入侵并没有造成联邦储备数据丢失，他利用漏洞获得了包括纽约州消防员协会，新泽西州默瑟县教师很多客户数据的非授权访问。林文博最有影响力是侵入国防部某承包商的计算机网络，这次渗透破坏了美国军用运输与运营系统上高价值的情报。下面还有几个黑客，但是在我看来都是些小毛贼，伊娃接过来念道："阿尔伯特是一位有经验的黑客，其运作的网站就是地下网络犯罪市场。那些犯罪分子在上面买卖窃取来的信用卡数据，交流易受网络攻击的银行、零售商及其他公司的相关信息。网名亚瑟王神剑的谢勒夫，是一名乌克兰籍卡贩，曾领导某国际网络犯罪团伙，在网上论坛兜售窃取来的信用卡信息，和破解银行网络的技术。苏洛夫，负责在零售商网络中安装数据包嗅探器，起到了不可或缺的作用。特斯基，是一名乌克兰卡贩，因在黑市上出售窃取来的借记卡和信用卡认证信息而出名。他还因其高超的 PIN 码破解，及确保数据包嗅探器不被察觉技术而大受欢迎。"我听到那个叫"亚瑟王神剑"的名字，一下子精神就兴奋起来，"伊娃，快把后面几个人……的材料找出来拿给我。"伊娃点开电脑，资料库里的黑客文件竟然全部消失了！"快，申请总部下载……要不真的就都没有了。"可是我们还是晚了一步，刑警总部资料库里所有涉及黑客的文件，都被删除，已经找不到了。我对两个姑娘说："这说明，电脑骑士先生保护意识很强，他也和我们一起研究案情呢。"

第二章

唐·吉诃德

　　人类从精神层面上总有一对矛盾：理想和现实，这是第一位的。《唐·吉诃德》利用文学形式，将这对矛盾揭示得深刻而生动，可以说是淋漓尽致，使得每代人，都感受到果真如此而予以认同。

——《梦里百度》

战争游戏

唐·吉诃德……美女助手……网店游戏……寄生程序

自从上次"电脑骑士"轻而易举地入侵了国际刑警总部的内部系统，还实施了电器爆炸伤人以后，法国中心局的计算机系统又加载了数个绝密的拦截装置，设置了新的防火墙。可是我的心里还是不踏实，我想："这个黑客的手段是世界顶级的……"果不其然，资料库文件的瞬间丢失，说明了我们一切举动都在他的视线之内，而且我们的所有网络拦截，对"电脑骑士"都是不起作用的。

为了避免"电脑骑士"对我们窃听和进行伤害，我要求两个助手在工作中采用最原始的工作方式："首先隔离手机，其次是与任何连接电脑的电器至少有三米的距离。再次要一切资料还原为纸质文件。"两位警察小姐一直在内勤工作，对移动电话的情况只是略知一二，像利用基站、GPS系统、WiFi来确定方位这些简单的常识。但是对于黑客的窃听、窃密，可就是一无所知了。"我只讲一个最简单的道理，大部分智能手机还有其他可穿戴的设备，都装备了大量传感器，像GPS、照相机和麦克风以及陀螺仪距离传感器，还有旋转传感器、加速度计等设备。那些恶意程序使用大部分传感器，就能秘密地监听你的传感器数据，并利用该数据发现你的各种敏感信息。比如通话时间、身体活动甚至是你的触摸行为、PIN码和密码等。"我发现我的两个组员在认真地听，于是我接着讲下去："在某些浏览器上，如果你在手机打开有恶意代码的网页之后，没有关闭就打开其他网页，比

如你的网上银行账户，他们就能监控你输入的所有个人信息，甚至能在你手机锁屏之后还能监控你。"这时伊娃拿着手机碰了一下我，然后说道："刚才我拿着手机碰了你一下，难道露西亚能知道是你在抚摸我……"我一下子愣住了，不知道说什么好，两个警察妞笑得直不起腰来，我一甩手气得扭头就走了。

为了确保我的办案过程保密，我花二百法郎购买了一辆 20 世纪 50 年代的雷诺牌老爷车，老式的发动机，汽车使用化油器工作，方向盘没有助力装置，使用酸性电池。启动汽车时，用长长的摇把来带动发动机，车里没有收音机和空调，汽车的各个部分都是自成体系互不关连的。我要求伊娃、露西亚和我一起去学习哑语，在宿舍里和办公室，绝对不许谈论关于"电脑骑士"方面的事情。局里很多人奇怪我在干什么，背后给我起了一个很笨的老古董外号，叫"唐·吉诃德"。我一想："嘿，这倒是个好名字，很符合我们的工作方式……我的小组就叫唐·吉诃德吧。"

我按照心理学来分析，"电脑骑士"这个黑客，他的那种向 IT 高手直接挑战，并且高调现身的方式，就是年轻人那种天马行空艺高人胆大的做派，应该是个具有高智商但是年龄不大的人。露西亚分析说："所有的黑客都是从电子游戏中成长起来的，我们是不是到玩游戏的年轻人里去了解一下？"伊娃是从另一个角度来看问题："这位骑士先生专门把那三个人的材料窃走，可以看作向我们开展的又一次挑战。"我则有自己的看法："这就显示了那种年轻气盛，还有很重的女孩子那种公主脾气……"露西亚不解地问："博士，你从什么事情上看出来的？难道电脑骑士是……女孩子？"我耐心地解释说："正像你说的，黑客的成长都离不开电子游戏，但是同样离不开的是不断学习，我们都看到所谓的亚瑟王谢勒夫，曾领导过某国际网络犯罪团伙，他在网上论坛兜售窃取来的信用卡信息……重要的是后面的这一条—那个谢勒夫还为黑客们教授破解银行网络的技术。还有那个特斯基，都在网络上传授过 PIN 码破解及确保数据包的嗅探器不被察觉的技术。"伊娃问："这又能说明什么，难道能从这里能找到他们的线索？"我笑了："说明他们，我在这里说的是他们，曾在网上学习过这些黑技术，但是现在骑士们的能力，超过谢勒夫和特斯基的技术不知有几百倍了，他们已经不屑于看到自己曾经的过去。就像长大的孩子不愿意别人再提，起自己小时候曾经尿床一样，所以要把那些东西从我们的眼前拿走……而女孩子在这方面表现得更为强烈，这是人的正常心理反应。"露西亚看着我："你是说……骑士不是一个人？"我肯定地点着头："对了，根据以前的挑战所表现出来的是个男孩子，而今天又是个女性反应，说明他们至少是一男一女……"露西亚调皮地说："就像我和博士……"伊娃瞪着眼睛："不对，还有我，咱们是两女一男……组合。"在法国和那些年轻的女士相处，你必须能承受她们"真诚的玩笑"，在不了解对方的情况下切不可当真。因为有时在东方人看来，那就是赤裸裸的爱情表白，可对法国女性来说，只不过是极为普通的玩笑而已。

按理说以国际刑警的信息收集能力以及我们顶尖的网络设备，在自己的办公室已经没有收集不到的信息。可是我们面对的"电脑骑士"，却是强于我们几十倍甚至几百倍的电脑高手，对于这样的对手，我们只好采取几十年前最笨的方式，走出去用眼睛看、用耳朵听、用嘴去问来收集情报。自从考上警察学院之后，我就在化妆课上狠下功夫，因为我知道做一个好的侦探，他的前提首先是在破案过程中，不能被对方发现自己的线索，所以我戴上了一种特殊的隐形眼镜用来保护自己的瞳孔的形态，嘴里含了一个改变声文的哑音片，避免语言的特点被别人掌握。

在巴黎的街头，找到二十死小时营业的网吧可不是很容易，我查了几个链接，才知道有一个小的连锁网吧，它的网店分布在巴黎市的几个地方。这样在下午一点钟我们分开去工作，确定好"晚上八点在巴黎歌剧院旁边的咖啡馆会面"。我到巴士底店，露西亚去了蒙帕纳斯店，而伊娃则直奔歌剧院附近的网店。我来到巴士底附近的网店，先围着那一排排电脑转了两圈，看到他们的生意很一般，在上百台电脑前面只有十几个年轻人，在玩世界上最流行的《战争战争》的新版游戏《罗马之城》。我挨着他们找了一个座位搭讪着，表示自己不会玩这些东西，希望他们能教教自己。这里上网规定起点是三个小时要收九欧元，只有晚上二十二点到第二天早上十点是优惠时段。这个店里同时还打印彩色、黑白照片以及复印、打印资料，另外还提供扫描、传真、电脑出租等服务。我看到这里设备的配置很一般，系统是：XP/Vista/Windows7/Windows8，CPU：3GHz Core i7 处理器，内存：8GB，显卡：2048MB，兼容 DirectX11，硬盘：3TB。

《战争战争》这款网络游戏，是开发商开发出来的一款大战略游戏。在 21 世纪上市发行，到 2013 年 10 月，经典战争策略游戏系列《战争战争》，已经有多代和很多的衍生版本。

站在那几个小伙子身后，看着他们在玩游戏，这款游戏的最初版本我在美国就玩过，它的战争场面十分宏大，是这个游戏系列一贯的特色。在最初那一代的里面，就已经达到能有一万人同屏的地步。到了中世纪之二，已经可以达到十万人在战场上同时厮杀，并且士兵的服装、长相、武器都各不相同，整个游戏气势恢宏。我看到人家都深入了角色，根本顾不上搭理你，自己心想："好几年没有玩这款游戏了，我也先轻松一下吧……"点开电脑，我戴着防辐射面罩，直接就进入了《罗马之城》。那几个玩游戏的年轻人，看着我戴着古怪的面罩，笑得几乎直不起腰来，有一个小伙子跑到我的脸前面，端详了好长时间，最后捂着嘴走开了。

这时候进来两个喝得醉醺醺的高个子年轻人，那个长着和小孩子一样脸盘的"维特"（服务员）过去拦住他们，没想到被一个人举起酒瓶就打倒在地上。这下子那些玩游戏的人们就炸了窝，纷纷站起身来向外跑，两个酒鬼把手里的酒瓶敲碎，拿尖利的玻璃瓶茬口对着大家喊道："跑啊……来啊……"十几个人一动不动地被吓呆了，我一看就大声喊着："快报警……"两个醉汉转身就向着我来了："嘿嘿，这里还有一个戴面具的外星人……好啊……"我一看这势头不对，自己琢磨着："今天这场打斗看来是躲不过去了，那就来吧。"对面是两个非洲裔，他们身高马大，手里拿着刃器，没有准备是要吃亏的。我迅速地看了一下四周，在墙角儿有一个放花盆的架子，上面是一个直径八十厘米左右的圆木头面儿，它下面卡着一根铁管，另一头则插在地上的铁座里。这个时候我的反应可是十分的快，跳起身来就跑向墙角，两个醉鬼倒来劲了："哈哈，外星人害怕了……抓住他……"我把摆着的花盆扔到地上，一使劲把那个木头面拔了下来，原来那个花架子是活的，"好吧，这个可以当我的盾牌了。"那两个醉鬼已经到了我的身边，我一边用左手举着木头面，抵挡着刺来的尖锐酒瓶，右手赶快把那根铁管抓在手里，向那两个进攻者抢着就打了过去。这倒好，那些吓呆了的人们齐声喝起彩来："快看，多像罗马骑士……""狠狠地打这些无赖……"我越战越勇，那两个家伙有些吃不消了。没想到我的脚在地上一滑，人一下子就摔倒了，手里的铁管也甩到一边去了。那两个醉汉的酒这时候全醒了，他们喊着："杀了他……"就冲了过来，我一个鲤鱼打挺又跳了起来，手里把那个圆木头板转得像电风扇一样。一个大个了惊奇地喊道："啊！是中国功夫……快走……快走。"两个人扔下手里的半截子酒瓶，狼狈地跑出去了。我走过去把那个服务员搀扶起来，他刚才被酒瓶子打到了肩膀上，看来问题不大，人们这才大梦初醒般地鼓起掌来。我拍了拍身上的土，又若无其事地开始了我对电子游戏的体验。

2013 年 9 月正式推出的《罗马之城》，游戏的故事发生在历史上最负盛名的战争年代，庞大的扩张战争，场面宏伟的战斗情景，在这里被合二为一，它的规模为整个系列之最。在故事展开的同时，使

玩家能体现更为细腻的个人故事情节。每个玩家的决策以及关键历史事件，使你自己在游戏中能够扮演更为重要的角色。这款游戏引领你进入元老院，参与钩心斗角的政治斗争，同时你已经成为游戏中的人物，将在家族斗争以及所谓的"朋友和同盟军"之间挣扎求生。

我是个电脑专家，再加上曾经玩过《战争战争》，进入游戏里就选择了一个将军，没多久就连续的升级，不到两个小时就在《罗马之城》里成为一个大将军。我采取快速作战的技巧，因为大将军升级是和作战相关的，打仗打得越多升级就越快，我的大将军聪明狡诈而且夜战必胜，表现得顶级狂热，指挥着两个军团并且在战场上站稳了自己的阵地。部队每一次损失，需要靠大量的补血，我就在新占的地盘上劫掠，让我的军队保持随时满员。在内政方面我尽量不搞暗杀，对其他家族的元老采取联姻选项，这样我的内政支持度越来越高，但是对于其他对我有敌意的元老，只要超过我的支持率就果断杀掉，以消除我的政治对手。由此我的级别升得越来越高，得到了元老院里的全力支持。像这样成功地玩游戏，一般熟练的年轻人也要半年六个月，有些笨的人甚至是练上几年，都无法接近我的水平。

这时候我发现，那些在世界各地的在线玩友，很快结成了共同阵线，成百上千的攻击者铺天盖地而来，他们有的策反叛变，有的配合我的敌人，有的去到元老院里煽动，甚至在我行军的路上挖坑，想摔死我的大将军。在这款极为逼真的游戏里，那真是闹得乌烟瘴气。不论怎么说，我感觉全战系列确实是迄今为止接触过的游戏系列中，每一代都在进步。这种进步有时候是曲折进取的，最终平衡了商业化和玩家的压力，一步一步更新达到了前所未有的高度。《罗马之城》其整体系统、引擎、游戏方式，都较前作有了翻天覆地的变化，可以说是整个系列到目前为止，创新度最高的一个作品。

就在我节节胜利的时候，面前的电脑里出现了一行英文，意思是"祝贺你已经达到U盘的级别，欢迎你加入罗马勇士的行列"。"罗马勇士……真是无聊……"我觉得在这个全面战争游戏里，本来是通过不断升级，竟然出现了什么"罗马勇士"。我站起来走到旁边玩家——几个年轻人的身边，摘下面罩问他们："你们知道罗马勇士是怎么回事吗？"那几个小伙子惊讶地转过头来，一齐说："什么？你被接受为罗马勇士了？"

原来，从 2010 年开始，在《战争战争》的游戏里就被人植入一种可以创建和体验虚拟世界的仿真系统，出现了达到某个水平就进入评级的显示。这个评级并不是游戏开发商设置的，可是世界各地的年轻人都以被授予"罗马勇士"为荣耀。一个年轻人解释说："只要成为勇士，就说明你的水平比别人高出十几倍，会让你进入开发电子游戏的某一项设计，每次执行任务后，会有一大笔比特币入账……这是我们梦寐以求的啊。"另一个小伙子沮丧地表示："我们努力了两年，还没攻破帝国版……你刚刚来了一会儿就把《罗马之城》占领，还达到了罗马勇士……U 盘级？""我的上帝呀，你是真神吗……"那些年轻人瞪大了眼睛奇怪地盯着我看，有两个还跑到电脑前面，看什么情况才被接受为"罗马勇士"。这时候电脑发出了电子合成的声音："请刚才的操作手过来……"一个男青年开着玩笑："我就是……"电脑冷静地说："请让开，你的智商为六十五……"一个长得粗壮的非洲裔小伙子琢磨着："啊，我明白了，是你那个面罩起的作用……怎么样？卖给我吧。"面罩是我在中国的"京东网"上购得的，宿舍里还有好多呢。于是我递给他："好吧，送给你……"那个小伙子高兴地转身就跑了，几个和他一起玩游戏的人，一窝蜂地追了出去。我坐在电脑前面，那个电子合成的声音对我说："你的特征已被记录：智商 216，瞳孔……声文……恭喜你成为第 3010 位意大利 U 盘，请记住先生的号码，每周一你打开罗马之城游戏的时候，请键入 3010，我会用网络和你进行联系。"我想："哪有时间和你扯这个闲淡，每周一？……拜拜了您呐。"

我开着那辆摇摇晃晃被人称为"唐·吉诃德老马"的雷诺老爷车，来到了歌剧院对面的那家名叫"花仙子咖啡馆"。三月巴黎的傍晚很凉，一到晚间人会很多。我来到咖啡馆时间刚好下午六点，黄昏时刻，临街的露台人影晃动交杯低饮，已经拉开了巴黎夜晚醉梦交织的帷幕。两位美女还没有到，我选择了一个靠窗的台位，在这里可以看到几条街道汇集在巴黎最有名的加尼叶歌剧院。很快两位姑娘就赶来了，露西亚穿了一件黑色的风衣，露着脸上白皙的皮肤和鲜红的嘴唇。伊娃穿了一件浅灰色的外套，衬托着她深咖色面庞和大大的眼睛。她们一进来就吸引了咖啡店里所有人的目光，看来美女们很享受别人那种火辣辣的注视，她俩若无其事地把外套挂在旁边的衣架上，左顾右盼地打量着周围的环境。

伊娃对着我抛了一个媚眼儿："没想到博士来了巴黎才一年，您可真的会选地方啊……"外面很冷，我为三个人每人点了一杯哥伦比亚咖啡，我把那深褐色的液体喝了一口，可以感觉咖啡流进体内的暖意以及残留在口腔中的余涩。这里的咖啡用料奇香，所以招引来很多客人。花仙子咖啡馆店面不大，在马路的一个街角上。外观非常雅致，绿色的窗檐，白色遮阳布，二楼的窗外花架上有耐寒的蔓藤缠绕。这家咖啡馆的招牌咖啡带着杏仁的果香，人们喝着咖啡御寒、解乏、聊天谈话，还能欣赏法国美女以饱眼福。很多人在咖啡馆里喝咖啡，就是要有这样的感觉。"说起歌剧院的名称，这里还有一段故事呢……"露西亚甜甜地对我说："在拿破仑三世和奥斯曼重整巴黎之时，这个位于各条大道交汇处的歌剧院，采用了年轻建设师加尼叶的设计方案，据说当欧也尼皇后在一百七十多个方案中，看到加尼叶的设计就问道……这是什么？既不是罗马式也不是经典式，还不是路易十四式和路易十五式……"露西亚瞟了一眼伊娃，伊娃接过话来说："博士，你猜加尼叶是怎么回答的……"露西亚就像在歌剧里一样地表演说："尊贵的皇后陛下，这幢高大的房屋不是任何象征，它只代表了皇帝对皇后的爱情，歌剧院就是您的丈夫拿破仑三世。"两个姑娘被自己的表演感动得快掉下眼泪来，我也只好假装揉揉眼睛。伊娃说："歌剧院被称作巴黎最……好的约会地点，当然也是有由来的……"两个人眨眨眼睛一人一句地说："很多富家子弟，就在歌剧院旁边女神像和心爱的姑娘约会……""然后去旺姆广场买钻戒……"她们同时向我伸出手来："今天博士约我们到这里……难道没有什么礼物吗？"我故作惊奇的样子："礼物……有啊，我不就是你们要的礼物吗……"

我低声对她们讲了下午经历的事情，"……看来网店里有价值的情报，就在那款战争游戏里。我打了四个小时的游戏，已经成为寄生在游戏里的评级软件所设置的罗马勇士了。看来那个软件正在收罗人马，你们看我是 3010 号，叫什么意大利 U 盘。"伊娃瞪大了眼睛："啊……真的？"露西亚开着玩笑："医生，你不是给网店女老板看病……才得到的称号吧？"我把手指放在嘴上，"嘘嘘"地制止着两个姑娘的玩笑："说说你们下午的情况……"看来她们比我还差，毫无进展。两位美女有些不好意思地说："我……那里可没有什么 U 盘，也没有发现什么……勇士。""我也是……"

伊娃的母亲祖籍是塞内加尔，父亲是法国军人，她 13 岁才来到法国。露西亚小时候，一直随父母在阿尔及利亚生活，15 岁回到法国马赛上中学。两个人都非常聪明，只不过小时候对电子游戏接触得少，除了工作中使用外，她们对电脑的感觉，只是冰凉的电器而已。对那些男孩子们趋之若鹜的电玩，根本没有兴趣，所以一下午都没有任何收获。露西亚果断地说："对植入程序长达数年的寄生使用，而且在后台还有人直接操作……博士，你不觉得有些奇怪吗。"伊娃思索了一会儿："我觉得是不是可以这样去想，假设电脑骑士有三种类型，一个报复心极强的男骑士，一个羞耻心极强的女骑士，还有一个沉溺于电子游戏中给大家封官许愿的小骑士……"露西亚接着说："或者是具有三种性格爱好的一个坏蛋……"她们的话又一次启发了我，仔细地琢磨："看来在网店的收获也是一条线索，不管寄生电子程序是什么目的……他的行为已经违法了。"在我的笔记本里，把这两条又加了进去。

炸弹升级

炸弹升级……破坏严重……恐怖组织……高音谱号

从 2010 年"维基解密"事件，到 2013 年"斯诺登泄密"事件，使人们意识到，内部关键人士通过媒体泄密，在所有泄密情况中比例最高，对国家安全和影响也最大。很多的机构在探讨未授权信息，泄露背后的动机、代价、法律困境和解决之道，以期望提醒人们，那些内部人是如何获取国家情报的，获得情报后会取得怎样的优势。2013 年出现的美国爱德华·约瑟夫·斯诺登叛逃，并且把棱镜计划曝光以来，暴露了很多美国政府的窃听和泄密事件。棱镜计划（PRISM）的正式名号为"US-984XN"，斯诺登事件将某些国家利用其技术优势，在全球范围内展开的各种攻击，与窃听行为逐一揭示，更是将国与国背后的各种网络攻击事件推到了历史的高点。在防范寻找恐怖分子的同时，也获取了大量与此无关的，个人和其他国家政府的大量机密。于是各国政府都把深喉（内部人员）的泄密，当作洪水猛兽一样来防范。

实际上一波强过一波的 DDoS（分布式拒绝服务）攻击，一直是此起彼伏。夹杂着各种目的的 APT（捕获）攻击也是暗流涌动，各类大规模信息泄露事件汹涌来袭，后门事件层出不穷，互联网中可谓是腥风血雨、杀机四伏。国际刑警组织本身，不介入任何政治因素的事件中，它结合自身大数据监测情况，特别关注了 2013 年直接或间接影响全球网络的安全事件，希望能在 2014 年尽量减少网络安全的案

件。就在大家把目光聚焦在各种内部泄密事件的时候，那些无良黑客们又开始兴风作浪了。

进入 2014 年的 3 月份之后，欧洲各国开始出现大量的电脑质量问题。"电脑爆裂……"经常是在夜间人们不再工作的时候，在那些电脑集中的地方出现，并没有人当时监测到是如何发生的，据调查单是法国境内已达上万台之多。我查阅了各国的情况报告，时间是在三天之内，设备爆裂几乎是在同一时间内发生的。电脑生产企业找不到原因，大量的破坏让那些使用设备的部门利益被损害，以及电脑公司面对赔偿苦不堪言。看到这些报道之后，我想起了去年（2013 年）在国际刑警总部经历的电子炸弹袭击，仔细地想："难道是人为的破坏……是电子炸弹？"听了我的报告，分局长官派我的小组去协同负责侦破的宪兵部门，一起去勘查电脑爆裂现场和收集证据，"若是电脑骑士真的与此事有联系，要求 LFGC 处马上全员介入。"

我和两位美女警察开始行动，我们来到巴黎音乐学院，他们电脑室的那栋五层楼房的所有门窗都被毁坏了。学院的一位白发苍苍的女教授对我说："正在与电脑厂家和保险公司交涉，关键是我们很多原创的乐曲都存在电脑里，没有来得及拷贝，现在全都没有了，太可惜了……"我们来到作曲系的电脑室，这里还保留着现场，那真是满屋碎屑，一片狼藉。我们在屋子里拍照取证，脚下发出"咯吱咯吱"的声音。桌子上的台式电脑大部分只留下一个座，有的全部被炸成了碎片和粉末。四台德国立式钢琴也面目全非，除了厚厚的音板都炸碎了。在一排桌子后面的墙上，嵌入了很多玻璃和工程塑料的碎片。我测量了那十几台电脑与墙的距离前后都是五米，左右从中间算大概四米。我用镊子使劲揪下来几片，可以看到那些锋利像刀片一样尖锐的碎屑，在混凝土的墙壁里竟然深入了五厘米。我不由得大吃一惊："好大的当量啊……"爆炸当量是用来衡量炸药的爆炸造成的威力，相当于多少质量单位的 TNT（黄色炸药）爆炸，所造成的威力作为爆炸当量的参考系。我想起在国际刑警总部，那次"电脑骑士"操纵的爆炸："当时我把阿尔弗雷德和那位主任向后拉了两步……也就是距离爆炸物两米五左右，电脑的面板和空气过滤器前面的外壳炸开了，他们都是轻伤。要是那天爆炸像这样的力量，电脑前的人必死无疑……"现在简单的计算这次电脑爆炸的威力，相当于第一次的五到十倍。我肯定地说："毫无疑问，这是人为操纵的结果……"伊娃问道："人为的……他们为什么要这样做呢？"露西亚摇着头："要是恐怖组织，这样做没有任何价值，这种大面积的破坏，没有涉及政府、军队，好像还是为了不伤到人，才安排了夜间引爆……"此时我的判断已经做出来了——"这是一次类似于核武试验形式的，检验提高电子炸弹威力的爆炸实验。"

我们把相邻的两间房屋也做了检查，发现那间作曲系主任办公室里的笔记本电脑却完好无损。那位女教授对我说："这是我的办公室，那天我的笔记本电脑没有电了，我就把它放在桌子上充电，不知为什么它没有爆炸……"我征得了她的同意后打开了笔记本，在开机时屏幕上赫然出现了"电脑骑士"的LOGO（标识），那是一个铠甲在身挎剑持矛骑着马的武士。伊娃眼尖，她正要跨进门就看到了骑士的标志，"博士你看，那不是……电脑……"我大喊一声："躲开！"揪着老太太就钻到了桌子底下，说时迟那时快，桌子上那个扁扁的笔记本电脑"砰……"的一声，瞬间炸成了无数个碎片。好在我那两个美女在门口正要进来，她俩转身躲到了门外，女教授被我揪着蹲下来的时候，脑袋在桌子底下磕了一个大包，虽然这样，那位作曲家老太太一直对我讲着法语："迈赫西（谢谢）……"

在相邻的另一间琴室里，被隔壁电脑爆炸也弄得凌乱不堪，我在地上捡起了散乱的五线谱，看到一张谱纸的五条线题头，用连笔画着一个好像小提琴样的符号，我奇怪地问道："教授，这……表示什么意思？"老太太笑了："这是五线谱里的高音谱号，使用时间一长，

在画标志的时候每个人都有自己的习惯。我教的孩子们都很调皮，他们愿意弹琴不愿意学习作曲，每到作曲课的时候，就在那张纸上画小提琴……您能看懂这里的意思吗？"她指着墙上一把小提琴的画说，我一下子就看到那把小提琴琴身面板的两侧，有两个 S 形状的音孔。"这不就像 SOS……那个求救的信号吗？而高音谱号的小写 g，又与小提琴极为相似，所以……那个 g 就代表了救救我……"女教授惊奇地看着我："好聪明的警官，他们不愿意上作曲课，就在那些纸上画满了高音 g，代表那个 SOS……"

现在我终于解开了那个小提琴，也就是高音谱号 g 的谜底，"可是这些银行里发生的失窃案，本身就是盗窃者为什么要留下这个呼救的标志呢……"我接着想道："这个小写的 g，是从五线谱里衍生出来的标志……是不是那些骑士们作案之后，还故意要留下痕迹用来挑战警方呢？如此的狂妄自大，是说明他们对自己掌握的科技，有足够的信心吗？"不管怎样现在完全可以断定："发生在银行的几十亿美金的盗窃案，绝大多数是电脑骑士直接参与的……"现在需要的是收集他们的犯罪证据，在这个强调证据的法治社会，拿不出证据来，你的一切推理都是站不住脚的。

这一次的调查，虽然一下子确定了几个疑问，可我的心里却是越来越沉重。回到局里，我把自己的小本拿出来，反复地看着，"可以确定金融案的指向和电脑炸弹的实际存在，这个拥有大量资金和极高技术手段的犯罪团伙，他们的危险性远远超过伊斯兰国（ISIS），这件事情要尽快向局里报告，要求马上采取措施"。

法国国家警察总局把所有的高级警官，都召集到巴黎的国际刑警中心局，召开了一个范围很大的紧急会议。按照我的要求，会议室里切断了所有设备的电源，包括照明和通风设备，同时禁止手机、笔记本电脑和随身的电子装备入内。总局长要求由"唐·吉诃德"小组，通报关于"电脑骑士"的一切线索和它的危险性。同时国际刑警总部也派来了代表，法国内政部来了一位副部长，他们面部严肃地坐在第一排，表明了事件的严重性和对这个新型恐怖组织的重视。

会议开始了，总局长对大家宣布："我们面临着一个全新的、掌握着科技手段和不断创新的恐怖组织，说得严重一点，它可以瞬间毁灭整个世界……"警官们瞪大了眼睛张着耳朵，紧张地听着总局长的话。随后"LFGC"处的指挥官阿尔弗雷德，对大家简单地介绍了"电脑骑士"的出现：

　　恐怖组织名称：电脑骑士

　　危险级别：进入恐怖组织预防序列，为特等特级。（在目前的 IT 行业里，具有无所不能的窃听能力、观察能力、攻击能力和破解渗透能力）

　　规模：多层组织。

　　政治倾向：尚未形成。

　　特点：具有高智商及目空一切的作风，而且报复性极强。具有女性、儿童的报复心理特点。

　　犯罪事实：百分之八十以上的银行窃案是他们进行的，手中积累了大量的财富（几十亿美元）。

　　目前应对措施：杜绝一切电子产品。

然后就把"唐·吉诃德"小组和我推了出来："这就是专门跟踪并掌握了电脑骑士情况的唐·吉诃德小组，由两位美丽的警员和这位组长叶赫·布里斯博士组成。"在大家热烈的掌声里，我从和阿尔弗雷德警官去总部接受邮件讲起，到法国银行资金失窃，南亚某国的银行案的办案过程，还有这次的大面积电脑爆裂……我肯定地说："都是这个恐怖组织所为。他们已经拥有几十亿美元的资金，还有比当今任何一个国家先进的窃听能力、观察能力和攻击能力。这次在世界上

出现的大面积电脑爆裂，就是在测试电子炸弹增加的当量，要比刚开始的时候威力扩大了十倍。他的电子炸弹会毁灭我们的社会管理结构，干扰军队武器的使用，造成金融系统的混乱。预计短期内，还会有进一步的恐怖措施。"在讲到他们的政治目的时候我解释道："目前这个具有先进手段的组织，还没有发现他们的首脑有明确的政治目标，如果在两年或者更短的时间内不能消灭他们，人类世界的危险，将会按照几何数值来加倍……"这时候内政部副部长发问了："博士，您考虑过他们与 ISIS 联手的可能性吗？"我解释说："这个可能性在短期是没有的，因为他们的标识和组织名称，都表示了自己的历史文化和宗教立场。只有在发展过程中，出于自身生存的需要才有可能……这就说明了破获电脑骑士的紧迫感和重要性。"一位警官又提出了一个关键的问题："既然恐怖分子掌握了先进的技术，造成了我们无法对他们跟踪和对抗，那大家应该如何防范和破获他们呢？"我按照自己的理解，对大家作了解答："这就是当前我们的难点，所以在以后的侦破工作中，个人接触时只能用最原始的办法，就像今天一样，杜绝一切电子产品，回到拿破仑时代……"阿尔弗雷德警官看来同意我的方法，他说："要知道科学为我们许诺的只是客观的真理，它从来没有为我们许诺过和平和幸福。他对我们的感情无动于衷，对我们的哀怨不闻不问，我们只能设法和科学生活在一起，因为没有任何力量能够恢复被他摧毁的幻觉。"人们还在下面议论纷纷："使用这种办法，那……什么时候才能抓住他们呢？""怪不得这个小组的名字叫唐·吉诃德呢……"会议在一种沉重的气氛中结束了。

　　会后在总局长的办公室，内政部副部长接见了阿尔弗雷德指挥下的"LFGC"所有人员。副部长是个六十多岁的老头子，他特意握着我的手说："年轻人，看得出来，你有能力在阿尔弗雷德警官的指挥下，破获这个犯罪组织。我们会全力支持你的，要记住世界的命运掌握在你们几个人的手里。"

大肆攻击

寻找骑士……密切监视……疯狂攻击……炸弹威力

为了寻找"电脑骑士"的踪迹，从3月份开始，法国中心局特意启用了挪威生产的最先进的Norse设备，实际上就是一台大功率的"诱饵"（在北欧斯堪的纳维亚神话里，它的意思是"男性的月亮"）。这是Corporation公司的设备，它可以搜集全球四十个国家的将近一百五十个数据中心的数据，每天能处理200TB的数据。你通过它可以看到那些形象生动和有趣的各种电子攻击的可视化记录。所有在地图上展示的大数据，都是来自真实的生活目标。"蜜罐"和安全公司部署的"诱饵系统"收集的数据，其中有攻击来源、攻击方式以及攻击频率。Norse机器的大多数数据来自Norse公司所有，并监视将近八百万台所谓的"蜜罐"计算机，这些计算机通过运行伪装成各种电子设备的六千多种假的程序，包括银行数据库、ATM机程序和公司电子邮箱用来吸引全球的网络攻击，以求能找出那些黑客和伪装的恐怖分子。我带着两个美女警察去局里的观察室，观看通过这台设备出现的电子多向实时地图。我告诉她俩："这只不过是代表了Norse机器采集数据的百分之一，你们可以想象一下，网络中的攻击在全世界的规模有多么的庞大。要是全部数据都在显示屏幕上表现出来的话，那将会把地图全部淹没。"

来自挪威公司的电子地图看起来真棒，它包含每个相关攻击的丰富数据，有的甚至连攻击组织的名称和网络地址、攻击目标所在城市、被攻击的服务器都显示得清清楚楚。在大屏幕上还列举出了最容易受到攻击的国家以及最喜欢发起攻击的国家。大多数攻击是网络公司用机器人进行的"有益攻击"，在于查出过时网络系统的软肋。只有一些方块显示了当前网络正遭受哪种类型的恶意攻击。管理 Norse 机器的高级警官表示："从地图上来看大多数攻击是不定向的，但是偶尔会有大量协同攻击发生，即 DDoS（分布式拒绝服务攻击），这就是我们研究的重点。"虽然网络上经常报道什么黑客大战，什么国家与另一国的网络攻击战……但是网络攻击这个概念，对普通人来说还是过于抽象。原因不仅是因为人们不能理解网络攻击的方法，还在于网络攻击的规模，是一般人难以彻底理解的。在大型显示屏上，通过 Norse Corporation 系统的帮助，理解网络攻击就不再是问题。展示全球实时发生的网络攻击，看起来很恐怖。网络攻击的来源和目标，是我们的计算机在每一秒钟都在分析和关注的。

有美女的地方男士们总是殷勤过头，就在我们慢慢走出观察室的时候，那位高级警官追过来笑着为她们打开门，他色迷迷地看着伊娃和露西亚，不断主动地把高度机密说给她们听："你们没有注意到吗，那个偶尔在几内亚湾产生大量的活动点，是因为在远离圣多美海岸线的地方，美国设置有一处最高机密的巨型网络中心。"

阿尔弗雷德长官布置 LFGC 处的所有成员，开始在 Norse 设备的数据观察室值班，要求大家密切注意攻击源，他嘱咐道："一定要看看他们的真实面目……"在中心观察室的两侧有几个单独的小房间，这里是局部分析室。我们 LFGC 人员将在那里进一步地从细部分析，以求能找出自己的目标。已经过去一周了，大家还是没有什么新的发现，又轮到"唐·吉诃德"小组值班了，我一动不动地观察着那些局部攻击现象，屋子里有两个电子屏幕，一个连接着大观察室的 Norse 机器。另一个是 iPviking 的小型设备，都是在线黑客攻击的可视化地图。对全世界互联网数据流攻击，进行实时检测可视化的数据图。

用户可以直观地看到世界各地的攻击数据，这两个检测平台可以监测到网络上的各种攻击方式和来源于哪个国家的详细数据。地图中采用的数据，是来源于权威的美国联邦储备委员会，其中的网络攻击流量，是由全球二百七十多个 ISP 客户统计，并同意匿名分享的。在我看来"网络实时地图"与其他系统相比，还有更优越的地方，因为它可以改变为交互式视频，大家所看到千变万化的数据，是由各种扫描服务器提供的，因此也具有了一定灵活性。你可以布局自定义扫描，过滤那些恶意威胁，像 E-mail 恶意软件、Web site 攻击、漏洞扫描等。

　　我考虑了一下，决定专门研究从欧洲发出那种专门攻击银行网络的电子束。我先从法国的周边国家开始，立刻就发现有一个奇怪的现象，很多零散的黑客在同一时段，一致攻击亚洲某大国的一所大学的网络，伊娃有些奇怪地问我："博士，你看这里……他们到底是为什么？"可以看出 Norse Corporation 提供了真正实用的服务，因为它可以帮你追查先前的网络攻击，最早可追溯到一年内的记录。露西亚跑去询问了 Norse 机器的值机人员，经当班的警官查阅："一年内在这个空域没有电子束攻击的实时记录……"我心想："为什么那些黑客要攻击这所大学？难道它的电子设备有什么秘密吗？"而经过进一步的放大观察，每当攻击束出现，该大学就会有电子束分散转向世界其他地方。我断定："好聪明啊，这是利用大学的设备，将黑客电子束转向他们的攻击目标……"经过进一步的检查发现，通过大学中转的电子束，都直接射向各国的银行的信息库！我心里怦怦地跳着："他们的方向是真实的……不管这些人是不是电脑骑士，一定是恶意黑客的行为，是他们行动的前奏。"当务之急是检查攻击来源，我立刻通知观察室的值班人员，"请把我锁定的攻击电子束，发出城市和具体地点的局部分辨率放到最大……"这台 Norse 机器真的很神奇，它能找到发布攻击的具体地点，我们利用谷歌的电子地图，包括局部详细的卫星照片。可以提供含有市区和交通以及商业信息的矢量地图，不

同分辨率的卫星照片，可以用来显示地形和等高线地形视图。但是按照规定它不能是即时的，而是一个小时以前的图像。眼前的地图渐渐地放大了，"这是法国境内，再拉近……对，再清晰一些。"慢慢的荧屏上出现了巴黎，我像在空中俯瞰着美丽的巴黎，仔细地分析着巴黎的攻击地点，一个熟悉的标志在旁边露了出来，露西亚说："这不是巴黎歌剧院吗……旁边这个地点是……啊，是伊娃去过的网店！"再看……对了，是我去过的那个巴士底店，还有露西亚去的蒙帕纳斯店……经过更仔细的搜索，在法国境内发出攻击的地点，经查询都是那些经营电玩的连锁网店。我琢磨着："真是奇怪，这些电子游戏厅……怎么会有黑客的攻击行为呢？"有了前面的经验，我慢慢向巴黎以及法国的外围推开，在西班牙、荷兰、德国、英国……几乎整个欧洲，都有朝着一个方向攻击的电子束，而且大部分的地点是网店。我想起自己在网店的经历："难道……他们是通过电子游戏征召自己需要的黑客，再训练成网络攻击的黑客……"这是个重要的情况，我立即向阿尔弗雷德警官报告了值班的发现："黑客对银行的攻击，是经亚洲某大学的电子设备，转道分散攻击的。攻击源在欧洲，大部分是一小时前的网店……"我们随即向中心局长官报告，局长决定部署警力搜捕，我觉得现在用警察包围网店有些不妥，于是报告说："不是实时图像，抓不住真正的黑客，这样会不会打草惊蛇……"忽然一种奇怪的蓝色电子束沿着黑客的攻击路线集中发射了。阿尔弗雷德警官敏锐地感觉："这不是正常的电子攻击束……"我忽然意识到："是黑客们施放了电子炸弹……是电子炸弹！快，马上关闭电源……"局里的报警装置响成了一片，整幢大厦所有的电源都切断了。5分钟之后警察总局大厦分段恢复了供电，显示屏上的攻击电子束也消失了。伊娃和露西亚悄悄地问我："博士，真的吗……用电子炸弹攻击……开始啦？"我有些不高兴没有搭理她们，只是在心里重复着："可以肯定，这是电脑骑士做的……"刚才听到了走廊里有些人大声说着："什么事情大惊小怪的……真是多此一举。"可是很快情报就来了："二十六个国家的一百家银行数据库和操作系统，遭到毁灭性的攻击，所有的电子仪器和电脑设备都爆炸了，正在统计伤亡人数。攻击发生在下班之前，计算机中心数据库和所有的台式电脑都被炸毁，在电脑附近工作的人员被击中数百人，预计伤亡人数还在增加……"阿尔弗雷德低着头念叨着："真是灾难啊……"两个女警听到消息以后，目瞪口呆地站在那里，露西亚看着我："博士，还真让你猜对了……"伊娃纠正着她的话："不对，是预测准确……咱们的博士是神探……"这时候我想起了一件事："露西亚，马上把银行失窃案的所有资料都拿来，我们核对一下……"最后的结果果然和我的猜测相吻合：经过核对，这次攻击的对象，就是"电脑骑士"曾经盗窃过资金的各国银行。我在想："电脑骑士是要彻底销毁所有的证据？……再不就是试验一下他们的重磅武器，以显示他们的存在？这样的举动，不是就暴露了他们的身份吗？"

　　我带着两个女警，来到巴黎那家失窃资金的商业银行调查损失情况，银行董事会的成员正在开会，他们特意把我们也请到会议室里，也算是配合国际刑警的调查。看着那些董事们哭丧的脸，感受着会议室里沉闷的气氛，就知道他们受到的打击和损失有多大了。这家银行已经休业，因为它的所有电子设备全部爆炸，必须更换安装，恢复数据目前是最难的事情。该行的操作人员死亡两人受伤十五人，预计这家银行的损失将达到两千万欧元。

　　很快国际刑警法国中心局，把 LFGC 处的三个小组所有人员召集到一起开了会，局长要求我们迅速行动，抓紧时间破获电脑骑士。局长和阿尔弗雷德长官把三个小组分了工：第一组"福尔摩斯"小组，装扮成黑客，把中心局的一个安全屋（秘密联络点）作为基地，采取黑客的方法，用电脑四处攻击的方式进行信息采集，努力与"电脑骑士"搭上联系，以估计他们的位置和距离。第二组"黑斯廷斯"，进

入法国利益商业银行，成立假的银行电脑中心，故意释放商业银行正常营业的假信息，以银行资料和ATM机的漏洞，吸引"电脑骑士"上钩，产生第二次攻击，以确定他们的位置，同时寻找与带有g谱号吻合的文件。轮到我的第三组"唐·吉诃德"了，局长特意拍拍我的肩膀说："布里斯警官，这里你最有发言权，说说你的想法……"我把知道的"电脑骑士"所有情况都罗列出来，然后对局长说："从所有的情况汇总来看，电脑骑士这个恐怖组织目前还不成熟，他不像间谍机构那样的组织严密，从他们的表现看还有点随心所欲。使他们胆大妄为的是掌握的科技手段，无所不在的眼睛和耳朵，随时可发动攻击的电子炸弹，我们必须抢时间尽早破获他们。前几日的黑客攻击，多数发生在网店，所以想获得情况只有这个线索。据我判断电脑骑士就盘踞在《战争战争》游戏的后台里，这是他们联系社会的触角，我想从巴黎电子游戏厅开始，接着他的'罗马勇士'继续升级，有可能从网店获得一些信息，然后撕开一个缺口……"局长看了一下阿尔弗雷德处长，然后点了点头说："好，你的唐·吉诃德小组……"局长说到这里皱了皱眉头，"嗯，这个名字……第三组进入网店执行卧底任务，具体的工作由阿尔弗雷德处长安排。"局长转过身来对我们的长官说："老朋友，你的人所有的资料从现在起全部……撤销。"阿尔弗雷德处长像发誓那样的对着局长和大家说："现在一切都清楚了，盗窃金钱、电子炸弹都是这个恐怖组织做的，但是他们目前还没表现出自己的政治诉求，我们的目标只有一个，就是使用一切手段，尽快地消灭电脑骑士这个犯罪集团。"

第三章

打入内部

　　网络在人类生活中的渗透，已经使现代人无所适从，一部分人跨越了传统的定义，在网络中找到了自己为所欲为的机遇。而大部分人面对着前所未有的挑战以及涌现的网络行为而不知所措。这就促使人们重新审视自己的生产方式、传统实践以及我们的生活状态。

——沃斯达士

顺利入伙

卧底行动……电脑游戏……比特金币……3010 号 U 盘

从局长开会宣布以后，LFGC 这个针对"电脑骑士"的机构从表面看就被撤销了。我和伊娃、露西亚的工作档案，被秘密调到法德边境梅斯市的警察署，这个小城市的对面，就是德国的沙尔布吕肯。我们都去梅斯办理了个人身份，由此开始了秘密的卧底生涯。我心里想着："看来我们的工作，就从这个边境小城开始了……"

走出总局的大门，露西亚和伊娃高兴得手舞足蹈，"哈哈，终于要过邦女郎那样的生活了，富裕的环境，神秘的工作，热烈的爱情，刺激的情节，都在等着我们……"我可没有她们那种兴奋，只是冷冷地看着两位美女，对她们说："提前声明，我可不是邦德 007，没有那么神通广大，再说……你就看我的汽车吧，咱们只是到电子游戏厅去玩游戏的小混混……二位小姐，你们想得也太浪漫了。"这几句话，显然打击了两位小姐的兴致，看着伊娃对我直翻白眼，我连忙缓和气氛笑着解释："当然，你们都是我漂亮的女友，不然我怎么能带你们去网店玩战争游戏呢……"

对"唐·吉诃德"小组的行动，我的第一个计划是这样的：

一、我们三人在网店有一个相识过程的表演。

二、从现在开始，断绝与家人和朋友的一切来往（住在局里提供的安全屋，清除一切过去的痕迹，信用卡、身份证、照片……这些局里都已经做了）要有长期不与家人、亲友和同事来往，甚至要承受装

作不相识而带来的误解。"要记住，秘密工作的生活是枯燥的。"

三、清除每个人的电子设备（手机、电脑、收音机、电子手表、电子打火机……），回到20世纪50年代的社会生活。

四、工作采取最原始的办法：用邮局寄信传递情报，在花仙子咖啡馆使用暗号碰头。（见面的时候拿着塞万提斯的书，交换书籍）

五、在一周内努力使两位"天使"成为电子游戏的高手，努力进入U盘系列。

六、逐渐摸清楚在电脑骑士攻击银行网络的时间，有哪些人在网店里？

七、弄清楚"罗马勇士"和"电脑骑士"的关系，再制定下一步计划。

我向两位组员说明了第一个计划，同时宣布："今天是周五，我们的工作从周一开始，大家回去准备。"说起来两位美女都有男朋友，我的计划一出她们不仅没有抱怨，反而高兴地说："这么说……现在我们只有博士你这一个男朋友了……"我心里有些发毛，"要知道每天在她们的手心里捏着，那还有我的好果子？"不行，我必须强调一句："我……什么时候成了你们的男朋友？"露西亚很认真地说："你要是不承认，我们就去找局长……声明不参加这个小组的活动……"伊娃乜斜着眼睛看着我说："那好……我去一组吧。"我一看人家来真的了，只好对她们低头："别闹了，你们都是我亲密的女友……这行了吧。"知道她们是认真的，我也就不开玩笑了，可是两个姑娘在我的脸上，一边留下了一个红红的唇膏印，然后笑嘻嘻地扬长而去。这一次的秘密工作因为它的危险性，使我觉得压力很大，可那两个姑娘并没有认识到。她们以为："不就是一个调查，何必那样的认真呢，就是去玩电子游戏吗……"我心里想："这种你在明处他们在暗处，那些人随时在监视着你的一举一动，危险性太大了……"我反复琢磨着："关键是不放心这两位女士……至于我嘛，只要把什么都装在脑子里，谨慎做事就行了。"

到了周一，我戴上隐形眼镜含着变音的舌板，化妆好自己，一副无所事事的样子，开着我的"唐·吉诃德老马"去了好几个网店露面，然后又到了那个巴士底网店。来得真早，整个大房子里一排排的电脑前面，只有一个年轻人熬夜玩游戏，这会儿正趴在电脑前面睡大觉呢。我打开一台电脑，选择了《战争战争》游戏的"罗马之城"，看着里面的攻城战役，随便敲打了几下键盘，然后键入3010号码。我对"维特"招了招手，对他说："端一杯咖啡来……"然后自己悠闲地喝了起来。等了一会儿没有动静，我有些嘀咕："难道那天的命名……只是网络游戏里的一个玩笑？"看来只能重新开始了，这样的网络游戏对我来说，完全是小菜一碟，我选择了自己的代理人，开始进入了虚拟的古罗马军旅生活，先是持矛和盾牌的士兵，很快就变成了握剑的军官，然后在砍杀中升任了骑马的将军。我正杀得来劲呢，身后飘来了一阵阵香水的味道，"看来是女士们到了……"可是那种味道一会儿又没了，我心想："你们两个美女想学就得认真地看，跑来跑去像孩子一样那还能行……"

终于耳边有了叽叽嘎嘎的笑声，我能听出来是伊娃和露西亚的声音，她们站在我的身后，指指点点地在我的耳边议论着，"看看，这个帅哥玩得好，别走……"她俩嘴里的热气，把我的脖子吹得直痒痒。忽然我觉得有些不对："她们身上的香水味道和刚才闻到的不一样，难道还有别的女人在这里？"我抬起头来四周环顾了一下，还是一个睡觉的男孩儿，服务台那里有两个年轻的"维特"，身后是我的两位漂亮的"女友"。"你玩儿得这样好，能不能教教我们……"露西亚扭扭捏捏地说着，还用她穿着渔网的胸脯，在我的后背上直蹭。我心里好笑："她们表演得也太逼真了，那些女混混们也不会上来就靠得这么近……好了，算我的艳福不浅。"我装模作样地打着招呼，开始边讲解边玩儿。这两个女孩儿真是灵得很，很快就能进入角色，我琢磨着："女人要是认真起来，那股狠劲男人是比不上的……"我给两位"新女友"在旁边一左一右开了两台电脑，让她们自己在实战中学习提高。很快就到了中午，我对两位美女说："中午可以一起吃饭吗……"她俩兴高采烈地答应了，我这才发现美女们今天穿的可太暴露了。伊娃上身穿了一件白色的半袖体恤，下边是露着两个屁股的牛仔短裤，那裤子短得能看到大腿根儿。不到半尺宽的布上还掏满了大小的洞。而露西亚是下身穿着磨破了膝盖的长裤，上身的衣服简直惨不忍睹——那单薄的渔网背心几乎全是大窟窿，能清楚地看到黑色的文胸。我哭笑不得地说："你们这些姑娘要是想露着，干脆不穿外衣就行了，这又是干吗呢……"伊娃得意地扭着腰身说："这叫诱惑，女人吗……穿衣服是给自己看的，不穿那就是给男人看的……"露西亚又补了一句："尤其是你这样的小色狼。""那不怕我把你们给吃了？"没想到，两个人一下子扑了上来，使劲地搂着我，弄得我差一点被她们憋死："吃啊……吃啊，我们的大卫神。"忽然我面前的荧屏上，出现了一行字："3010 号 U 盘，你好。能问一下你为什么一直没有上网？"我知道那双眼睛在盯着我，于是马上用键盘回答他："对不起，我一个人开车去西班牙旅行了，怎么，罗马之城，您有事吗？""为什么一个人，怎么不带上你的女友呢？"我回过头来看了看露西亚和伊娃，"她们……这是刚才认识的。"电脑停顿了一会儿，我想他是在验明正身呢。这时荧屏上出现了一行字："如果你能遵守电脑要求的规则，就加入我们的行列，我会每月支付你两个比特币（虚拟货币，浮动价约六百至一千欧元）。""你的行列……你是哪个行列？我崇拜的人可是阿尔伯特和特斯基，我喜欢俄国人刀剑和盾牌的标志……"忽然电脑上出现了特斯基的大盾牌，上面斜插着两把剑的标志，"是这个标志吗？"我假装高兴地拍着手："这多威风，你这个罗马勇士连个 LOGO（标识）都没有，也太土了……compagnard, e（法语乡巴佬）。"真没有想到，那位电脑的"后台"一下子恼火了，"那就请你看看……我们的 LOGO!（标识）"一下子荧屏上出现了一个骑马的铠甲武士，他握刀持枪威风凛凛……我的心都快到嗓子眼儿了："就是他……这就是电脑骑士，终于找到……你了。"我笑着说："这个好……真的，太威武了。"我比比画画地评论着，电脑忽然出现了几行字："怎么样，同意吗？"我故意大咧咧回答他："去哪儿找这样的好事？你说的是真事吗？那我就有钱泡妞了……"电脑里又出现了一行字："我们需要你这样的高级玩家和……勇士，只要你遵照我的指示……上网的费用我来支付。"我有些奇怪："勇士？难道我那天与酒鬼打架他也看到了……"接着电脑里出现了一个 3010 钱箱，另外还有一个显示"下载最新版的比特币客户端"。有一个提示："密码自设"，我设计了密码，然后按照指示打开了电脑钱箱，里面果然放着圆圆的，中间凸着 B 字母，金灿灿的两枚虚拟货币——比特币。

我的心里别提多美了，"终于落实了……目标现在明确了。"搂着两个美女的肩膀，在网店服务生嫉妒眼光的注视下，摇摇晃晃地走出了网店。我小声地说："我这可是为了破案子，不是占你俩的便宜……"露西亚得意扬扬地说："别辩解了，都给你记着账呢……"我们来到一间比萨店，三个人嘻嘻哈哈地吃了三份意大利比萨，我小声地说："下午我们在德国优联国际公司的平台，把比特币兑换了然后去消费，你俩一人三百欧元，想买什么买什么。这样电脑就会认为我们缺钱，是那些无所事事的人了。"伊娃一边擦着嘴一边问："博士，比特币……到底是个什么东西？电脑里的虚拟货币也能当钱花？"我对她们说："要懂得比特币，首先要知道货币发行的原理。简单地说，一个国家的货币需求就是他资产加上负债的总额，再根据这些基数的变化调整货币的需求量。而比特币是在网络里流通的，网络里的游戏是通过网络技术表现的，虽然是虚拟的，但是那也是一个世界，那里有人、各种生活用品、武器、动物等和现实生活一样的社会，而且所有的玩家都置身于那个社会里，这就产生了使用和交易的需求。首先是电脑游戏里的兵器、服装甚至士兵都可以在玩家中相互购买,就产生了价值,而且创造的武器用途越广泛,需求者会越多,那么价值就越高。现在的网络技术相互也有买卖,由此产生了交易的媒介,虚拟货币——比特币。"露西亚天真地说:"那……我们能不能在网络上,多设计出一些比特币,好拿来买衣服、化妆品啊?"我看着她笑了:"你还是没弄懂它的发行原理,比特币不依靠货币机构发行,也不能由个人在网络里设计制作,它依据特定算法通过大量的计算自然产生。比特币经济,使用整个 P2P 网络中众多节点,构成的分布式数据库,并使用密码学的设计,可以确保无法大量制造比特币,形成人为操控币值。比特币与其他虚拟货币最大的不同,是其总数量非常有限,具有极强的稀缺性。总数量将被永久限制在二千一百万个。"露西亚故意娇气地说着:"哎呀,这些理论真难懂,我的脑子要爆炸了……"可我还没有讲完,于是也不管她们多么不愿意听,只是一个劲儿地讲下去,"比特币可以用来兑现,大多数国家都同意兑换比特币。可以购买虚拟物品,比如网络游戏当中的衣服、装备,也可以购买现实生活当中的物品。"

也可能是比特币的刺激,我的两个女助手开动了脑筋,两周后她们在《罗马之城》的战场上,杀敌无数都成为大将军,可能是女性的阴柔性格,两个人竟然都杀进了罗马元老院……终于跳跃着被电脑确定为 3011 和 3012 号 U 盘。这样我的"唐·吉诃德"小组,全部成为"罗马勇士"的 U 盘。第二天,"电脑骑士"在我攻城掠地玩儿得兴致正浓的时候,忽然提出:"请问,你是否愿意做一个键盘?"我心中大喜,觉得工作终于又有进步了,于是回问他:"您说的是什么意思,是 U 盘的长官吗?"电脑上闪烁着他回答的那句话:"不是,和 U 盘一样,但是会给你增加两枚比特币……"我直接地问他:"那是为什么……""有时候你要进行一些计算方面的工作。"我觉得太好了,但表面上还像是在犹豫:"我考虑一下吧,不想无所事事了,要去上学……"电脑没有表态，我知道"电脑骑士"也在琢磨："到底如何对待这个内行人……"可是我在另外一个问题上，却犯了很大的错误，那就是在"电脑"面前，露西亚和伊娃的个人数据都是真实的。

测试升级

寄生虫程序……初探骑士……黑客文章……提升为 W

我派露西亚把情报填写在用甲骨文写成的纸上，交给了阿尔弗雷德长官的信使，"已确认电脑骑士第一个通道——寄生虫，就是在战争游戏里植入的程序后台。我小组成员都被招募为 U 盘，目前还不清楚电脑骑士的组织结构，该组织与我联系每天换一个密码，密码合成没有规律。"我这样做她们都觉得非常可笑："这都什么年代了，还像一百年前那样做……"可是看到我严肃的样子，两个姑娘也就不敢笑了。

为了不让那些闲散的混混注意到我们三个的特殊样子，我选择不在一个固定地点露面，三人经常有聚有散，但基本都是在网店活动。现在"电脑骑士"由电脑后台掌握时间安排，每周和我联系三次，给伊娃和露西亚偶尔的一次指示，这些都有助于总部在网络上查找那个"电脑骑士"的后台位置。进入第四周的星期一，我如约准时打开了歌剧院附近网店的游戏电脑，果然那个"后台"发出了新的指示："3010 号 U 盘，根据你的见解，能否选择回答一个关于互联网的问题？要自己的真知灼见……"我打了几个字询问："现在吗？"后台回答得非常干脆："当然。"我在几个月前，在警局电脑中心里见习的时候，听说转正还要考试，于是我就认真地自己选择题目，准备了一份答卷。没想到我什么都没用就过了关，还是那个计算机中心主官阿尔弗雷德竭力推荐的，所以也没有经过再考试，自己经过认真研究的成果，也就没有派上用场。"对了，就把自己这个关于互联网安全的看法提交给他吧……"

下面就是我提交的《一个黑客对当前网络的认识》全文：

从 2013 年公开的资料，可以看出黑客们的成功。漏洞不断被黑客挖掘和曝光，使防守一方对漏洞不断地修复，也使黑客们掌握了新的破解工具。随着攻陷每一个漏洞，黑客最重要的就是拖延对方，不能让防守方及时堵住漏洞，这样防守方会失去与黑客攻防的先机，使他们不断处于被动的地位。

十大可利用的互联网"漏洞"：

一、Heartbeed：1."漏洞描述"，在 OpenSSL 1.0.1 before 1.0.1g 中的 TLS 和 DTLS 实现中，由于不能正确处理心跳扩展包，使远程攻击者能通过触发缓冲区的包，获得进入程序内存的敏感信息。

2."漏洞的利用"，能够使用服务器私人钥匙，窃听 Session、Cookie 机密会话，掌握账号密码等敏感信息。

二、Shellshock(BASH)：1."漏洞描述"GNU Bash4.3 及之前版本，在评估某些构造的环境变量时，存在漏洞，在向环境变量值内的函数定义后，添加多余的字符串，会触发此漏洞，攻击者可利用漏洞改变或绕过环境限制，以执行 shell 命令。那些允许未经身份验证的远程攻击者，在提供环境变量可以利用漏洞。用构造的值创建环境变量，这些变量可以包含代码，在 shell 被调用后会被立即执行。2."漏洞的利用"，使用 Force Command 功能的 OpenSSHsshd，使用 mod_cgi 或 mod_cgid 的 Apache 服务器，以及 DHCP 客户端和其他使用 Bash 作为解释器的应用。

可以直接在 Bash 支持的 Web CGI 环境下，远程执行任何命令。

三、SSL 3.0 POODLE：1."漏洞描述"，Poodle 攻击的原理，是由黑客制造安全协议，以造成连接失败，触发浏览器的降级使用 SSL 3.0，然后使用特殊的手段，在 SSL3.0 覆盖的安全连接下，提取到一定字节长度的隐私信息盘."漏洞的利用"攻击者可以利用此漏洞，获取 https 请求中的敏感信息，如 cookies 等信息。

四、Microsoft KerberOS 权限提升：1."漏洞描述"，Windows Kerberos 对 Kerberos Tickets 中 的 PAC(Privilege Attribute Certificate) 的验证流程中存在安全漏洞，低权限的经过认证的远程攻击者，利用该漏洞可以伪造一个 PAC 并通过 Kerberos KDC(Key Distribution Center) 的验证攻击成功，使得攻击者可以提升权限获取域管理权。2."漏洞的利用"利用普通的域账号，提升自己的权限到域控管理员。

五、BadUSB：1."漏洞描述"一个 BadUSB 设备，可以模仿登录用户的键盘或发出命令安装恶意软件。这样的恶意软件，可以感染的计算机连接的其他 USB 设备控制器芯片。该设备还可以欺骗网卡，和更改计算机的 DNS 设置，将流量重定向。2."漏洞的利用"BadUSB 最大的好处是很难被察觉，哪怕是防病毒软件也不能发现它。

六、IE 通杀代码执行：1."漏洞描述"，Microsoft Windows Server 2003 SP2…… 等 02、08Windows RT God/8.1 版本，在实现上存在 Windows OLE 自动化数组远程代码执行漏洞，远程攻击者可利用此漏洞，通过构造的网站执行任意代码。2."漏洞的利用"，对于黑客通过网站挂入"木马"，可以直接批量控制中马用户的计算机，不仅可以取得各类账号 (邮箱、游戏、网络支付)，还可以进行交易劫持等其他利益用途。

七、Microsoft Windows 全版本权限提升：1. "漏洞描述"，如果攻击者诱使用户打开特制文档，或访问包含嵌入 TrueType 字体的不受信任的网站，则漏洞会允许远程执行代码。但是攻击者必须说服用户这样做，方法是让用户单击电子邮件或 Instant Messenger 消息中的链接。2. "漏洞的可利用"，以普通用户权限运行漏洞利用程序成功后，从普通用户权限提升到了系统 system 最高权限。

八、NTP 远程代码执行以及拒绝服务攻击：1. "漏洞描述"，网络时间协议 (NTP) 功能，是用于依靠参考时间源同步计算机的时间。本年度同时爆出 CVE-2014-9293 等四个 CVE 漏洞。2. "漏洞的利用"造成 NTPD 拒绝服务攻击，以及缓冲区溢出漏洞，导致的代码执行漏洞。

九、Adobe 堆缓冲区的溢出：1. "漏洞描述"Adobe Reader 以及 Adobe Acrobat, 存在堆溢漏洞，被成功利用后，可导致代码执行。2. "漏洞的利用"，利用有漏洞的 Adobe Reader 以及 Adobe Acrobat, 攻击操作系统可获取相应的权限。

十、Microsoft.NET Framework 远程权限提升：1. "漏洞描述"，Microsoft.NET Framework1.1 SP1,2.0 SP2,3.5 一直到 4.5.2 版本没有正确执行 TypeFilterLevel 检查，远程攻击者通过向 NETR emoting 个端点发送构造的数据，利用此漏洞可执行任意代码。2. "漏洞的利用"，利用有漏洞的 NET Framework, 获取服务器权限。

打完了最后一个字母，把这篇非常专业的洋洋大论，提交给电脑后台，自己叫了一杯咖啡眯着眼睛看着天花板，想着这些天的工作进度："唉，也不知道总局对电脑骑士的具体地址破解得怎么样了？"这时游戏机后台发出了指示："下午三点请继续你的知识解答，请做好准备。"我知道此时在电脑后台，会有几双眼睛打量着我，于是故意懒洋洋地在键盘上打出几个字："好吧，我的钱花完啦，能否再放几枚比特币……"我心想："我的电脑和互联网方面的知识，引起了电脑骑士们的注意，他们会认真地调查我的一切……"

按照原来的约定，与两位美女在"花仙子"咖啡馆里碰了头。其实只有两天没有见面，两个姑娘竟然把拥抱我的时间延长了一倍。咖啡馆里男人们嫉妒的眼神，一下子都集中在我的身上，分明是在说："这个男人凭什么拥有两个美女的感情……"女人们会想："不是那样，是兄妹……还是姐弟？……多感动人啊。"而我深深地感到，对于她们来说，做秘密工作的那种孤独感是多么强烈。看着眼前两位美丽的姑娘，虽然我的脸上是甜蜜的微笑，不知道怎么心里却是一阵惆怅："我怎么这样的糊涂，把她俩也卷到这种危险的事情中来……"三个人嘻嘻哈哈地吃了一些甜点喝了两杯咖啡，嘱咐了明天见面的时间就分手了。

下午三点，我准时坐到游戏厅电脑的前面，打开电脑，在后台的"电脑骑士"大人物们已经等候在那里了。"3010 号 U 盘，你迟到了一分钟。"明明还差几秒，可后台的人硬说我晚了，"哦，这是一个骄傲的公主……"我马上感觉到对方那种女性的专横，还有他们希望见到我的急切心情。于是我顺从地回答："我……好吧，我应该遵守规定，以后不会这样了。"文字问话很快开始了："请问，你的电脑知识是从哪里来的？怎么有人管你叫博士？"我清楚地感觉到，这个问话的语气是另一个人，而且是一个年龄不大的孩子。我从容地回答他："自学的，在美国硅谷一位工程师的家里，他教给我的。至于人家叫我博士……那是因为我比她们懂得多呗。"电脑上很快出现了一行字："能说一下那位工程师的名字吗？"我毫不客气地回答他："不能，那是我的恩人，我不能告诉外人。""你的智商是多少？""不知道，没人告诉我。""那我就告诉你……216，已经非常聪明了，不过，我还是比你强，我的智商是226。"我心里暗自好笑，"这不就是小孩子的逞能吗……"当然，我在电脑前面还是毕恭毕敬地回答："我没有想和谁去比聪明，只是自己还确定不了未来……到底能做些什么事情。"后台发言了："你还有什么想法……说说吧。"我停顿了一下，开始了上午的话题："在移动互联网、云计算和大数据迅速崛起的年代，网络信息安全已经成为人们关心的目标之一，所以外部攻击和内部发掘是同样重要的。根据 Verizon PCI DSS（决策支持信息系统）的抽样调查报告显示，只有百分之二金融企业，没有数据被泄露过。美国 FBI（中情局）和 CSI（国安局）对美国五百家企事业进行的网络安全调查，发现了超过 85% 的内部人造成的安全漏洞，已经形成巨大的经济损失。按照预估损失，整个美国就有高达万亿美元，是黑客造成损失的十六倍，是病毒造成损失的十二倍，所以培养（收买）网络深喉，也是电脑精英的当务之急。"这句话显然被后台的大人物们听进去了，我的电脑荧屏出现了拍着巴掌的"唐老鸭"形象。"好啦诸位，和你们交往非常愉快，不过我还是想去寻找自己的未来，我不能总是在网店里漂着……"我把那个省略号点了两次，假装站起身来招呼"维特"，忽然电脑里发出了一阵叮咚乱响，我转过身来，看到上面出现了"请坐，不要走"的字样，于是迟疑了几秒钟就又坐下了。"你是个很好的 Cracker（破坏者），元老院一致决定，雇用你做骑士帝国的 W 级高级管理人员，请在这里等待三十分钟，你的生活会发生根本变化。银行账户会有一定数量的报酬，放心，一切都会好的……小甜心。"我的心里有些好笑："小甜心？这又是那个骄傲的公主……他们到底是一些什么样的人呢？"随后电脑显示了一行文字："三日内，派员与你联系，决定你的工作岗位。"随后电脑自动关闭了，

第三章　打入内部

69

但是我知道，那双能看到你的眼睛，还在紧盯着我的一举一动。我好像并不相信似的，有些烦躁地在网店里走来走去，还不停地看着墙上的电子挂钟。

半个小时过去了，一个标着法国 TNT 快递公司标志的小伙子走进来，对网店的"维特"说："有位先生以 3010 号订购的物品……"那个"维特"看着我招呼道："来取您的快件……"快递盒子里有不少东西，我清点着："手机、汽车钥匙……什么？巴黎第六区房子的钥匙……还有一张要求下午四时半入住的通知……哎哟，有不少东西的送货单呢。"我的高兴可想而知，要知道我们"唐·吉诃德"小组的努力没有白付出，我心想："第一个目标终于实现了，现在我是电脑骑士里的管理成员了……"

神秘电脑

我放下刚刚接到的东西，捂着肚子躲进网店的卫生间里，坐在马桶盖儿上，把今天的整个情况写了一个详细的报告："……为了不引起怀疑，我要在四点半以前，到达巴黎第六区的房子，估计电脑骑士把监控都已经布置好了，以后我就会完全被电脑骑士监视（家中的电脑、手机、各种家用电器……），可以说被他们牢牢地控制住了。现在的联系方式花仙子咖啡店，在那里和美女接头，采用甲骨文文字联系。"信写好后，我回到网店的服务台，抱上那些东西，开车回到自己的住所。那是局里的"安全屋"，我把情报放到屋里的指定地点，把自己的东西收拾起来，开上自己的"唐·吉诃德老马"就离开了。我知道每天，阿尔弗雷德长官都会派人来这里进行秘密联络。

开车来到第六区的地址，能看到这是一座老式五层楼房，房间是三层的一个套间，我的房子由两间卧室和一个大客厅组成，还有一个厨房、两个卫生间。房间里面所有的生活用品，还有电脑等办公用品，全都准备好了。我一直在叨叨："太棒了……太棒了。"这套房子是预先被买下来的，我什么都不用管只是居住就行了。这里的条件要比警官公寓和"安全屋"强几百倍，"这回真的和法国贵族一样了……"我跑到楼下的车库，那里放着给我的汽车，2013年产银灰色的雪铁龙，是一辆五人座小轿车。我搓着手，就像一个没见过世面的愣头小子，围着新车转着看，嘴里还不停地说着："满意……太满意了。"

忽然我想起手机，"对……手机，还忘了我的手机呢……"回到房间打开一看，是法国萨基姆牌子的手机，"噢，样子蛮漂亮吗……"里面的 RSMMC 卡已经安装好，只要打开电源就行了。我知道，现在已经处于电脑骑士的无形控制中，我的一举一动都在他们的眼皮底下和耳朵旁边，所以要谨慎再谨慎。头一天，无论手机还是电脑一点动静都没有，我也不着急，先是按照预定的方式，在法国最大的电子商务网站（Amazon）上，把我的老爷车挂上去出售，实际上是通知两位女助手，我的住址、电话。然后按照自己的习惯在台式电脑里解方程式，研究破解欧盟政府网络的"漏洞"，并不急着外出，只是等着电脑骑士高层的进一步指示。

为了保险起见，我仔细地检查了所有的房间，每个房间都有带着电脑的设备，盥洗室的浴盆也是自动的，独立卫生间里的抽水马桶上安装了用电脑控制的带清洁的马桶盖。我把它的进水管关闭了，然后让它不断的工作，一会儿工夫马桶的电脑就烧坏了。我心想："看来这里就是我的情报工作室了……"

晚上，我躺在松软的大床上，根据自己的判断，对这个"电脑骑士王国"做了一个大概的分析："他们的网络系统严密而有序，应该说是无法破解的，所以骑士们有足够的信心敢于公开露面。另外他们已经具备了严密的组织形式。第一，他们实行的是分层管理，这是任何一个组织的常态模式。目前已经知道最低级的叫 U 盘，这些都是具体执行者，按照战争游戏里应该叫"士兵"。其次，进入 U 盘系列后，电脑开始招募我去做技术设计，那么这算是第二个层级，应该是古罗马帝国军队中的"百人长"，就是初级管理者。第三，就是那个和我对话的"后台"，他们应该是这个"电脑骑士王国"承上启下的中坚力量，也是用眼睛窥视用耳朵偷听整个世界，指挥"士兵"和"百人长"，随时向上汇报的管理人员——"将军"，有可能我就是进入"将军"地位的人。在"将军"的上面再加上一个"元帅"的层级，这才符合古罗马社会结构里的设置。最后，是"电脑骑士王国"的"元老院"。目前已知是一个女孩儿，一个男孩子，他们的年龄应该都在20岁以下。这完全是按照电子游戏的规矩设置的管理模式。我琢磨着："士兵、百人长、将军、元帅，元老院五级才更合理。"由此推断："电脑骑士王国"应该是五级管理……我知道，有时候猜测和分析比看到的情况更准确。正像心理学分析过的："有时不真实的东西比真实的东西包含更多的真理。"

我考虑自己第二步的行动，就是四句话：稳定信任、提升地位、掌握机密、伺机出动。现在的首要问题是情报传递方式，我觉得自己面对着的是一个和过去概念完全不同的组织，他们的思路和工作的方式，没有可以正常比照的模式，"就像中国人的小孩子过家家……那种随意性和缘于孩子们的想象力。"我在网络上登了一则二手车出售的消息，那上面有电话和地址，这样国际刑警就可以对我的手机和电脑定位，用以跟踪与我联系的所有的人了。

第三天的上午终于接到电话了，一位女性银铃般的声音，在我的耳边响了起来："3010……是您吗？我是一位朋友介绍来的，现在就在您的楼下，方便请我上来吗？"我马上遥控打开公寓的大门，站在自己的房间门口迎接这位不速之客。远远就飘来那种奇异的香味，来的是一位美丽的女士，她身材高挑，衣着合体，神态落落大方，让人忍不住想多看她几眼。"我叫埃丽娜，您的朋友的朋友。"我心里明白，这是电脑骑士派来的人，我打量着她，心想："大概……是那个女老板直接出面了？"我微笑着说："欢迎……快请坐。"埃丽娜把风衣脱掉，坐在我对面的沙发上，她端着咖啡优雅地环视着房间，自言自语地说："人生的喜悦，在于做了别人办不到的事情。"我心里想："这是夸奖我呢……还是表示她的地位？"观察着眼前的埃丽娜，我琢磨着应对的方式："要属于某个学派，就学会相信它的偏见和先入为主的意见。对于这个女人……一定要表现得适度。"在嘴里我使劲地赞

扬着："伟大的法国，有那么多美丽的姑娘……这可真是块儿风水宝地啊。"埃丽娜谈吐不凡，一看就是文化涵养极深的那种人，她看着我莞尔一笑："您还没有介绍自己，我该如何称呼……您……难道还叫 3010 号吗？"我在做卧底之前，局里已经给我设计了一套无懈可击的履历档案。我马上回答她："啊，自我介绍一下，来自美国旧金山的皮特·叶。""啊，美国……世界上最强大国家的公民……"我装作什么都不懂的样子说着："美丽的埃丽娜小姐，您说的朋友是……"她笑了："您知道这句话吗……人类对自己的了解，宛如暗夜行路，要了解自己，就需要他人的力量。"我知道这是心理学家荣格的名言，"噢，看来这位女士非常喜欢表现自己的学识……"我马上做出理解的表情，说了一段尼采的话："我明白了，您是来帮助我的朋友。我的志向，不过是记忆的奴隶，它生气勃勃地降生，但却很难成长。"我发现埃丽娜惊奇地扬了扬眉毛，也回敬了我一句尼采的话："决不可妄自菲薄……要尊敬毫无经验的自己，尊敬一无所成的自己，能让你更接近自己的理想，也能让你成为他人学习的榜样。这样能开拓你的可能性，并给予你将其变为现实的力量。"两个人好像在用名人语录斗嘴，不过我的心里还是赞叹着："呵呵……就这几句话，可以确定她是学心理学的。"随后我装出非常谦恭的样子："小姐，您的学识真是很渊博……说出话来非常有哲理。不过你最引人的还是身上的香水味道……"看来埃丽娜很受用我对她的赞扬："香水嘛是法国最有名的……全世界大概只有一千个人使用。"她接着问："您是学文学的吗？"我回答她："美国常青藤大学文学院旁听生……后来放弃了。"她歪着头问："为什么？""我喜欢 IT……和考古学。""那您一定是专修计算机了？"我有些不屑地回答她："没有……我完全是自学……"埃丽娜几乎站起身来："哎哟，真难相信，您的专业水平这样高，却没有受过专门的教育？"我斜视着她："这有什么，在这个世界上，比我强的神童有的是，他们才是真正的神奇呢。"埃丽娜用心理学家勒庞的话表现着自己："对历史而言，个人命运可能隐藏在很小的一个小数点里，但对个人而言，却是百分之一百的人生。"我不客气地回了她一句："司汤达也说过，我的梦想，值得我本人去争取，我今天的生活，绝不是昨天生活的冷淡抄袭。"这个女人很敏感，她马上感觉到自己的谈吐不被我所接受，立刻转变了话题："我能称呼您为皮特儿吗？"我点点头："没有问题……"她接着说："您应该明白我来这里的目的，请就您的家庭谈一下好吗？"我回答她："三句话，我是被收养的孤儿，我的养父是一位 IT 工程师，一切都是他给予的。"埃丽娜看着我的眼睛问道："其他呢？"我冷冷地回答她："没有其他。"其实她要了解的题目和答案，都在我的心里呢。我故意表现得十分抵制，可是心里想："要论心理学，你还是太嫩了……"她那美丽的眼睛眯缝起来端详着我，一只手摸着自己的腕表，我判断着："哦，她在想下一步对我的措施……"终于埃丽娜说话了："谈谈你的个人经历……"我不情愿地回答她："我不知道出生在亚洲什么地方，总之很小就被我的家人收养了……后来我去读书，什么都弄不好，只有电脑技术这一项我看一眼就会。father（父亲）于是什么都不要求我，只是把他所有的知识都教给了我……后来我想到外面走走，就一边工作……然后就到了巴黎。"我知道所有的个人资料他们都会查阅到，来的人就是面试，要用她来核实我经历的真实。直观地测试一下包括语言、听觉、情感、思维、身体等个人的优劣。我的表现，就是要有天才青年的敏感，被收养孤儿那种自卑，对外人排斥的性格。我短短的几句说完了以后，埃丽娜沉吟了一会儿，好像在自言自语低声地说着："有自卑感……经过坚强的生存考验……性格倔强可以说是顽强，能担重任……专业上聪明绝顶……可以信赖。"忽然她坐到我的旁边，扭过头来对我说："知道吗，IT 行业像朝阳一样的光明，我们的未来会像小树蓬勃成长为大树，你的前途是无量的……"我心里想："你代表的那棵树越是向高处发展，我就好像那个树根，就越

要伸向你们黑暗的地底。"忽然我闻到了熟悉的那种香水味,立刻警觉地想到:"噢……是她,看来监视我不是一天了,可以断定她不是最高决策层……刚才她是在向上级汇报。"埃丽娜紧紧地挨着我,温柔地说:"我就喜欢像你这样的冷冰冰的男神……"我轻轻地歪了一下身子,"小姐,我是东方人,和别人交往要有个了解的过程,难道一见面就要亲热接吻吗?"这句话,把埃丽娜弄得十分尴尬,她搂着我胳膊的双手一下子松开了,有点尴尬地说:"可我……看到过你……"我知道她要说什么,于是哈哈笑着说:"那些人和您不一样,那是些没有受过高等教育的女孩子,她们和行为端庄的您……是有区别的。"可能这句褒贬不明的话刺激了埃丽娜,她一下子恢复了矜持的样子,站起身来对我说:"恭喜您,我是来宣布您的职务……从现在起,您被委派为欧罗巴电脑公司,法兰西服务器 W 级高级管理人员,具体的工作内容会在我们公司的会议上布置,再见。"

高跟鞋下楼的"咯哒咯哒"声音渐渐地变小了,忽然在角落里桌子上的电脑自动打开了电源,我心里立刻警惕起来,假装解着裤子就往卫生间跑,我冲了一下马桶然后打开水龙头,戴上隐形眼镜含上舌板,这才擦着手走出卫生间,来到电脑桌前坐了下来。忽然我的背后有人问了一声"你好吗?"那细细的女声把我吓了一跳,我回过身来看什么都没有,再仔细看,原来墙上嵌有四个小立体声音箱,声音是从那里发出来的。"欢迎加入电脑骑士,你是 W 级法兰西服务器高级管理人员。我们的组织,是为热爱 IT 事业的有志之士准备的,这里是你施展身手的场地。"这时电脑屏幕上出现了,"电脑骑士"的徽记——那个骑马的铠甲武士。我琢磨着:"看来连睡觉说梦话都被监视着,这样时间长了恐怕要出漏洞的……我要向她表示不满,问她这样的监视会有多久?我是这个组织的工作人员,这样的心理压力下是没办法执行好任务的。"

看着我坐在电脑前面发呆,电脑里还是刚才那个女孩子轻柔的声音："你有什么心事吗？"我没有用键盘打字，只是自言自语地说："好多的问题还没有明白……"看来电脑后台打开了声音收集器，她回答我："说吧，我来为你解难释疑。"我奇怪地问："真的吗？"电脑平和地说："那你就问吧。"我仔细分辨着："她的发音和电子合成的声音不一样，看来是个真实的人在看着我，直接通话，我是不是可以……这样……"她看着我还是吞吞吐吐的样子，就主动地说："以你的性格，不应该是这样的啊……"我皱着眉头说："统一的规则和教育把人逼向孤独，他们才可以逃离群体无意的压迫。孤独却使人变得敌意、恶毒。要给人气度，让他独处，他才会自己找到群体并喜爱它。暴力对抗暴力，轻视应对轻视，爱回应爱。给人类气度，要相信，生命会找到更美好的路。"说完这些话我好像松了一口气，看着眼前的电脑屏幕问道："我怎么称呼您？"骄傲的声音立刻就出来了："princess（公主）……"我没有表示惊讶，还没等我的下一句话说出来，"公主"就直接说："我就叫你 prince（王子）。"真是命令似的谈话，连一丝商量的余地都没有。"公主殿下，我今后在谁的领导下工作？"对方说："元老院……也就是我的直接指挥下。"我惊奇地问："那元老院也听您的指挥？"那个年轻的女声："我们是古罗马式的结构，元老院也就是公司的董事会。当然不是我一个人，但是你……是我的人，要归我指挥。"我试着开了一个玩笑："您是公主，我……一定是青蛙王子了？"女声愉快地回应："啊，对，以你的天赋和漂亮的身形本来就应该是王子，一定是有人加害于你，才变成了这样，在世界上流浪、受苦，我要解救你……"我心里想："唉，又一个童话故事的痴迷者……"我接着问："请公主殿下赐教，元老院下面是不是大元帅、将军、百人长、士兵这五个社会层级呢？"公主显然非常兴奋，那口气就是女王在下旨意："我的王子，你说的完全没错，当初我们就是这样确定的，由于要和电脑骑士王国的现代化相匹配，最近就把所有的名称都改变了。王国的名称改为欧罗巴电脑

公司，最高领导层是"欧罗巴电脑"也就是我们的元老院，代号是 O。第二层是高级管理人员，就是你刚才提到的元帅，被称为法兰西服务器，代号 W。第三层叫德意志鼠标，代号为 D，是基层指挥官。第四层是技术人员，代号 E，统称英格兰键盘。最底层的执行者代号为 R，叫意大利 U 盘。"我感觉，这位自称高贵的公主，一说起她的电脑王国，马上变得思维缜密、语言流畅、非常冷静，和刚才完全不一样了。我立刻在电脑里设计了一个动画：一位戴着王冠的美女，坐在金碧辉煌的宫殿高高的座椅上，下面一个武士一样的男子，上身穿着铠甲，半跪着左腿，左手扶着右胸，右手拿着帽子，同时向前低头。那位武士说着英语："向至高无上的公主致敬……"这时候，电脑发出了孩子般的惊叫："啊……小甜心，太好了……你就是我的王子。"从她的话里，我悟出了一种不同的意思，"我是只属于她自己的……王子？"

"公主，我在你的麾下，我去管理谁呢？"一下子公主不说话了，我马上发现自己犯了错误——在这个高傲的公主面前，那个"你"是代表地位的平等，是不能乱用的。"啊，尊贵的公主殿下，原谅青蛙王子用词的错误，您在我心里永远是至高无上的……"我马上纠正自己的不当用词，马上就被公主殿下原谅了。她轻轻地咳了一下，"我的王子，组织一共设有六个 W，每个 W 管理三个 D，每个 D 管辖十个 E，每个 E 管理五十个 U。但是他们都是层级管理，就是自下而上的，像意大利人查尔斯－庞兹设计的那样，上线发展下线，全部是单线贯通……明白吗？"我马上计算出来，这个组织共有年轻的黑客将近一万人！而且还在不断的壮大……在我的脑子里想起关于心理学中群体的定论："个人一旦成为群体的一员，他所作所为就不会再承担责任，这时每个人都会暴露出自己不受到约束的一面。群体追求和相信的从来不是什么真相和理性，而是盲从、残忍、偏执和狂热，只知道简单而极端的感情。"我的后背一阵阵发凉，心里想："这是一支庞大的力量，他们精通 IT 知识，有充足的资金，掌握最前沿的 IT 技术，下线对上线管理者绝对服从，解决不好就会……毁灭眼前这个世界。"我马上问她："那么我……怎样开展自己的工作，要做些什么呢？"公主回答我说："元老院每天会给 W 发指示，要求每个 W 去解决已经安排的问题。"停了一会儿，公主又说："你本人指挥的 D7、D8、D9 系统，我会发给你新的网络联系图，我们的密码是双重的，每天变化一次，遇到网络入侵会立即生成新的程序，每一个层级之间有十个安全保护屏障，放心吧，安全永远是我们王国的第一要素。"我小心翼翼地问："这就是说下层永远不会知道上层是谁……对吗殿下？""是这样的。"我马上说出了我的顾虑："那……现在监控我住所的控制室……他们已经认识我了。"公主笑了笑："你的吗，这是有区别的，每个层级由他的上一级，使用相应电脑系统进行自动控制。放心吧，你嘛……只有元老院和我有这个权利……小——甜——心。""那……我出门是不是要向公主请示呢？"没想到她竟然"哈哈哈"地笑起来，脱口而说："你又不像我们……你有绝对的自由，随便你到哪里……不过，我会随时在你的身边。"我被她的话惊呆了，心里想："怎么……不像你们，难道元老院里是没有自由的……"我冷静了一下又问："那……我们怎么联系呢？"公主说："在键盘上打出 GZ，我就会知道了。"然后那位"骄傲的公主"像开机时那样的突然一下子关掉了电脑。我坐在桌子前面想："我……我现在成了什么？这个女人，还是女孩儿的……甜心？"我不知道怎么一下子想起了中国历史上的武则天……她那众多的男宠，我顿时胃里翻江倒海一般的恶心："啊……我现在怎么变成了这个可恶女人的面首！"

第四章

骑士高管

　　人类拼命的创新，是在为加速和推进社会进步而努力。那些不断产生新的科学技术，是人类文明提高的捷径。其实为实现理想所做的一切努力，同时也是人类在为消亡自己而努力，所谓的捷径也只是把人类埋葬得更快而已。

——沃斯达士

无敌骑士

进入组织……结构初探……无形监视……科技领先

自从我进入了电脑骑士组织的高级管理层，慢慢地开始熟悉自己的新环境。元老院（也就是欧罗巴电脑们）每周开一次会，然后下两次指令（我习惯用游戏里的说法……）。在这种会议上，虽然看不到后台的人，但是能感觉到他们有四五个决策者，可是最后拍板的并不是公主，而是另有他人。周一接到指令，要求我打开欧盟金融委员会的电子金库，这个任务我很快就完成了，因为我知道他们的网络金库里只有虚拟欧元，也就是说那只是与实际对应的账目而已。然后又让我在一天内攻进荷兰中央银行，我不费吹灰之力就进入了他们的网络，翻开了他们的账本，然后转交给我的顶头上司——那个骄傲的公主。其实这些都是他们考验我解决实际问题的能力，顺便也给 W 级法兰西服务器的同行们提个醒："这个皮特儿……可是比你们都强。"但是我后来发现，自己的攻击路线是经过了六层折转，最后的攻击是从中美洲的一个小国发起的。这一下我就明白了，所有的 U 盘在执行任务的时候，只要按上级的指令，不管在什么地方操作都可以，"这个组织有一个最先进的云计算中心和超级计算机，他们提前把攻击路线规划好，其他人只需点击键盘即可……"

W 级管理人员年薪是二十万美金，这足以使每个高级管理人员死心塌地地卖命。其余的各级人员都有自己相应的薪水，那是电脑设计出来的。我的那个只有一千欧元的银行卡，陆续存进了相当于四十万

美金的六种国际货币。我惊讶地问公主："为什么是四十万美金？难道一次付两年的报酬？"公主笑着说："另外二十万，是奖励你这个勇敢的骑士……"看来，骑士王国的领袖们考虑得还是很周到，对于他们下属也是非常宽宏大量的。不过，我对这样丰厚的待遇，可真是没有想到，当然还是很得意的："嘿嘿，现在的薪水和美国总统一样了，这当然是公主对我的厚爱……"能感觉到公主对我有一种特殊的"好"，我一下子有些不摸门："她是怎么对我一下子就感兴趣的呢？"想起这些心里就像打翻了五味瓶，不由得自己要想一想："我到底是个什么角色……"

这几天欧罗巴电脑总部指挥系统分三次发来了我下属的联络密码和方式。我马上采用自己的方法，试图跟踪元老院的IT地址，没想到第一道防火墙，被我略微一碰，我的电脑系统就瘫痪了。过了好一会儿才恢复。"公主"发来一个捧腹大笑的图形，我明白了，整个电脑骑士王国的防护程序，是单向自动步进式的，"这种程序是目前世界上最先进的方式，用普通的方法根本无法侵入。"随后又发来一个软件，下载以后，发现我管理的所有人员的位置，按照"D7……""D8……""D9……"各自的体系，在谷歌地图上一目了然地闪烁着。"好家伙……光是我的D系统，就覆盖了整个欧洲各国，在亚洲和美洲还有二百多个U盘……"正像"公主"对我说的那样，对欧罗巴电脑指挥系统的情况，下层是一无所知，同时也没有任何联系的方式。我分析着："按照古罗马的规矩，元老院应该由单数组成，那就是说三或五人。可是根据我的判断，已经有两个元老院组成人员是二十岁以下，根据他的话语判断，其中一人甚至没有超过十六岁……那么一定有一个成年人在掌控。"我把这些情况全部用纸张写了下来："我已经被接受为W级高级管理人员，属于电脑骑士下面第二级的法兰西服务器。接触的第一个人叫埃丽娜，大概三十二岁左右，是电脑骑士里的高级管理人员，也是六个法兰西服务器之一，是犯罪集团的高级成员，也是心理学专家，她是那种冷静型的知识女性。请迅速查清她的背景和细节……此人与电脑骑士总部有密切的联系，目前是破获该系统的关键人物。电脑骑士是一些高智商的年轻人，于2010年左右成立。一开始他们只做一些黑客的事情，可是连续成功的上百次银行大案，使被攻击的金融机构损失了几十亿美金。这些年轻人里面，不乏那些天才，他们发明了深水炸弹，就是通过操控电脑程序，可以破坏对方的电脑。后来这些人更是肆无忌惮，发明了真正炸毁电脑设施的步骤。连续在各国毁掉几百万台重要的电子设施，还炸死了一百多名操作人员。按照法律条款，他们每个人都会在监狱里待上一辈子。这些年轻人没有了退路，干脆与社会作对，成为21世纪的新式黑帮组织。

"这个组织不断地扩大，在整个欧洲都有他们的活动。逐渐地，他们开始制定了自己的规矩：整个系统分五个层级，最高领导层是欧罗巴电脑，代号0，由数个人组成。第二层是高级人员，被称为W法兰西服务器，目前所知为六人。第三层叫德意志鼠标，代号D，是基层指挥官。第四层是技术人员，代号E，统称英格兰键盘。最底层的执行者叫意大利U盘，代号R。这个组织的宝塔形结构，由指挥官德意志鼠标发展下线英格兰键盘，再由英格兰键盘发展意大利U盘。他们的一切联系，都通过互联网完成，而且每天会变换一个密码。由于它的神秘和无所不能，使很多无所事事的青年人，都热衷于成为电脑骑士系统的一员。这个组织所有的事情，都由几个欧罗巴电脑来决定，然后在电脑里进行预测、确定行动、规划方案，最后一层层地贯彻下去，再由德意志鼠标指挥意大利U盘来执行。在电脑骑士内部，只有上一级掌握下一级的情况，而下面对上面完全不知晓。整个组织大概九千多人，分布在世界各地，主要在欧洲各国。"

在情报的后面我特意加上了一段话，那是心理学大师古斯塔夫·勒庞对"人群"的论断，我要用他的话来强调这个组织的可怕和危险

性："孤立的个人很清楚，在孤身一人时，他不能焚烧宫殿或洗劫商店，即使受到这样做的诱惑，他也很容易抵制这种诱惑。但是在成为群体的一员时，他就会意识到人数赋予他的力量，这足以让他生出杀人劫掠的念头，并且会立刻屈从于这种诱惑。出乎预料的障碍会被狂暴地摧毁。人类的机体的确能够产生大量狂热的激情，因此可以说，愿望受阻的群体所形成的正常状态，也就是这种激愤状态。"

准备好了情报，我琢磨着："又到了周一，现在可以出去和我的两位警察小姐接头了……"

老远就看到我原来开的那辆老爷车，停在咖啡馆门前，我心里想："嘿，两个小姐来得挺早啊……"一进入"花仙子"咖啡店，两个美女眼睛里闪着泪花，一起上来把我紧紧地抱住，不断地吻我的面颊，弄得我的脸上印上了十几个红红的唇印。我们选择了一个远离吧台的角落坐下来，我拿出一个信封，里面是情报，上面放了几张欧元的大钞票交给她们。我故意问："怎么，两个比特币还不够用……"伊娃把手里的《世界报》放在桌子上，我知道那是局里给我的指示，她撇着嘴说："你是大富翁可不花钱，我们呢……要化妆买衣服，还要喝酒……那两个比特币只够一天的开销……"我苦着脸说："你俩也太奢侈了，这么吧，我每个月再补贴你俩一个人两千美金……"这回她俩眼睛真的瞪得像一欧元的硬币那样大："啊！你挣多少钱哪……出手这样大方？"我得意地晃着身子："谁让你们是我的姐妹呢……"露西亚大声说："皮特儿，你一下子就这么有钱，那把我俩都娶回去吧……"这时候我装在风衣内兜里的手机震动起来，我拿出来一看，脸一下子变得苍白。伊娃看着我："你……这是怎么啦？"原来我的手机里出现了一张照片，是满脸唇印的我，和那两个姑娘笑容满面的样子。我知道这一定是"公主"的手段，只是太奇怪了，我们的面前是一个空无一人的小桌子。这张照片的角度，就是从正面拍摄的。要说现在用手机定位是个非常简单的事，"公主"时刻都会掌握我在什么地方。同时，她还会用我随身携带的手机，一字不落地听到我说的所有的话。可是这张照片却让我十分的震惊，我在想："她是怎么办到的？"这时我注意到，在和我桌子九十度夹角，大概距离三十米的另一个角落，一位老婆婆正在看手机，她的手机忽然又闪了一下，恰好那个年轻的"维特"从我的面前走了过去，他的胸前的小兜里，也装着一个手机。我计算着那些手机的投影——在咖啡店里，"公主"至少远程启动了毫不相干五个人的手机，利用折射来实现拍照。果然，又一张照片出现了，画面上是我那惊讶万分的样子。我的心脏敲击得咚咚直响，此时我觉得："骑士们的技术，真是超前先进的太可怕了……"我知道这是那位"公主殿下"不高兴了，分明是在警告我注意自己的行为。我叹着气想："悲哀，一个堂堂的男子汉，竟然成了别人的附属品……"我把照片拿给两位姑娘看，她们的惊讶程度在我看来，真像是见了鬼魂那样，张口结舌地说着："你……他……这到底是怎么一回事？"很快两张照片就在眼前被删掉了，那两个姑娘这才知道"电脑骑士"的厉害，光是看着我一句话也不敢说了。我看着她们的样子笑了笑："巴尔扎克不是说过一句话吗……生活的智慧大概就在于遇事问个为什么。"露西亚战战兢兢地问："为……什么……呢？"我用手指着自己脸点着那些唇印："当然是太好看了，所以引人注意……"女人的第六感觉总是十分强烈，她们相互看了一下，马上明白了我话里的含义，伊娃点了一下自己的鼻子，我眨了一下眼睛，她们一切都明白了。我忽然看到桌子上的那卷《世界报》上用套彩登载着的大字"Produits de luxe（法语 奢侈品）……欧洲巡展会……"，我拿起报纸来看着："哦？奢侈品巡展会……"

分手的时候，两位姑娘可怜兮兮地站着，也不敢和我拥抱了，只是把手抬起来轻轻地摆了摆，她们的眼睛露出了悲哀的神色。我想："这些姑娘啊感情色彩太重，她们真的不适合做卧底呢。"回去的路上，我的脑子里一直在想："这个电脑骑士的科技手段，我们和人家的距离太大了……怎么办呢？"忽然我又想到："这个可恨的公主，她的嫉妒心也太强烈了……"我仿佛又看到露西亚和伊娃那眼泪汪汪的样子，心里想："唉……我怎么这样倒霉呢，像佐罗……什么007詹姆斯·邦德，那都是英雄潇洒自如地去爱美人，可我，什么都没做呢，倒让女贼头给看上了，还处处受限制……妈的……这怎么能破案呢。"我狠狠地骂了一句，忽然，我的心理学知识起了作用……好像有人在提示我："公主……她强烈的嫉妒心，是最大的可利用价值。还有那个奢侈品……女性的最爱，这是机会……最大的机会。"我想着想着，差一点把汽车开进了楼房里。

回到我的房间，电脑是开着的，那上面显示着一行文字："卫生间的自动装置坏了，已经提示厂家来更换。"我有些愤怒了，大声的对着黑着的电脑屏幕说："怎么，你连我的屁股都要管起来，我还有没有自由了？不行我还是取消和你们的契约吧，我不愿意受你的管制……"没有人回答我，看来那个公主殿下去做别的事了。我在卫生间看了那张报纸，"尽快进行一次以你为主导的活动，以便使其暴露更多的破绽，数次侦测皆因时间过短，需要与骑士内部更多的联系。"躺在床上，思考着下一步怎么办："他们的随心所欲任性乖张，一定会做出意想不到的事情，必须在他们的政治诉求生成之前，尽快清除掉这个毒瘤。"看来，要深入全面地了解这个组织，在短期内是不可能的。但是能以现在我了解的情况，重重地打击一下他们还是可以的。紧接着我就否定了自己的想法："不行……这个组织是自上而下发挥作用的，找不到元老院（欧罗巴电脑）一级的头头，是没法消灭它们的，不然会遭到疯狂的报复，所以一定要从上面连根拔起，否则会酿成大祸。"

又布新局

潜伏下来……设法探秘……公主感情……计划授权

把报纸上的新闻仔仔细细地又看了一遍，我的脑海里已经形成了一个计划："首先利用公主对我那种奇怪的感情，这是目前最大的突破口……"然后把电脑骑士们的注意力，吸引到这个"奢侈品巡展会"上来，再通过频繁的沟通所表现的痕迹，国际刑警的专家们集中精力侦破公主的密码，然后寻找元老们的具体位置，迅速地抓获他们。"对，就这样办，把我的计划向国际刑警分局汇报，看看长官们会不会有更好的办法……"因为时间紧急，我想了一下，就用手机给露西亚发了一个视频，表演了一套"中国功夫"，那是爷爷教的。我练了一套太极拳，一招一式都极为认真，但是我的两只手却用哑语把我的想法都说清楚了，最后我讲了一段话："美女，要想学中国功夫，就把这段视频认真地多看几遍，确实理解以后我才能教你们。"我心想，拿回到局里他们还得认真分析一下，因为我的哑语两只手分开老远，不仔细去想，还真的弄不清我在干什么呢。其实我的计划就是两句话："利用奢侈品巡展会，引诱公主上钩。然后窃取世界顶尖作品，在这个过程中控制并铲除他们。"我想只有多接触才能找到破绽，虽然她的密码每天都在变化，可只要通话时间长了，就有可能找到突破口然后确定她的位置。

局里提供了一个方案，要求弄清楚公主和埃丽娜的关系："你多接触埃丽娜，看看公主的反应……然后见机行事。"我无奈地摇了摇头，心里想："唉，我成了美男计里的主角了……"公主又开始在电脑后面教训我了，她打开电脑和我联系的次数越来越多，现在已经基本上是每天一次了。"你在咖啡店会面的那两个女人是谁？"我冷冷地回答她："是我的 U 盘……是在网店里认识的，被我发展成了下线。"公主思索了一会儿："哦，我想起来了，元老院对你考核的前一天，我见过她们……"这时我开始发飙了："公主殿下，我是个自由人，与谁交往是我的自由，请不要无缘无故的对我发脾气。"对方显然有些惊奇："我发脾气了吗？"我故意沉吟了一下："当然，在今后您的任务中，我会百分之百地忠于殿下，不折不扣地做好每一件事。但是限制我和朋友来往，这都什么时代了……这不是我愿意见到的。"公主沉默了，大概她在考虑如何向我解释。然后低声说："我……是有些喜欢你，所以，不愿意看到你对别的女孩子……the close relationship people（亲密关系）的样子。"我假装一下子恍然大悟："啊……可我和您认识才几天啊，到今天还不知道……公主殿下是什么样子？"公主殿下又耍起横来："你不要管我是什么样子……反正我喜欢你，你就必须服从。"我假装一愣："那也要我同时喜欢您才对呀……或者我们要有一个交往的过程。尼采说过，一个人需要朋友是因为他无法单独。只要一个人需要朋友，他就不太能够成为一个朋友——因为这种需求把别人贬为一种对象。只有能够单独的人才能够成为一个朋友。友谊不是他的需求，而是他的喜悦；那不是他的饥渴，而是他想要分享的丰富之爱。"这时候她的声音又变得柔和起来："我们很早就见过面的，你那时对我很好，我今天也会对你很好的……"我有些无奈地说："见过面？那是你在梦中吧……对我好……就是不让我和女孩子来往？我就算接受了公主殿下的好意，那……什么时候您会接见我呢？"接下去她没有回答我，好像她还没有考虑好这个问题，只是说："我们每天交流一次，你不反对吧……"我冷冷地回应她："这样很好，不过我就任 W 以后，就没有什么工作内容安排过我。"

公主说："很快，大家都会有事做的，因为元老院已经准备好做一个惊动世界的大事。"我问："刺激吗？"对方冷静地回答："比特币病毒，就是有代价的开锁程序，会轰动世界……的，这回一定让你发挥极大的作用。"我心里想："有代价的开锁……不就是黑客勒索吗？啊，不给钱就让你瘫痪，看来骑士们又要在全世界办坏事了，一定要阻止他们。"我随手找到那张报纸，对着电脑说："这才是我们要办的大事呢……"公主显然看到了报纸的标题："奢侈品巡展会？"我肯定地点着头："对了……"公主立刻问："为什么呢？"我对她说："难道公主殿下对世界顶级，亿万人瞩目的奢侈品，那些服装、珠宝，真的不感兴趣吗？"我开始给她讲起什么是奢侈品："那些物品非常珍贵，珍贵到只有极少数人或者只有一个人拥有……这就是奢侈品。"公主自负地说道："我现在有钱不就有了一切吗？"我听了她的话觉得有些好笑："这些奢侈品都是私人定制，是有一定的价值……但是特别的是，你有多少钱也买不到……"我接着引诱她："一瓶酒标价六百万美金，一件漂亮的衣服就值一千万美金，这些都应该只属于公主您一个人……"看来这些对于后台的公主是太生疏了。我继续说："马斯洛说过一句话，人是一种不断需求的动物，除短暂的时间外，极少达到完全满足的状况，人生本来就充满缺憾，完美人生并不存在于现实生活中，人生虽不完美，却是可以令人感到满意和快乐的。那就是自己的追求……"公主这次反应倒是很快："我好像听说过这个人，是个德国的犹太人吧？"我几乎要大声地笑出来了，只是压抑着自己，"吭吭"了两声没有说话，我心里想："还好，能把马斯洛的心理学与马克思的共产主义理论混为一谈，可以断定她社会知识的贫乏，说明她没有读过历史，她的年龄就在十七岁之内。"公主在后台发话了："好的，我对两个弟弟……哦，元老院说一下。"太好了，我终于知道，他们的元老院由三个人控制，即便有其他人，也不是核心。那就是说，我以前的判断是准确的，他们的年龄都小于二十岁，现在看来都在十七岁以下。"这个年龄是不谙世事，极端叛逆的年龄段，他们什么都能做出来……"

等了几天，国际刑警分局的指示回来了，那是网络上一本研究甲骨文的杂志，里面有一幅照片告诉我"认真执行劫奢计划，局里不需要你做任何配合。"伊娃还给我的手机发了一个带着 OK 的练功照，说明她们在努力学习"中国功夫"。另外发了一个意大利雕塑大卫的照片。我明白，这是开玩笑告诉我"继续美男计……"可是公主连续三天了没有和我通话，我倒真的很着急了。第四天晚上公主说话了，听声音有些疲惫："我的王子……你已经休息了？"我马上起身，穿着睡衣坐到电脑前面，因为一下子没有找到自己的舌板，就用文字回复她。"殿下，您还没有入睡？为什么好像很疲惫……您的身体没有什么吧？"她软软地说："我病了……"我莫名其妙地就开始着急了："我能去看您吗？"她沉默了一会儿说："不用了，很快就会好的。""您病了，是埃丽娜在照顾您吗？"公主的口气非常气愤："她！……照顾……我？！"这时候有一个男子很嫩的声音："她……是魔鬼。"听到他们的话，我都惊呆了："埃丽娜是魔鬼……哎哟，这里面还有故事呢……"我觉得这是一个机会，"挑拨他们的关系，造成他们的分裂……对我的工作太有好处了。"我什么都顾不上了，直接插嘴说："谁会把你们当作奴隶？那你们就要反抗他，要挣断禁锢你们的枷锁！"公主好像在想着什么："是啊，我们……"看来他们的勇气还不够，我又一次地问他们："有人逼迫你们做坏事，你们难道就任人宰割……下去？"公主回答我："有人强迫我们做事，很多是坏事……是要把我们和他们都捆在一起……"不管怎么样我不相信埃丽娜会做坏事，"一个美丽的知识女性，能去强迫其他人做坏事……他们说的不是埃丽娜"。我接着想："不能听他们的一面之词，还要好好进一步地了解……"不过，在这个文明社会里，竟然还有人在使用奴隶主一样的手段，还真的引起了我义愤填膺："你们一定要把这些奴役你们的人全部推翻，要做一个正常的人……你们说，需要我做什么？"看来我的话鼓励了他们，公主对我说："王子，我明白了……我们会自救的。"接着她对我开始下指示："元老院已经决定了，一定要攻克巡展会，要将巡展会里分种类的展品，每一种取回最好的那件。"接着她又说道："知道怎么做吗？我们是电脑骑士，自然不会……现场出现……"我马上回答："我知道，用亚洲人的话叫，来无踪……去无影。"停顿了一下，公主继续说道："这个实施方案由元老院分工负责，我们三人分头负责伦敦、罗马、巴黎三个巡展会，而我具体执行巴黎巡展会。我思考了一下，你是我的元帅，又是我的王子，所以决定把攻陷巴黎的行动指挥权交给你。在整个作战期间，埃丽娜W所属的骑士们，全部由你调动和指挥……但是，最好不要和她有生活上的交叉。"这话说得太明白了，我马上就回复她："尊贵的公主殿下，我一定完成这次任务，它不仅是我能力的表现，也是王子为美丽的公主献上世界最珍贵的礼品。"我的后一句话显然感动了公主，她忽然流露了一句"亲爱的……青蛙王子，我知道你是一个勇敢的骑士，一个能毫不犹豫保护女人和孩子的绅士……"然后就停顿了好长时间，接着又用十分冷静的话语对我说："皮特儿，不要忘了，我和元老院会监督你的行动，不要做错事……否则会面临着最严厉的处罚。"能感觉到，这位公主的人格分裂非常明显，给人感觉她是一个反复无常的女孩子。我现在明白了："电脑骑士还有一个最高的人，下面才是公主和两个男孩，然后是我们这些W……他们是为了权力争夺而产生了矛盾……"可是有一个奇怪的事情，让我捉摸不透，那就是埃丽娜只是个W管理层，为什么公主那样的恨她呢？我想了又想："由此可见刚才的话，当然是女人之间的嫉妒和争风吃醋，什么都是可能的……"

公主交给我一个"权杖"，就是代表她权力和能力的一个奇怪的二十位数字复式密码。她对我说："这是电脑骑士元老院中，仅有的三个秘密武器，我把属于自己的权杖交给你……"公主告诉我，把密码植入手机里的办法，我的手机里立刻就出现了一个电子怪物。公主对我说："饲养它，每天要在手机显示屏上喂入一滴你的血，这是在验明使用者的身份。它每一秒会自动生成智慧码，发生错误手机会爆炸。可以用它来使用骑士王国的叠加式计算机中心以及六个 W 端口。我授权你使用，有效期为一个月，若是需要延期提前告诉我。"

劫奢计划

巴黎盛会……私人定制……劫奢计划……神奇服装

说起 2014 年的"私人高级定制",就是"奢侈品"的欧洲巡展会,在全世界都是第一次,所以在欧洲引起了极大的轰动。巴黎巡展会定于 5 月 12 日,会期 3 天。现在距离开展还有一周,我计算着:"时间完全够用,现在的关键就是执行的工作衔接。"因为电脑骑士元老院已经做了分工,公主专门负责巴黎巡展会,我的任务也就非常具体了。

轻松地进入了欧洲最大商展公司的网站,把巴黎展会各种情况,比如时间、地点、场馆内容都弄清楚了。我把指令发给自己系统的"鼠标"们,要求他们马上行动起来,一定要弄清楚巴黎展馆几万个展品,其中"精品中的精品",它们的品名、包装、编号、价格、图片,并且火速汇总起来,在指定的时间内,放入我那个层层保护下的邮箱地址。

巴黎的巡展会地址,确定在凡尔赛宫旁边一所大学的八千平方米体育馆内举办。我看着展馆的平面图:场馆设置是以中间圆形的 T 型台为中心,围着二十几个由私人飞机、汽车、游艇、摩托、钟表、高级鞋……葡萄酒、伏特加酒类、咖啡、茶叶、珠宝等各类奢侈品的展馆组成,最后进入中间高级服装的 T 台内。各种顶级的奢侈品的摆放位置都已经确定,可以想象整个展会,琳琅满月、金碧辉煌的。我仔细地研究着各个细节,发现了最后环节那个高定服装……却没有标明服装的样式和价格，只是标识了那些著名品牌服装出场的顺序。安排到最后，是来自中国的艺术总监，一位叫特木勒先生的作品。一看到中国两个字，我还真的有些激动："来自家乡人的作品……能是什么样子呢？"展品很多，都是商展公司下了很大的功夫从那些拥有者手中租来的，有的是厂家，而绝大部分是私人的收藏品。为了这次的巡展，商展公司还投了巨额的保险费。

对于这些藏品，如何本着来无踪去无影的原则完成本次任务，我还真是动了脑筋下了一番辛苦。要知道这是由我提议的，也是第一次在电脑骑士承担指挥，所以"必须圆满地完成元老院的所有指令，在取得元老院完全信任的前提下，找到他们的位置，全面破获这个危险的黑客组织。"

自从我成为卧底在电脑骑士的组织里潜伏下来，国际刑警组织就根据我的位置以及手机、电脑的使用，跟踪与我联系的公主，但是每次都是即将要破解位置密码的时候，对方自动改变了位置和生成了新的密码，而且每一次被外界接触，都会立刻生成新的防御方法，设置新的密码结构，同时时间也在调整。虽然没有能攻破她的防线，阿尔弗雷德长官总算基本掌握了对方的防卫规律：那就是元老院人员的位置是虚拟的，只有通过破解几个位置，才能确定其真正的地点。这里面就有 5 分、10 分、15 分钟三个密码自动生成的界限。对方在通话或在电脑上对话的时候，必须在 5 分钟内破解前三道防护，如果破解了就能进入第三到第六道防火墙之内。刑警组织一次由于动作慢了十分之一秒，对方的密码马上改变而前功尽弃。当我知道这个情况之后，十分感慨："我们还是差人家好大一段距离呢……"

我的任务，是电脑骑士第一次大批窃取实物，在全欧洲展示自己实力。经过周密的计算终于确定了方案："二十七个展馆，取二十七种物品，加上手表和珠宝，总共挑出三百八十件。其中从国外出关的共二百八十件，需要直接从海关调包取得。不出关的一百件物品，从仓库调包调运至港口，由海船运至指定的接受地点荷兰。我的计划是：首先用电脑打印模型，制作所有的替换物品以及它们的包装，以保证一模一样不出纰漏。然后由虚拟公司委托进出口代理公司报关出口，进入海关监管范围。巡展后，所有国外的物品会通过海关返回。我就在物品通过海关检验之后，马上改变电脑文件编号，迅速调整仓储位置。将调包的物品，指令由海运部门全部装船，运到英国的利物浦港。再委托代理公司通过调整运单，改运到爱尔兰，经海上换装货品，再到达荷兰的鹿特丹。国内的物品，用上述方式另案委托办理。在物品替换之后，要由我系统U盘将所经过的海关和法国、英国、荷兰几个海港和海运部门以及经手的外贸代理公司的电脑系统的文件清除，同时植入木马程令其瘫痪三天以上。

这里面有几个关键点，一是替换物品的制作（除大型的飞机、汽车、游艇、酒类外），全部采用电脑打印技术，要在指定的时间内完成。二是替换物品和真品之间交换的时间差，不得超过30分钟，必要时就以切断电源的方式，来延长或缩短所需的时间。我指挥的D1（鼠标）负责所有货物和包装的制作。D2（鼠标）负责法国境内的海关和港口，货物文件的更改衔接，保证准时到船。D3（鼠标）负责英国—爱尔兰—荷兰的转运提货，善后和清理工作由D1执行完成。同样国内的物品替换、调运，将由D3（鼠标）执行完成。

就在这个时候，阿尔弗雷德长官用密件通知我："情报发现，美国CIA（中央情报局）、FBI（联调局）、美国国家安全部，都有迹象在与电脑骑士保持联系。电脑骑士组织意图尚未摸清，暂停一切活动，待命。"我的天哪，美国佬怎么哪儿都插手……现在一切都安排好了，如果停下来电脑骑士们会怀疑我的动机，要是错过展览这几天的机会那就糟了。我马上向长官建议："电脑骑士组织他们以破坏人类社会为目的……现在他们正在策划更大的阴谋，我建议绝对不能停止对破获该组织的行动……"阿尔弗雷德长官考虑再三，决定采纳我的意见，

指示我："继续开展工作，对埃丽娜的调查结果，结束后我会告知你。"

现在就剩下最后一个项目：服装，由于整个文件里未报服装的品名和样式，展会安排的是现场的服装走秀。如何办呢？我想起了公主布置过，把埃丽娜W的人都交给我完成这次的任务。说实在的，我对埃丽娜还是很有好感的，"要不先和她沟通一下，听一下埃丽娜的意见？……同时观察她的态度，看看她到底是怎么想的。"我把手机里的机器虫在埃丽娜的W端口上接了一下，我的电脑上立刻出现了埃丽娜神采奕奕漂亮的脸蛋。她说起话来甜甜的，能感觉到埃丽娜是那种极会包装自己的女人："哎哟，你是怎么联系上我的……"我心想："这个万人迷，她……到底是什么样的人呢？"我故意对她开着玩笑："美丽的姑娘，自从上次见到你以后，我就十分奇怪自己，为什么夜里没有梦到你呢？"这本来是我在嘲弄她，埃丽娜听了莞尔一笑："梦是很重要的释放压抑的方式，以减少自我的压力，所以，如果做了很荒诞、很不道德的梦，也不必自责和焦虑，应该是一件很值得庆幸的事，因为你的压抑在梦中得到了释放。"嘿，好像是我真在梦里做了什么不道德的事一样，这个女人立刻把我给反击了一下。我"哈哈哈"地干笑了几声，心里想："这女人心思缜密，的确不是一般的人物……"我把情况对她说了，好像她早就有了准备胸有成竹地说："亲爱的皮特儿，这事儿我去了解一下吧。"我对她眨了一下眼睛："那好，就交给你来全权处理了。"我把整个安排，用机器怪物输送到电脑骑士的叠加计算中心，做了一个计算验证，得到了九十七分的评估，"那个百分之三的漏洞……又在哪里呢？"

咖啡惊魂

约会美女蛇……意外杀手……出手相助……夜半惊魂

白天安排了那么多的事情，我很早就躺下了。晚上九点多钟电话铃声把我吵醒，一听就知道是埃丽娜，她带着急切的声音对我说："皮特先生，请您快起来，有重要的事情和您商量……"我看了看墙上的表，"噢，还早……"于是主动邀请她到我的房间："那……您能到我的房间来吗？"没想到人家拿我上一回说过的话，一下子给堵了回来："噢，你说过的，我们要慢慢地了解，现在还不具备条件……"

我匆匆地从房间走出来，埃丽娜就在门口等着呢。我坐上她的汽车，轿车飞快地在大街上行驶，能看到巴黎这个不夜城，到处都是灯火通明。埃丽娜三拐两转地来到一个街角的咖啡店。没想到这个时候人还很多，似乎大家这个时间才精神抖擞地出来活动。我们要了两杯"卡布奇诺"咖啡，在一个角落坐了下来。咖啡店里轻声播放着法语歌星乔·达辛唱的《香榭丽舍大街》，这是位20世纪风靡欧洲的歌手，他的歌声委婉而深沉：

"我在大街悠闲散步，想找个人谈心吐露，而那人正好就是你，我们聊了许多无数。昨晚我俩还很陌生，清晨已在大街散步，小鸟欢唱爱情之歌，香榭丽舍街的迷雾，无论晴天还是雨天，无论清晨还是中午，要找到你想的一切，就去香榭丽舍漫步。"

"听到歌词了吧，有什么感受……"我这才注意到风姿绰约的埃丽娜，今天穿了一条墨绿色的天鹅绒连衣裙，真像是下凡的仙女那样

美丽动人。我讨好地说："感受吗……您今天真是太美了……我想，这样打扮不是为了我吧？"埃丽娜四周环视了一下，享受着那些男士炽热的眼光，矜持地点了点头。"皮特先生，这么急把您请出来是因为……你的那件事情。"原来，埃丽娜通过她的信息渠道，打听到了服装的消息。"在巡展会最后的服装走秀里，将展示一件极为珍贵的，世界唯一的鸿雁公主服……"既然知道她的特殊身份，对她的每一句话都要琢磨一下，我问她："啊……什么样的公主服能是世界上唯一的？"可以感受到眼前这位美女，对那件衣服有一种莫名的憧憬和渴望："是的，公主服。它将是每一位女士的最爱……"我思考着问她："那么……那件衣服可不可以这样认为，它是整个奢侈品巡展会里最重要的一件东西？"埃丽娜冷着脸点点头："那要看在谁的眼睛里和用什么来评价，我的回答……是的。"接着埃丽娜说，"这件事情吗……必须由我来完成。"她说话的口气就像是在下命令，我奇怪地看着她："你说什么？必须由你来完成……"她忽然觉得自己的口气有些问题，马上又妩媚地微笑起来："啊……我的意思是……既然是女性的服装，那么我就是最好的人选，具体完成这个单一的任务……不是更好吗？"我对她说："那就交给你来干，留下这个头功给你……行了吧。"埃丽娜眯着眼睛瞟了我一下，并没有表现什么出惊奇的样子。于是我重申了一句："埃丽娜，这是必须完成的任务……我答应过公主的……"她点了点头："是的，这个任务还是由我完成为好……"我又逗她："难道就没有一点别的意思？"我对她挤了一下眼睛，埃丽娜笑了："刚才联系你，我还担心又被你……拒绝呢。"我"吭哧"了一下："不是我拒绝……是……"她有些恼怒地摆了一下手："哦，我明白，是那个丫头……"我假意恼火地说："……把我当作她的王子，你知道吗……这是什么意思？"埃丽娜一下子平静下来："哼……公主吗，自然居高临下，你就听她的吧。"我继续说着："要知道我只是公司的高级雇员，又没把自己卖给她……"埃丽娜捂着嘴笑了起来，我对她说："……你亲自出马我还是不放心，派两个U盘协助你吧。"埃丽娜没有想到我还有这个提议，一开始吭吭哧哧地想拒绝："有我一个就行了……我有自己的人。"我坚定地表态："我们骑士的原则，向来都是来无踪去无影，不能到现场的。既然你要亲自前往，我还是给你派两个助手为好。她说："这样不就违反了不能逆向交往的纪律吗？"我笑了一下，轻描淡写地说："这两个人你认得她们，可她们不认得你……就是我在网店里认识的那两个女孩子，现在已经是我D7系统的U盘了。"埃丽娜琢磨了一会儿，对我妩媚地笑了笑："好吧，谢谢你的好意，要不是你上次的拒绝，我可能都爱上你了……"

旁边的桌子围着六七个女孩儿，听她们讲的语言，又像德语又像俄语。我指着她们对埃丽娜说："看，那几个肯定是留学生……"她们热烈地讨论着什么，虽然英语说得并不流畅，听起来那些内容倒是很有诗意。一个小个子姑娘说："那时候，埃菲尔铁塔是绝对没有的，卢浮宫吗……也完全不是现在的用途和内容。"一脸雀斑黄头发的女孩子看着远处说："那当然……在福楼拜先生的小说中，以阁楼灯火为航标的船长，在塞纳河上再也不会见到了。"一个尖嗓子争论道："回想起作家书中的描写，那些坐着轻便马车，在香榭丽舍大道上兜风的共和国女人，当然和现在的女士们是很不相同的。"这几个女孩子，是巴黎一所大学文学院的留学生，都是北欧人，两个瑞典女孩儿，三个芬兰人，一个挪威姑娘。她们十分崇拜法国的历史和文化，所以经常在一起讨论法国古典文学。埃丽娜转过身来对她们说："每个人都有自己喜欢的巴黎，巴黎就像一座文学的宝库，也像一个巨大的美术馆，巴黎有最美妙的音乐，还有独一无二的建筑。很多人喜欢十分抽象的蓬皮杜中心，可还有人偏好小桥流水的莫奈印象，一些人愿意去枫丹白露那种深宫禁苑探幽揽胜，更有人对丽都、红磨房的香艳表演流连忘返。"一个女孩子问："漂亮的小姐，你喜欢什么呢？"埃丽娜回答说："而我喜欢在阳光温暖的下午，什么也不做就喝一杯露天咖啡。当然啦，一定要在塞纳河的左岸。"她们一致地问："为什么……""你们难道不知道左岸一词，是代表着优雅、浪漫和艺术的巴黎……"女学生们相互看着"啊"的一声笑了。我听着她的这番话，心里不由得赞叹着："埃丽娜的学识和她的风度，怎么也不能是公主他们描述的那种人……不能光听那几个少年的一面之词。"

这时我看到从门外走进来两个健壮的非洲裔年轻人，他们披着已经过时的皮大衣，浑身的酒气，手里拿着酒瓶挑衅地晃悠着。进来以后一个人就靠在咖啡店的门口，另外一个人在紧挨着我们的那张桌子旁坐下了。酒吧的灯光很暗，可我隐约地看到那个人，从自己的大衣兜里摸出手机拿在手里，一边看着埃丽娜在对比着什么。就听到一个女孩惊叫了一声："啊，刀……"那个年轻男人站了起来，大声地用英语喊着："你们让开，我找的是她……"他从腰里拔出了一尺长的刀子，挥舞着向埃丽娜砍来。我把她往自己的身后一拉，举起旁边的凳子向那个人扔去，挥刀的男人本能地躲开，我一看不好，拉着埃丽娜也转向旁边的桌子，那个家伙紧追不舍，他照着我一刀砍下来，我把那张咖啡桌向前一推，"咔嚓"一声，砍下去一个桌角。这时整个咖啡店里乱成一团，桌子上的奶罐咖啡杯，噼里啪啦地掉在地上，人们大呼小叫地拥挤着向门口跑去。门口那个凶徒，立刻也挥舞起手中的刀，跑着向我俩砍来。人群又乱糟糟地向后面涌去，就在这个时候，离门口最近的那张桌子，站起来一个穿着风衣的男子，大声喊了一句："Drop the knife and came up.（放下刀……）"我当时只是眼睛一瞥，"这个人会中国功夫……"他三拳两脚把那个家伙的刀踢飞了，只用一拳就把凶徒打在地上。有几个好事的游客，举着照相机、手机一阵猛拍，嘴里还念叨着："太刺激了……"还有些人以为这是在拍戏呢，又放慢了脚步回头观望起来。我看着中间没人，连忙把埃丽娜推了一下，"快跑，向门外去……"埃丽娜三步变作两步地跑向门口，我抡起凳子砸向那个杀手，没想到那个凶徒看到埃丽娜跑了，转身又追了上去。埃丽娜脚下一滑摔倒在地上，那家伙举刀就砍，我的心一下子就凝固了："这回完了……"没想到埃丽娜一个翻身仰面朝天，就像握着枪一样的举着她的包，对着那个家伙。这时一个黑影闪了过来，是那个在门口制服了凶徒的大个子，他举起左臂架住了砍下来的刀，鲜血一下子就从臂膀上流了下来。人们大声嚷嚷着："恐怖啊……杀人啦……"乱哄哄地跑了出去。只见那个大个儿小伙子"嗖"的一下脱下了风衣，把那件风衣转得就像个电风扇，一下子绕住了凶手的刀，还把那个家伙脸也盖住了，大个子抬起腿来，一脚就把第二个凶徒踹到了桌子底下。他半边的白衬衫都被鲜血染红了，"小姐，别怕……没事了……"一边说着一边扶着埃丽娜向门外走去。我这才长长地出了一口气，回过头来把那几个女孩子护在身后。就在这个时候，有人大声在喊："勒波梨斯耶（法语警察）……"终于法国防暴警察赶到了，他们端着枪冲进咖啡馆。那两个凶徒从桌子底下爬起来，举着刀砍向警察，就听到"砰砰""砰砰"几声枪响，两个凶徒都被击毙了。我把那些姑娘送到咖啡店外，在人群中寻找埃丽娜和那位大个儿男子，可是连影子都没见到。一直等到警察把那两个凶徒的尸体运走，埃丽娜和那个大个子，再也没有出现。

　　我给埃丽娜拨通了电话，我们的 W 女郎早就没事了，她平静地对我说："出了咖啡店，看到警察们已经到了，后来就开车回到家了。"我故意问她："哎，我看你倒地的时候，从包里拿出了一把手枪……"她的声音立刻变得娇滴滴："我的皮特儿，你一定是紧张得眼花了，平时拿刀叉我还战兢兢的呢……是那位高个子男士救了我……"她一口否定她的手里有过什么东西，我又问她："听暴徒说他有中国功夫……你看清没有，那位先生大概的模样？"她有点遗憾地说："哎哟……我都没有谢谢人家……"埃丽娜说起那个救她的人："你总是对自己家乡的人感兴趣，他是英国人……好像说过什么……"

　　我随即向公主报告了晚上发生的事情，以及埃丽娜自告奋勇去

第四章　骑士高管

完成窃取公主服的事。公主的表现十分奇怪，她先是对埃丽娜抢着窃取公主服很愤怒，"这是交代给你的事……为什么要委托埃丽娜？"可是等了一会，公主还是平静地对我说，"……不过吗，既然已经决定了就交给她去办吧。"对夜里事件的结果，她表示出毫不掩饰的遗憾："怎么，那些杀手都死了？为什么没有伤着……任何人？"夜很深了，我在床上翻来覆去地睡不着，"难道公主希望那些恐怖分子杀人？不对，她是有所指的……目标是谁呢，是我和埃丽娜？"想到这里，我不由得打了一个冷战，心里嘀咕："这个阴森冷血的公主……难道是她雇用杀手要干掉我们……两个？"我又分析："从她听我报告的平静状态，和听到埃丽娜没有被伤着的态度看来……目标可能是埃丽娜……"我的眼前出现了埃丽娜漂亮的面孔和甜甜的笑容。"这到底是为了什么？看来他们之间的矛盾到了你死我活的地步，在这里我可要万分的小心。"快天亮了，我忽然又想起穿黑衣服的大个子，"真有些遗憾，以我的性格，对有英雄气概的人一定要结识，可今天……"我已经忘了那件什么公主服装，心里只是想着："我一生佩服的就是这种人，他具有坚毅的性格，有着不入虎穴焉得虎子般的勇敢，只要你掉下去他也愿意陪着你掉下去。我觉得做人就应该这样……就算掉落下去又有何妨……要锻炼自己有那种超越常人的笃定。"

第五章

奢侈展会

　　人类就是这样一种动物，他们欣赏世界上那些最完美、最名贵的东西，并因拥有它而引以为荣。当服饰不只是为了遮体，珠宝不只是为了点缀，皮具不只是为了装饰，酒类不只是为了饮用，这些生活用品就进入了时尚的殿堂，成为顶级的艺术品而彰显自己的奢侈以及主人的华贵。

——沃斯达士

隔空取物

巴黎巡展……争奇斗艳……巧取豪夺……争取时间

巡展会开幕了，我在电脑前面一直观察着，对于这次巡展，我动用了权杖授予我的能力，这样我也可以用"天眼"程序，去观察世界了。我不断地切换从各个角度去观看，还可以利用那些参观人的手机来近距离地细看。这是第一次以欧洲命名的奢侈品巡展，展方为了安全起见在巴黎只展出三天，而我决定在第三天结束之后立刻开始行动。在看到英国的隆重和意大利的夸张表现，法国展商自然也不敢松懈。他们半年前就特意在凡尔赛宫附近开辟了一个全新的环境作为展览的场地——凡尔赛宫旁边一所大学的一个圆形体育馆，就是巴黎"高定巡展会"的场馆。它的面积有八千多平方米，围着位于中间高定服装展的 T 型台，共设有二十几个展示分馆。整个场地布置得极为豪华，同时具有现代气派和皇家的富丽堂皇，像汽车馆、手表馆、钻石、各种高端的首饰，还有什么酒、鞋，甚至手机等。到最后，就是那些名贵定制服装和珠宝模特的 T 型走秀台。

别以为这只是一次商品展览，恐怕每一件珍品只能看一眼，因为它是私人特意定制的，是那些富豪的私有财产。有的只是在交付之前，在你的眼前闪烁一下光芒而已。这次的安保措施，比开一次国际首脑会议还要严密，所有的科技手段都用上了，就这样还要求参观者不得携带任何手包、背包，要提前两个小时到场，以便进行安全检查。

虽然主办方选择了一个偏僻的地方，那些绿色环保组织和法国的

工会，还是动员了很多人来抗议。整个巡展会场外围军警如林，天空上还盘旋着直升飞机。参观票价高得出奇竟然全部售罄，来宾的汽车把凡尔赛宫的停车场都占了一大半。进入高定奢侈品展会的会场，各种品牌商品的宣传画册随意抽取，巨大的电子屏幕在闪烁和变幻着文字和影像，对什么是奢侈品做了最好的诠释："当衣食住行成为一种生活的语言，用来彰显一种社会方式时，品味这个词就会在你我之间划出一道界线。尽管在每个人的身边，物美价廉的东西无所不在，然而当我们需要经典和优雅以及那些能够与我们渴望的生活相吻合时，奢侈品就是您的选择，因为它会让任何其他的想法黯然失色……"

迎面是第一馆，汽车馆。插着二十三面汽车品牌的旗帜，介绍栏用六种文字，讲述这些私人定制世界公认的"顶级奢侈品"。"它们超越了交通工具的范畴，不再只具有简单的代步功能。"正面摆着的是一辆劳斯莱斯轿车，这是某位阿拉伯王子的上百辆豪华车之一。"这辆又笨又重的车就是我们的第一选择……"车辆侧面摆着的说明牌："这辆车使用了三吨黄金……镶嵌了一公斤钻石，所有的皮革采用金丝猴的尾巴外皮，是真正唯一的豪车。"

第二个馆是游艇，这里标着十大顶级豪华游艇的品牌：阿兹慕、圣汐克、法拉帝、乐顺、丽娃、沃里……对沃里的介绍词是这样说的："沃里，是创造躲避世俗喧哗终极平台那只神奇的手。有人说，游艇是划分一千万和一亿身价的一个标准，事实上豪华游艇代表了一种生活态度，懂得欣赏的人，才能体会出沃里那充满着拉丁味道的浪漫和华美……"在这里各式各样的游艇琳琅满目，我选择了顶级品牌沃里旗下的"动力"，它那两台三千马力的发动机，和三千万美金的标价，同样令人咋舌。

第三个馆面积最大，是私人飞机的展示。场馆介绍里明确了当今的十大私人飞机品牌：湾流、庞巴迪、达索、巴西航空、豪客比奇……我选择了庞巴迪飞机，这个彰显财富与自由的空中座驾。

第四馆是摩托车，最吸眼球也是我要拿走的，是那款前后并排双轮，十个气缸，八千CC排量的道奇"战斧"摩托车。这款摩托车，标价六十万美金，最高时速可达640公里／小时，是世界上最为威猛的摩托车。

第五馆是茶叶、咖啡馆……展厅里那些精美的包装，包裹着世界最有名的咖啡豆，亚洲最出名的各类茶叶，还有各种名贵的器具。像咖啡壶、杯和盘碗以及中国独具盛名的特制紫砂茶具和瓷器。我把波多黎各尧哥特选咖啡，这种欧洲皇室指定的御用咖啡确定为替代物品。茶叶我都清楚，像中国国内最有名的十三种茶，都摆在这里。一样一箱子。

后来的十几个展厅，像什么化妆品、皮具、鞋、烟和烟斗、酒店用品……我都选了价格最高昂的一种物品。

钟表馆里熠熠生辉，那些原本只作为计时的工具，被赋予了新的内涵。我确定了拿走闻名世界的"百达翡丽"腕表，就是在展柜里摆着的那三只手表。在布满钻石的金壳中间，精致小巧的指针，犹如幽灵一般，在彩色的表盘里推动着世界。

珠宝首饰厅里真是珠光宝气珍品闪烁，我心想："只要讨公主喜欢，就要把这里的世界十大皇室珠宝品牌，像卡地亚、梵克雅宝、宝诗龙、海瑞温斯顿、尚美、卡洛伊巴特拉、宝格丽、万宝龙、蒂芙尼、御木本的展品，统统都拿回去。"我忽然想起法国大文豪莫泊桑，在他的《项链》那篇故事里，讲述了一个罗塞瓦德夫人，为了在一次宴会上出风头，特意从女友那里借来珠宝项链。当罗塞瓦德夫人戴着项链在宴会上出现的时候，引起了全场人的赞叹，她的虚荣心也得到了极大的满足。不幸的是，在回家的路上那条项链丢失了。为了赔偿朋友的珠宝项链，她节衣缩食整整十年才还清了债务。其实每一位女性，都希望通过珠宝来增添自己的魅力。只要款式和色调与自己合适，那些珠光宝气更会使人容光焕发。

　　这时公主殿下的语音忽然插了进来，"青蛙王子，知道你在观察巡展会，你现在到哪儿啦？"看来公主的心情很好，我马上说："公主殿下，我在珍宝馆，我正在确定珍贵的首饰，它确实可以增添您高贵的气质，让您变得更加优雅高贵。"我第一次听到那个骄横跋扈的公主在笑，公主不知道怎么开始和我探讨展示的珠宝首饰里她最中意的那三种款式。"一是麒麟手镯，另一个是孔雀胸针，还有一件就是绿宝石项链。"我给她解释："这是卡地亚公司在1928年为欧洲王室制作的。"公主说："它的东方元素太浓了……我特别喜欢，两个大块儿的那是什么……做成的两只麒麟的脑袋？"我告诉她："是东方人最传统珍贵的珠宝——红珊瑚。"公主高兴起来："啊……红珊瑚，我记得母亲就有这样的项链。"我对她说："我也特别喜欢这个手镯，你看那个嘴顶着两个绿色翡翠球，钻石镶嵌成它们的眼睛和牙齿，头顶着蓝色的宝石。后面的身子是用黄金衬里连接在一起的，在与珊瑚接头的地方，用钻石镶嵌包裹了起来。黄金的外圈用蓝色珐琅包裹，两侧用绿色珐琅镶嵌，更显示着东方艺术的魅力。"那件梵克雅宝专为意大利女演员斯嘉丽定制的孔雀胸针是用黄金做的，公主说："我要那只张着翅膀正在飞翔的，用钻石和绿宝石作为羽毛颜色的孔雀鸟。"可以看到孔雀头顶的羽冠和眼睛，是用大块儿的绿宝石镶嵌，两只翅膀各镶了六颗绿宝石，其余的用钻石填充。鸟的尾部也镶了很多的绿宝石，背上也就是孔雀的中间位置镶嵌了一颗蓝宝石。在鸟的嘴上叼着一个钻石做成的链子，吊着一枚相当于鸟的一半身体那样硕大的黄宝石。这款胸针，十分注意色彩的协调，把黄金、钻石、绿宝石、蓝宝石、黄宝石都融洽地组合在一起。还有一件公主喜欢的绿宝石项链，是铂金做成的雪花形状的链子上，用碎钻来镶满。在链子的下部，中间有一颗绿幽幽硕大的绿宝石，两边各配着三颗渐渐变小的绿宝石。那些晶莹剔透碧绿的宝贝，用钻石围成了九个瓣的花朵，摆在那个柜子里漂亮极了。我知道公主也在看着这些宝贝，就对她说："这些宝贝好像都是为您制作的……放心吧，公主殿下，这几件宝贝已经属于您了……"

到了第三天，我的人分工合作，开始在网络上密切跟踪着展品的动态和去向。商展公司的那些展品，是以天来计算租金的，所以他们在第三天，连夜马不停蹄地将展品包装起来，在第四天早上报送海关。整个他们撤展的过程，也是我们调包窃取的时候，展会结束三天以后，所有调包和装船的任务圆满地完成了。接着我的指令下去了："立即瘫痪相关海关、港口、航运的电脑系统……"

蒙古服装

争奇斗艳……时装现场……鸿雁故事……莫名其妙

对于得到那件服装，埃丽娜确定计划是这样的："皮特儿，你提前派两辆车，一辆停在后台的门口，在展出结束之后，我会连人带服装一起装到车里，另一台车在展览会场之外预备，随时准备意外之用。得手之后，开到指定地点——马赛的女修道院交接。"我问她："好，车辆我准备，人员从何而来？"埃丽娜回答："我的 U 盘……十人足够了。"我还是有些不放心："对方的随行人员怎么办？"回答是肯定的："一起上车……到地方解决。"我追着问她："解决……你打算怎么办？"埃丽娜有些不耐烦："在昏迷的状态下放走他们，避免他们向警方提供情况。"我一再强调："既然是唯一的，对这件服装感兴趣的也就不单单是我们……肯定还有更多的人在盯着它。"埃丽娜嫣然一笑："这个我懂……你们中国不是有句成语……叫作'螳螂捕蝉，黄雀在后'吗……"

我把视线转到巡展会的服装馆里，在时装馆的门口立着两个大牌子，左面是著名设计师费昂纳·斯班尼的一句话："美的感觉稍纵即逝，作为一名设计师，最大的挑战，便是将这瞬间的灵感，凝固在艺术作品当中，让这转瞬即逝的感觉变成永恒，让大家共同分享。"右边有立体画派大师乔治·布拉克的名言："什么是艺术，艺术就是将某种形式变成流行的东西……"能看到埃丽娜走来走去，她对着手机向我说："放心吧总指挥，这点事情太小儿科……了。"我看她到了巡展会的现场，整个的场面和过程，我都通过权杖的功力，在各个监视设备里进行着监视。我想三位元老一定也和我一样，在观望着服装的现场。

时装馆是一个圆形的场所，中间是服装模特们展示服装潮流、设计大师的品味和美丽身材的 T 型台，这个台是用厚玻璃铺好的，玻璃的下面摆满了紫罗兰花。在展示台的两侧和正面，是 A、B、C 三个阶梯式的五层观摩区。这场定制服装秀，因为能容纳的嘉宾人数有限，所以在通常三层的观摩台上又加了两层。按照国际惯例，每个参展品牌会邀请国际评审团、明星、知名潮人、特邀嘉宾和资深时尚编辑等，其中 20% 的票会发给他们和来自全球的顶级时尚媒体。因为这次巡展不存在买家的问题，剩余 60% 的票就出售给提前一年登记的参观者。所以这次顶级定制服装展，坐在秀场头排的，基本都是号称"大蔓"的时尚界人士。埃丽娜对着手机看着我说："你没听人们说过吗，开秀前看头排，开秀后看服装。这是时装界默认的看秀守则。谁坐在头排看服装走秀，那直接反映了时装精英们在时尚圈里的地位。"我想："对于我们这样两眼一抹黑的人来说，认清头排嘉宾的脸，也是熟悉时尚圈的最快方法。"埃丽娜本来用的就是电脑制作的假票，所以根本没有座位。不知道怎么，真的还被她在五层找到一个空着的位置。

前两天的走秀，都是那些国际大的品牌在展示，像什么迪奥、阿玛尼、杰尼亚……今天走秀一开始，美妙的《沉浸在爱情中》的音乐就响起来了。意大利的品牌"范思哲"，为德国柏林金熊奖的明星们，制作了十几套令人垂涎欲滴的高开衩长裙。十几个模特依次走了出来，她们身上那些用高级面料制作的高开衩长裙，绝对是时装界的经典。有黑色的高开衩和层叠抹胸裙、粉金薄纱 V 领开衩曳地裙、宝蓝色开衩露背礼裙……我听到有人用激动的声音说："想起来了……奥斯卡影后安吉丽娜·茱莉，她就穿过这种类型的高开衩裙。"任何人都不用琢磨，那种高开衩裙子，就是要展示女人美丽的身姿和大腿的……

下一组是"纪梵希"，这组法国式高尚的优雅服装，则为欧洲某国一位神秘的先生制作了一整套歌剧《哈姆雷特》的演出服装。这是一位疯狂的莎士比亚粉丝，为他在 30 岁的时候，曾经出演过莎士比亚的宫廷剧而做的一个永久性纪念。模特的阵容庞大，人物众多，服装华丽无比，件件都是精品，身上的配饰珠光宝气。模特们装扮的国王、王后、大臣和仆人鱼贯而出，加上播放的音乐是世界男高音帕瓦罗蒂的高音大嗓，人们就像看了一场歌剧一样。

大家正在观望得带劲呢，忽然一大群模特举着牌子，从后台拥挤着上来了。一开始我还以为就这样……结束了，可是按照服装走秀的规矩，最后应该由服装设计师和大家见面，听着现场的人在念叨："没见到设计师上来呀？"人们正在莫名其妙地看着，我一下子明白了："这次是按照品牌展示，所以各式服装的设计师自然人也太多了，那牌子上是写着每个服装设计师的名字……"很快 T 型台又安静下来，我心想："这回那个神秘嘉宾该上场了吧……"终于音乐响起来，服装馆监视器旁边的两个中国姑娘议论着："你听……是小提琴曲……鸿雁。"另一个姑娘激动地说："在国外，能听到熟悉的曲子，那个感觉……心都会颤抖起来。"一直关闭的大屏幕忽然打开了，我看到那上面显示着英文 swan goose，随后又出现了两个大大的中文字："鸿雁"。

两个男模特一前一后地出来了。一个男模特的上衣，是白色高领的斜襟式蒙古长袍，他腰间缠着蓝色的蒙古腰带，身上绣着鹰的图案。我想："这应该是蒙古利亚的服装。"另一个男模特，是一身蓝色，是蒙古古代武士的短打装束，同样有着鹰的图形。他们的衣服都是用高级绸缎制作的。能听到有人在小声地议论："这是什么意思……是蒙古的成吉思汗？"两个男人站在 T 台上摆着造型，可是让人感觉他俩的步伐总是不协调。能看到他俩衣服上，用亮晶晶的饰物嵌出了很多的图案，好像是天上星系的图形，又好像是用象形文字描绘的计算公式。它们在灯光的照射下闪闪发亮，就像一群鸟儿在飞翔。在那个白色蒙古服装上，是用墨绿色的小石块点缀出来的，而那个蓝色古代装束的衣服上，却是用白色的碎石头装饰出来的。

接着有两个女模特，扭捏地由乐曲伴着，几乎是晃着出来了。她们也是两种装束，一个模特上衣为黄色的蒙古袍，另一位女模特穿着中国元朝那种淡粉色的服装，同样都是用高级的绸缎制成。在她们的领口、袖口和衣服的边上都镶满了亮闪闪的宝石，身上用黄色和红色镶着各种大雁的图案。大家全都把注意力集中在服装上，很多人赞叹起来："好美丽的服装啊……"前两组模特亮完了相以后，他们没有像其他组的模特返回后台，而是在 T 台侧面站着的助理指挥下，分开两边待在那里。

"鸿雁"优美的旋律，大小提琴鸣奏出了主题，渐渐地，小提琴开始主导旋律，出现了深情舒缓而又带点内省的音色。情绪轻快的横笛，吹出了嘹亮的乐曲，大提琴也开始婆娑起舞。这时候，真正震惊走秀会场的情景出现了，一只彩色的大雁飞出来了。一个女模特，发髻高高地盘着，她的脸被一层薄薄的面纱遮着，头发的前部插着一只张着翅膀的金雁——就是用大雁的形状做出来发钗，雁的嘴里衔着两串金链，吊着的金链下端分别坠着一红一绿两颗玉石。我有些奇怪："怎么蒙古姑娘还用面纱？"不过很快我的注意力就和在场的人们一样，转到那两个玉石上去了："噢……那是月亮和太阳。"在模特的身上，穿着用高科技手段织就的锦缎，是一件质感极强的金色拖地长裙，上面缀满了各种颜色、彩光四溢的玉石。裙子立着高高的领子，模特脖子上戴着三排黄、红、绿三色的玉石项链，肩膀采用的是中式滑肩，连接着肥大的袖子。整个服装腰体合身，裙尾被做成一个大大的椭圆形，随着模特张开双臂舞蹈般的行走，服装的真正含义就表现出来了。人们大声地议论着："哎哟，那只鸿雁在扑扇着翅膀，就要起飞了……"有人还给这件裙子下着定义："啊，这应该就是一件公

主裙……原来是中国蒙古族的服装。"人们不断地发出赞叹声，很多人竖着大拇指："对……是飞翔的鸿雁……""不对……是幸福鸟。"各种相机、手机都开始拍照。我仔细地看着裙子，它的整个前襟和下摆绣着一只展开的翅膀，从服装的肩膀向两臂展开，包括了整个袖子，两条长长的尾翅，被延展到拖着的椭圆形裙尾。能看清楚，那只鸿雁是在织锦缎上用金线绣出来的，线条特别立体，雁的身体和羽毛，是用密密麻麻的绿色玉石片拼起来的，人们在赞扬着："真是绝代风华啊……"我知道了："为什么这件服装会被称作世界的唯一……那是无人能模仿的。"我听到刚才的两个中国姑娘，嘴里不断地评价着："你看那些金线，和我们用来做刺绣的金色丝线根本不一样。"能听到另一个女孩儿的话："我见过公司为国外定制的服装，是用纯金拉丝的金属线……"最为奇怪的是那些镶在身上的玉石，都被做成了山丹形状的花朵。那个模特转过身来，旁边的两个姑娘指点着："这倒怪了，金色的大雁在前面，占了整个服装的四分之三，一只小银鹰在后……"另一个女孩儿说："噢，我明白了，设计师就是要突出大雁的高贵，才采纳大金雁小银鹰的手法。"这时候 T 台上排列的四个男女模特开始旋转起来，两个女模特先转着，那两个男模特手忙脚乱的，也围着中间的模特方向不一的转了起来，不过就是这样，还是像有很多的鸟儿，围着那只金色的大雁在飞舞。台下的人只顾着拍手喝彩，并没有人注意到台上的不协调。我在琢磨："设计师的创意……是不是有一种怀念鸿雁……四海追寻的含义呢。"

　　不知道为什么，服装设计师有些不知所措地随着优美低沉的"鸿雁"乐曲，缓缓地走了出来，而埃丽娜也不知道跑哪儿去了。我把视线转到台上，那是一个高个子亚洲男子，他西装革履穿着得体，走到 T 台的最前面，站在那里对大家不断地鞠躬致意。等到音乐停止，大家的鼓掌声也渐渐平息，我看到设计师左顾右盼地观望着，大约五六分钟，人们不断地鼓掌，他好像很勉强地从兜里拿出一张纸开始致词：

"我是来自中国内蒙古的……艺术设计总监特木勒……这次高定服装设计的名称为鸿雁，它缘于我家乡的一个关于大雁的传说。在中国北方的一片浩瀚的草原上，有一个年轻人在放牧的时候，遇到一只美丽的宏格鲁，就是蒙古语鸿雁的意思。她的翅膀被野狼咬伤了，年轻人细心地为她调养。"慢慢地他平静下来，开始讲那个大雁的故事，"一天牧人骑马回来，发现毡房里收拾得干干净净。走进蒙古包，到处都找不到大雁……它飞走了。夜里他梦到一个姑娘就是那只宏格鲁，姑娘对牧人讲，她是南飞的雁群里的公主，必须回到自己的族群，因为她是大雁。宏格鲁流着眼泪说：'如果你想让我留在人间，就为我做一件人类的服装吧，等到我春天返回北方的时候，我就可以换掉自己的羽毛，变得和你一样，永远地留在你的身边……'后来梦境消失了，不管他如何想再进入那个美好的梦里……大雁公主却再也没有出现。年轻人发誓对公主的承诺一定要做到……他在草原上到处寻找，要做一件比凤凰羽毛还要美丽的衣服。设计师根据这个故事，在白云鄂博的圣山上，采集到高贵和美丽的石头，选择了金雁银鹰的方式，突出了对宏格鲁大雁公主的爱。这套服装是由……十个技师，用了无数个小时做成的，在这里感谢那些辛勤劳作的先生和太太们，是他们让梦想变成了现实……"这童话般的故事太能触动人心了，那些欧洲的小姐、太太们，感动得掏出了手绢擦着眼泪。只是我感觉："这位男士好像是在讲别人的故事，要不为什么还要有个发言稿……"

乐曲变为《玫瑰人生》悠扬的旋律，三天的"高定"服装秀结束了。所有的模特从后台涌上来谢幕，观众们都站了起来欢呼。刚才的金雁银鹰公主裙太令人震撼了，我陷入了沉思："真是不可想象，把玉石、黄金和服装结合在一起最完美的结果……要是穿在我梦中的公主身上……那该多美呀。"忽然有公主的声音，她有些哽咽地对我说："这位设计师在服装上镶嵌玉石，把他的服装秀起名叫鸿雁，就是用它来证明对那个梦中公主的心……真是个有情有意的男人……皮特儿，你

能这样对待我吗？"我一时哑口无言,看着眼前的电脑,"你……我……他……"视频里能看到观摩的人们兴奋地议论着，一些人围着顶级设计师和明星们要求签名。等到我再追踪那个讲话的男设计师的时候，人家已经离开了展馆。接下来的半天，我的人一直在马赛等着接应。等到第二天，也没有见到埃丽娜送过服装和人来，伊娃、露西亚开的汽车，同样也没有出现。

初露端倪

珍奇宝物……奢侈品的魅力……电脑三雄……原来如此

没有接到总局的情报，我知道国际刑警组织还没有破解"公主"给我的"权杖"密码以及电脑骑士元老院的防火墙。"现在我只能利用巡展会的展品，来吸引元老院其中的三位首领，用更长时间联系的过程，为国际刑警破解密码创造条件。"我知道，国际刑警动用了全世界最先进的方式以及几十名专家正在千方百计地想办法，攻破电脑骑士的层层防护。我摇着头感叹："这就说明了电脑骑士具备的优势——跨时代的科技创新能力。"

今天是我展示"窃奢行动"成果的日子，关于安排我提前向"公主"请示，并且征得了她的同意。我觉得和那个不露面的霸道公主距离越来越近了。这也是我希望利用她的好奇心，想方设法创造较长的联系时间所作的努力。这几天我做了认真的准备，把那些飞机、汽车、摩托都转移到法国的海外军事基地，作为军用品保管了起来，还拍了很多的照片备存。首饰珠宝和手表作为定制贵宾礼物，邮寄到巴黎一家银行的保险箱寄存。只把那三只百达翡丽腕表和十几件珍宝首饰，堂而皇之地寄到我的家里。

我的电脑被远程打开了，"公主"已经在后台等候了。我心想："看来公主对这些战利品还是很有兴趣的……"这时我房间里电脑附属的几个喇叭发话了："你好，我的王子……"能感觉到她的心情不错，我马上问公主："我的殿下，现在就要观看吗？"后台传来公主轻柔

的声音："皮特儿，我特意请来了两位贵客和我一起观看……你明白吗？"我的心一下加快了："啊，我明白。"看来今天公主把她的两个弟弟也请来了，"这真是好机会啊……"

我先把几个大件的照片，在电脑前举着给他们看，这回几位决策者非常放松，能听到他们笑着说话的声音："丢了黄金汽车，you son of a bitch!（这狗日的）什么王子还不得把鼻子气歪了……""go fuck yourself!（英语玩儿蛋去吧）"这时公主对两个弟弟发火了："Asshole!（傻货）！"一个极不情愿的声音："姐姐怎么啦……我说错什么话了吗？"我心里琢磨着："讲英语，他们的口音都一样……难道真的是姐姐和弟弟……还是一个地方的人？"接着我又想："嗯……这样聪明的年轻人……为什么说话这样粗鲁？"我的心理学专业又发挥作用了，似乎能感觉到对这样的说话很熟悉。我决定做一个测试："公主，要是我不再听从你，那你会怎么呢？""you mother fucker（操你妈的）……你敢！"她完全像变了一个人，一下子就爆发了，嘴里说着极为难听的话。我明白了，他们三个的幼年是不幸的，他们的成长是在一个特殊的环境里，就是说他们都是在孤儿院里长大的，只有孤儿院的孩子，他们感情失衡心里失去了光明，才有这种急剧变化的感情落差。或者期待炽热或者一下消沉，继而"破罐破摔"，是他们那种孤僻的性格，才会这样突然发作。"我看到您在发脾气，又不能批评，只好用这样的方式……干吗发那么大的脾气呢。"公主不做声了，好长时间才回答我："王子，原谅我刚才的粗鲁……"我不做声地把那些照片摆给他们看，不过后台的人对什么飞机、汽车、摩托此时并不感兴趣。我听到两个男孩在议论，这一回他们说话可注意多了，能听出来那是故意做出来的礼貌："酋长哥哥，我们的发明计划怎么样了？""我的好弟弟，一切都在顺利地进行。""无人驾驶的海、陆、空车辆，结果出来了吗？""还在测试……""变形编程呢？我要第一个使用它，今后谁也别想再看到我……"我顿时惊讶得说不出话来："什么……海、陆、空汽车？编程……变形？就是荷里活电影《终结者2》《X战警》都有的那种变形的情景？被称作catoms,将这些电脑芯片进行编程，这些芯片根据既定电荷的不同，有不同的组合方式。这些……还在想象中的东西在他们这里都实现了？"我觉得看不见的这几个人太可怕了。还在想呢，公主问起来了："难道只有照片吗？"看来她有些失望，我连忙解释说："请诸位不要着急，这些照片是因为原物体积庞大，已经都存在法国的海外军事基地里了。"我清了清嗓子："当衣食住行成为生活的语言，用来彰显一种社会方式时，品味这个词就会在你我之间划出一道界线。尽管在每个人的身边，物美价廉的东西无所不在，然而当我们需要经典和优雅以及那些能够与我们渴望的生活相吻合时，奢侈品就是您的选择，因为它会让任何其他的想法黯然失色……"我的一番话，让后台的那几个人立刻安静了下来。公主十分勉强地附和着我的话："哦，你说的有道理，像我们这样有身份有地位的人，应该懂得什么是奢侈品……"我又举起了那张照片："这辆劳斯莱斯汽车使用了三吨黄金……镶嵌了一公斤钻石，所有的皮革采用金丝猴的尾巴外皮，是真正唯一的豪车。"听着我的解释，电脑后面的人似乎有些感兴趣了，一个男孩子小声地议论着："这样做的意义何在呢？"另一位回答他："shabby gentility。（摆阔气，装体面）"这时公主发话了："酋长、奥勒流，听王子讲话，别老是叽叽喳喳地说个没完。"我明白了，他们的关系一定很密切，而且像"公主"一样，那两个弟弟的名字，自然就是"酋长"和"奥勒流"，这两个古罗马使用的名称。这时我听到公主在后台轻轻地说话："你们觉得他怎么样？""公主姐姐，我看到过他在救人时，非常勇敢……聪明英俊。""当然，要不然公主姐姐怎么能叫他王子呢……"公主又问道："你们说……他是好人吗？"这句话显然是奥勒流说的："我觉得他能保护别人，就能保护我们……"酋长有些不服气："难道我们现在还不够强大吗？

第五章　奢侈展会

121

还要人来保护吗？"小弟弟："是的，我们受够了……别人的呼来喝去。"公主说："两个小傻瓜，姐姐是找一个人来爱，不是像埃丽娜那样把我们当作奴隶一样驱使……"我开始认真地琢磨了："这一切应该确认了，元老院里指挥这三个孩子的成年人，就是埃丽娜……可是她为什么还要掩饰自己，走到前台来呢？"很快我得出了结论："她是美国情报系统的特务，当然要出面执行各种任务，还有就是把这个组织……牢牢地控制在自己的手里。"

我又想，继续把他们几个的吸引力集中在这里，时间才能延长。我举着第二张照片说："这个游艇的牌子叫沃里，是躲避世俗喧哗终极平台那只神奇的手。有人说，游艇是划分一千万和一亿身价的标准，事实上豪华游艇代表了一种生活态度，懂得欣赏的人，才能体会出沃里那充满着拉丁味道的浪漫和华美……"也不知是酋长还是奥勒流的话："在海上航行，一定非常浪漫。"我马上接着他的话："豪华游艇动力带给人尊贵的感觉，是无法用金钱来衡量的。无论是在驾驶舱，大厅到甲板，还是厨房和卧室，在这艘如旗舰般的游艇上，每个人都能找到一个最适合自己的空间，在碧波水面上享受科技带来的梦幻般的生活。"这时公主在后台问她的两个弟弟："我们的研发计划里，不是还有一款凡尔纳海底机器人吗？""那是一万米深，攻击型深潜器，是打击核潜艇用的，不是在水面上航行的那种……""进度怎么样？""我们所有的计划，完全成功还得一年。"能感觉到，这几个年轻人，他们的智商真是高不可及，但是环境限制了他们——眼界不宽，见过的世面太浅薄。

照片上的摩托车，是前后并排双轮、十个气缸、八千CC排量的道奇"战斧"摩托车。我解释道："这款摩托车，标价六十万美金，最高时速可达640公里／小时，是世界上最为威猛的摩托车。那辆不怒自威的道奇战斧摩托车，要的就是它虎啸龙吟的咆哮之声，还有骑在上面威风凛凛的感觉……"听不到他们的议论声了，看来那两个男孩子——酋长和奥勒流真的被吸引住了。

就在这时候电脑被自动关闭了几秒钟又打开了，我拿出三块精致的百达翡丽腕表，三姐弟立刻就被吸引住了，能感觉到他们屏住呼吸在看那三只手表，在布满钻石的金壳中间，精致小巧的指针，犹如幽灵一般，在彩色的表盘里推动着世界。我对着电脑说："当今腕表的十大品牌顺序是这样的，百达翡丽、积家、江诗丹顿、伯爵、爱彼、宝珀、劳力士、宝玑、万国、法兰克穆勒。"我听到公主脱口而出："哎哟，你还真行，我就只知道一种……劳力士。"我接着用英语讲解："自从人类创造出钟表，那无声流淌的时间就有了刻度，被分割成秒、分、时的单元。钟表的产生，当年只是为了时间而存在，然而时间也铸就了钟表的辉煌，尤其是腕表的经典。当一款款奢华名贵的腕表，犹如完美无瑕的艺术品，在佩戴者的手臂上熠熠生辉时，那些原本只作为计时的工具，就被赋予了新的内涵。"我听到噼里啪啦的拍手声，一个声音说："王子讲得太好了，就像是在唱歌。"另一个男孩儿说着："不，人家是在念诗……"我心里暗自好笑，"看来我的方法有效果了。"于是我卖弄着现学来的知识，继续讲着："没有人能拥有百达翡丽，只不过是为下一代保管而已。生命得以由后代血脉相传，而百达翡丽可传至下一代手中，与下一代的下一代……继续守望时间。"酋长大惊小怪地议论着："……这百达翡丽话说得也太大了吧？"我笑了："百达翡丽的第一块表，到今天已经一百八十年了，还走得精确无误呢。爱因斯坦、居里夫人、柴可夫斯基和各国的王公贵族都是它的热爱者。"这时后台有人说话了："我们当然要佩戴百达翡丽了，不过那上面的……"我戴着白手套举着一块表说："百达翡丽的商标是十字架和武士剑的结合，也称作卡勒多拉巴十字架，每一个方向有一把向里的武士剑，又组成了一个四面带花的十字架。百达翡丽英文缩写为PP，是世界公认最好的品牌。"这时候公主忽然想起了时间："我们……是不是明天再看呢？"那两个男孩儿没有做声，看来他们还是很尊重公主的。"好吧，我的王子，我们明天再见，好吗？"听她的声音好像有些依依不舍，我什么都没说，只是默默地看着那个黑着荧屏的电脑。

第二天一早，我的电脑就开始咚咚作响，原来又是公主在召唤我呢："王子，你昨天是不是不高兴了？"我表现得很消极："没有什么……"她有些为难地说："我们做过规定，连线时间不能超过……一个小时，否则叠加计算机会自动关闭的。""什么叠加计算机？……规定是你定的，难道不能改一下？再说了……公主……嗯……"看我吭吭哧哧的，"你怎么啦？想说什么就说出来……"公主又来了脾气。我也不管三七二十一地发起牢骚来："你是人，而且是一位美丽的公主，怎么能像幽灵一样躲在后台，被机器设备管住呢？"这回我称呼公主为你……她也不做声了，我继续生气地说，"你叫我王子，而且是你的王子，那我的公主又在哪里呢？难道对我来说，你只是一个空灵的声音吗……"电脑被关闭了，我知道那是她不知道如何回答我的问题，我坚信，"下午她会出现的……"

果然下午三点钟我的电脑被打开了，当然还是那三姐弟，他们真的对这些奢侈品产生了兴趣。"王子，有什么精彩的吗？"我想起法国大文豪莫泊桑的《项链》故事，于是我开始讲述那个罗塞瓦德夫人，为了在一次宴会上出风头，特意从女友那里借来珠宝项链。当罗塞瓦德夫人戴着项链在宴会上出现的时候，引起了全场人的赞叹，她的虚荣心也得到了极大的满足。不幸的是在回家的路上那条项链丢失了，为了赔偿朋友的珠宝项链，她节衣缩食整整十年才还清了债务。而颇具讽刺意味的是，最后对方却告诉她，丢失的项链，其实不是真正的宝石，而是一条假冒品。"罗塞瓦德夫人的爱美之心是人类的正常心理，其实每一位女性，都希望通过珠宝来增添自己的魅力。只要款式和色调与自己合适，那些珠光宝气更会使人容光焕发。而珍贵的首饰，更要为高贵的女性服务，可以增添女性的优雅气质，让你变得十分高

124

贵。"能听得出来，这个故事感动得三个人都在鼓掌。

我摆出一枚胸针，那是铂金打底，完全用钻石镶嵌出来的。两个翅膀拍打着，两条长长的尾羽垂直向下，正在冲天而行的鸟形胸针，那鸟的样子，就和中国人所熟知的凤凰一模一样——高高的凤冠，长长的双尾，浑身钻石闪亮，熠熠生辉，真是栩栩如生。公主连声说："真的太漂亮了……"我解释说："这是天堂鸟胸针，是1948年卡地亚公司，在巴黎特别接受的定制品，这枚胸针是最别具一格的高级珠宝作品。"接着是一个红宝石项链，严格地说应该是项圈更为准确，上半部分是半圈镶满了钻石的脖圈，在下半部分固定着五个硕大的长圆型花朵，是由红宝石和钻石拼成的，在五朵红宝石花的中间，用钻石又拼成了一朵小花，每朵大花下面还嵌着五颗亮晶晶的钻石。我笑着："这件珍品，是英国女王陛下的心爱之物……戴在公主身上，那才名副其实呢。"

接着又是铂金做成的项链，一环套着一环，看似非常简单，可就在这个简单的铂金项链上，每隔五个环，就吊着一个镶满了粉红色钻石的铂金小王冠，整条项链上一共有十二个亮晶晶发着粉色光芒的王冠。在项链的旁边，放着一枚钻石和红宝石做成的胸针，那也是"蒂芬妮"的作品。"梵克雅宝"指间戒指就是用铂金做的开放指环，在指环的两端各有一个嵌满了钻石的蝴蝶，一只蝴蝶用黄金和黄宝石，另一只蝴蝶用铂金和钻石，戴在手上就像一只手的四个指头都戴着戒指一样。

我又拿出几个盒子，一个盒子里面是精雕细琢，带着弧度，有足够宽度的玫瑰金手镯，被很自然地交叉盘了三圈，就像手腕上柔软地交叉重叠戴了三个一样的金手镯。在中间对外的一圈上，刻着"卡地亚"的品牌标识，在标识的旁边，镶嵌了一个硕大的钻石。后台里的声音，"姐姐戴着一定好看……""我想，要是我戴着它也会吸引人的。"我解释说："这是阿拉伯酋长国的国王为他的母亲定制的。"公主问

道："世界上哪些品牌是最好的呢？"我回答她："世界十大皇室珠宝品牌——卡地亚、梵克雅宝、宝诗龙、海瑞温斯顿、尚美、卡洛伊巴特拉、宝格丽、万宝龙、蒂芙尼、御木本，不过这些对于我来说，只有耳闻并无所见。"接下来我把印度王子，在卡地亚定制巨大的钻石项链以及大文人科克托的法兰西学院佩剑，都摆了出来。"这两件珍宝是属于两位男士的……"好像酋长的声音："真好……我喜欢。"接着我把那些顶级的首饰一件一件地摆出来：有一条项链，简直就是在一个花篮里放着一捧鲜花，向外伸出了几朵盛开的红花，鲜绿的叶子以及那连接着花朵绿叶的藤蔓。还有一套紫金做成的珍珠戒指，和一对儿同样是由紫金、钻石和珍珠做成的耳环，还有一条钻石和粉色珍珠做的项链。看到真的吸引住他们了，我连忙说："这里还有三件珍宝，这要由公主来确定它们的归属，第一件是个麒麟手镯，这是卡地亚公司在 1928 年为欧洲王室制作的。"我展示着手镯，同时还为电脑后台的那三个人讲解着："两个大块儿的红珊瑚，做成了两只麒麟（也像是龙）的脑袋，用嘴顶着两个绿色翡翠做成的圆球，作为手镯的两个端头。钻石镶嵌成它们的眼睛和牙齿，头顶着蓝色的宝石。后面的身子是用黄金衬里连接在一起的，在与珊瑚接头的地方，用钻石镶嵌包裹了起来。黄金的外圈用蓝色珐琅包裹，两侧用绿色珐琅镶嵌，更显示着东方艺术的魅力。"

第二件是梵克雅宝专为意大利女演员斯嘉丽定制的孔雀胸针。胸针是用黄金做的，一只张着翅膀正在飞翔的，用钻石和绿宝石作为羽毛颜色的孔雀鸟。孔雀头顶的羽冠和眼睛是用大块儿的绿宝石镶嵌，两只翅膀各镶了六颗绿宝石，其余的用钻石填充。鸟的尾部也镶了很多的绿宝石，背上也就是孔雀的中间位置镶嵌了一颗蓝宝石。在鸟的嘴上叼着一个钻石做成的链子，吊着一枚相当于鸟的一半身体，那样硕大的黄宝石。

第三件是宝格丽的绿宝石项链。这是在铂金做成的雪花形状的链子上，用碎钻来镶满。在链子的下部，中间有一颗绿幽幽硕大的绿宝石，两边各配着三颗渐渐变小的绿宝石。那些晶莹剔透碧绿的宝贝，用钻石围成了九个瓣的花朵，摆在那里漂亮极了。

公主对她的两个弟弟说："这十几件首饰我们平均分配，两个弟弟你们先挑。最后的这三款，我选择宝格丽的绿宝石项链……剩下两个酋长你要胸针吧，留给你未来那个心爱的姑娘……手镯就是我们的小弟弟奥勒流的了。"随后她告诉了我三个地址：美国、加拿大、古巴，"下午就寄出来吧。"当然这又是障眼法，他们真正的存在，能感觉到就在很近的地方。我偷偷看了看时间，下午用了一个半小时，我心里想："这已经是最长的时间了，局里那些专家……为你们创造的机会可是够长了。"

很快刑警中心局就通过伊娃给我反馈回信息："已经测定三个服务器的基点，分别在荷兰、英国、德国，单点目标各在十公里之内，还要继续放大范围破解刷脸，此为最后一道障碍。已摸清骑士的网络走向，它搭载了一组废弃的卫星实现通信，然后折转利用亚洲、非洲、美洲国家的服务器，目前已经能够监听其通话。"我高兴地直跺脚，心里想："终于向前跨了一大步，再努力就能确定他们的精确位置，快就能把这些坏蛋一锅端了。"晚上，不知道怎么回事，我竟然梦到了公主，在一片浓雾中我看到了那个女孩儿，圆圆的脸，大大的脑门儿，大眼睛像海水一样的蓝……一脸天真无邪的样子。我醒来以后还在想："多可爱的女孩子，我真想亲吻她一下……她能是坏人吗？"

冒名顶替

发现瑕疵……男女假模特……特务混杂……无影无踪

　　埃丽娜失踪了，警方并没有她死亡的消息。我下决心一定要找到她，我开始翻看着互联网上的书籍，找到了甲骨文杂志。临摹了好几页，把自己的想法向国际刑警发送了情报。想起寻找埃丽娜的事情，马上授权我麾下的德意志鼠标，要求他们"立刻进入巡展会及周边所有的电子监控系统，认真查询和鉴别从巡展会出来的所有的人。"我决定也好好地再检查一下巡展会的视频记录，"这回，无论站着的还是躺下的，都要仔细看一遍。"我开始从第三天的巡展会开始，一秒一秒地过滤，把各个角度都翻来倒去地看了一遍，终于到了高定时装馆。慢慢地我看出了一些门道儿："看来我忽略了公主的提醒，这套蒙古服装还真的是有问题……"

　　出现了T型台，音乐响起来，"模特们该上场了……"我切换到一个正在使用的电子望远镜，通过这里的视角，能听到两个中国姑娘说着："你听……是小提琴曲……鸿雁。""在国外，能听到熟悉的曲子，那个感觉……心都会颤抖起来。"一直关闭的大屏幕忽然打开了，那上面显示着英文 swan goose，随后又出现了两个中文字："鸿雁"。

　　两个男模特踩着节拍，合着音乐优美的旋律，一前一后地出来了。一个男模特的上衣，是白色高领的斜襟式蒙古长袍，他腰间缠着蓝色的蒙古腰带，身上绣着鹰的图案。"是蒙古利亚的服装……"，虽然我是长白山的满族，可是满族的服装和蒙古族的服饰，有很多相近之处。另一个男模特，一身蓝色，是蒙古武士的短打装束，身上同样有着鹰的图形，他们的衣服都是用高级绸缎制作的。只是两个人的鞋子……竟然都是矮腰皮鞋！能听到中国姑娘在小声地议论："这种服装为什么不用蒙古人的模特，那样表现的结果会完全不同啊……"我看到一个是耸鼻凹眼栗色头发的日耳曼人，另一个是瘦瘦的亚洲人，站在T台上摆着造型，可他俩的步伐总是不协调，我断定："他们根本就不是模特……"我看到两个人的眼睛，都是恶狠狠地盯着对方。他俩衣服上，用亮晶晶的饰物嵌出了很多的图案，在灯光的照射下闪闪发亮，就像一群鸟儿在飞翔。在那个蒙古白色服装上，是用墨绿色点缀出来的，而那个古代装束的男模特的衣服上，却是用白色的玉石装饰出来的。

接着两个女模特，摇摇晃晃的由乐曲陪伴走出来了。她们也是两种装束，一个模特上衣为黄色的蒙古袍，另一位女模特穿着中国元朝那种淡粉色的服装，同样都是用高级的绸缎制成。在她们的衣服上，领口袖口，衣服的边上都镶满了亮闪闪的宝石，身上用黄色和红色镶着各种大雁的图案，头上戴着高高的蒙古帽子。我不由得心里赞叹起来："好美丽的服装啊……"这时我看出来了，女模特走路，完全没有那种袅袅婷婷的样子，倒像来参加一场女子博斗赛……两个人的组合也是混搭，一个蓝眼黄发的欧洲人，另一个是皮肤略为发黑的南亚人。就听到使用电子望远镜的姑娘在说："这个设计师选用模特也太不认真了，这样不熟练的人也能上台来走秀？""现在什么都在创新，很可能今后走秀的步伐就变成了这样子呢。"两组模特亮完了相以后，没有像其他组的模特返回后台，而是分开两边站在那里。我越看越觉得不对头，"到底是哪儿出了问题呢……"再仔细地一看，"啊……眼神，对了那四个男女模特的眼神……"我把眼前的图像放大，可以看到每个人都眉毛扬起好高，那使劲盯着对方警惕的样子，把每一个人的脸都拉长了……我分析："能看出来他们并不认识，而且相互的

眼神里……带有强烈的敌意。"

　　"鸿雁"优美的旋律，大小提琴鸣奏出了主题，渐渐的小提琴开始主导旋律，出现了深情舒缓而又带点内省的音色。情绪轻快的横笛，吹出了嘹亮的乐曲，大提琴也开始婆娑起舞。这时候，真正震惊走秀会场的情景出现了，一只彩色的大雁飞出来了。一个高个子的女模特，发髻高高地盘着，她的脸被薄薄的面纱遮着，头发的前部插着一只张着翅膀的金雁——就是用大雁的形状做出来发钗，雁的嘴里衔着两个金链，吊着的金链下端分别坠着一红一绿两颗玉石。我有些奇怪："真是胡扯蛋……蒙古姑娘根本不用面纱。"很快我的注意力就转到那两块玉石上去了："噢……那是月亮和太阳。"在模特的身上，穿着用高科技织就的锦缎，这是一件质感极强的金色拖地长裙，上面缀满了各种颜色彩光四溢的玉石。裙子立着高高的领子，模特脖子上戴着三排黄、红、绿三色小颗粒的玉石项链，肩膀采用的是中式滑肩连接着肥大的袖子。可是给我最明显的感觉，是整个服装的腰体与模特极不合身，裙尾被做成一个大大的椭圆形，模特张开双臂行走几次差一点摔倒。不过人们对服装的真正含义，最后还是明白了："哎哟，那只鸿雁在扑扇着翅膀，就要起飞了……"大家给这件裙子下着定义："啊，这应该就是那件公主裙……原来是中国蒙古族的服装。"人们发出了赞叹声，竖起大拇指："对……是飞翔的鸿雁……" "不对……是幸福鸟。"各种相机、手机都开始拍照。我仔细地看着台上，裙子的整个前襟和下摆绣着一只展开的翅膀，从服装的肩膀向两臂展开，包括了整个袖子、两条长长的尾翅、被延展到拖着的椭圆形裙尾。能看清楚那只鸿雁是在织锦缎上用金线绣出来的，线条特别立体，雁的身体和羽毛，是用密密麻麻的绿色玉石片拼起来的，"真是绝代风华啊……"我明白了，"为什么这件服装会被称作世界的唯一……那是无人能模仿的。"我又切换到中国姑娘的电子望远镜，她观察着嘴里还不断地评价："你看那些金线，和我们用来做刺绣的金色丝线根本不一样。"

能听到另一个女孩儿的话："我见过公司为国外定制的服装，是用纯金拉丝的金属线……"最为奇怪的是那些镶在身上的玉石，都被做成了山丹形状的花朵。这时最让我震惊的事情出现了，那个模特转过身来，她的面纱一下子掉在地上，我顿时惊呆了："啊……是……埃丽娜！她……怎么上了 T 台呢？"再看她身上的图案，"真是怪了，金色的大雁在前面，占了整个服装的四分之三，一只小银鹰在后……"我想了半天："噢，明白了，设计师就是要突出大雁的高贵，才采纳大金雁小银鹰的手法。"这时候 T 台上排列的四个男女模特，在后台的指挥下开始旋转起来，两个女模特先转着就歪了，两个男模特手忙脚乱的，也围着中间的模特方向不一地转了起来，就像有很多的鸟儿围着那只金色的雄鹰。台下的人只顾着拍手喝彩，并没有人注意到台上的不协调。这回我终于看明白了："管他设计师是什么创意……主要是埃丽娜把服装弄到手了。"

　　不知道为什么，服装设计师随着优美低沉的"鸿雁"乐曲，缓缓地走了出来。我使用的位置只能看到他的侧脸儿，这是一个高个子亚洲男子。他西装革履穿着得体，走到 T 台的最前面，站在那里对大家鞠躬致意。我马上调整到使用前排一个人的手机，她正在拍摄 T 台上。等音乐停止，大家的鼓掌声也渐渐平息，那个设计师开始致词了："这款公主服是来自中国内蒙古的艺术设计总监特木勒的作品……这次高定服装设计的名称为鸿雁，它缘于我家乡的一个关于大雁的传说……"我逐渐放大画面，"啊……他就是那天在咖啡店与歹徒搏斗的人！"我一寸一寸地扫描着他的全身，发现他在讲这个故事的时候，没有一点激情，却用眼睛不断四处张望，那警惕的神情只有在一些专业人员的身上才会体现。他的声音虽然有力，可是给人感觉是那样的游移不定，而且他不停地用眼睛扫着手上的那张纸："……在草原上我到处寻找，传说那里有圣山的心脏，几万年了还在不停地跳动……在白云鄂博的圣山上，特木勒采集到了最高贵和美丽的白云石和余太碧玉，选择了金雁银鹰的方式，突出了对宏格鲁的爱，东方女性的美丽，梦中的公主在他心中无比的崇高……这套服装是由十个技师，用了三万多个小时做成的，在这里感谢那些辛勤劳作的先生和太太们，是他们让梦想变成了现实……"这明摆着就是一个代理人，"可是设计师为什么不出面呢？这位代理人那游移不定的眼睛又在寻找什么呢？"

我把这六个人的影像剪切下来——神秘的两男两女，还有我们的埃丽娜和那个设计师。这时候我的专业知识可派上了用场："两个男模特，那个欧洲人具有典型的日耳曼人的特点，可能是德国或奥地利人，亚裔看脸型和皮肤肯定是个日本人。"我又看了看下一段："至于两个女模特，那位肤色发黑的鼻子侧面，有一个装鼻饰的小孔……哦，是印度姑娘。另一个碧眼金发是典型的俄罗斯女郎。最后再比较一下那位代理人先生……中国人没有错，但他根本没有蒙古族的特征……他也不像服装行业的设计师……"现在问题变得复杂了，整个这套服装的走秀，就是一场替代者的竞争，再加上我们的埃丽娜（我早就看出来，她是美国人……），这个走秀队伍已经是个联合国军了。经过点击法国海关出入境记录，比照他们的照片，一切都真相大白了。这四个人是巡展会前一两天才陆续入境的，四个模特和那位设计师……全是冒牌儿货。而这几个人则是俄国美女叶莲娜，印度美女娜雅，法国是埃丽娜，日本的高田徒手，德国美男子汉斯。那个中国人，根本就是临时顶替的假服装设计师。"是不是他在寻找真正的设计师？"

我开始使用权杖赋予的最先进的追踪方法，并没有找到埃丽娜的下落。所有能表现她特征的电子系统：她居室里的电脑、电器，随身携带的手机、电子腕表，甚至她口腔里那颗带有金属螺丝的瓷牙也毫无反应。我同时也搜索了那四个奇怪参与走秀的人，结果和埃丽娜一样既没有出境记录，同时也毫无消息。我猜想着："为了一件公主服，就隐藏起来也太不值得了。埃丽娜难道是……在躲避巡展会上的那些人？不对，埃丽娜……还有那个服装设计师，很可能都被那些更关心衣服的人……掠走了！要是这样……我的两个女警的处境也就危险了……"我把情况迅速报告了阿尔弗雷德长官，"埃丽娜失踪……公主服装有四国间谍关注，目前急需了解伊娃和露西亚的处境……请及时联系"。同时我也通报了公主："服装被埃丽娜得到后，人和衣服都失踪了。我的两个U盘同时不见踪影。"

我把情况重新检查了一遍，公主并没有对此答复，只是通知我尽快将首饰寄出去，而局里却马上就有了回音。

第六章
身世之谜

　　你越是聪明，你的单纯就越愚笨。……但我们也不能沉溺于单纯，故意让自己变成傻子，而是要成为聪明的傻子。……聪明征服世界，单纯却征服灵魂。事情都是相对的，亦是有度的。

——荣格

公主真相

南非公主……被人抛弃……中国船员……法国教堂

我把那些珠宝首饰都重新包装好，准备明天通知 TNT 公司（欧洲一个快递公司），让他们按照一个神秘的地址寄出去。这时候在"网上阅读"里，接到阿尔弗雷德长官用"甲骨文"发来的指示。我翻译过来是："情报证实，埃丽娜是美国多家情报机构新组成的 BLUE（蓝军）项目的工作人员……局里正式考虑是否退出对该组织监控。你要准确了解电脑骑士的组成以及他们的行动是否相关 BLUE，要把握解决问题的分寸……静候我的通知。"看到这里我大吃一惊："埃丽娜是美国情报机构的雇员……这准确吗？我现在所在的组织，竟然是美国情报系统的海外分支……可是不像啊……难道美国的情报机构支持恐怖行为？不对……埃丽娜应该和我一样，是执行打入内部消灭恐怖组织的任务。"想到这里，我觉得很合乎逻辑，也就上床休息了。

自从公主交给我她的数字权杖，也就等于链接了和公主沟通的渠道。我左思右想："必须抓紧时间，我要马上行动……不要顾忌她的脾气。"其实在我的内心，时常也有那种想见到公主的冲动。我反省着自己："这种感情是爱……难道我莫名其妙地就爱上那个，都不知道长相是什么样的女人了吗？"我在地上转了几圈，用权杖的密码点开了刚才的链接，我的电脑自动打开了，出现了公主还在朦胧中说话的声音："晚上了……王子有事情吗？"我用十分坚定的语气表达自己的内心："我想看见你。"她迟疑了一下："不能……吧！"虽然回答还是很简短，但是能感觉到她的语气游移，不像以前那样的坚定。我接着问："我什么时候能见到你呢？"公主吭哧着："这……不知道。"我立刻就站起来，"那好吧，告诉你……我准备走了。"这下子她可就急了："这是为什么……为什么……"我非常了解孤儿的心理，他们表面冷淡，可是内心极端渴望有人去爱他们，他们对得到的温暖绝不会轻易地撒手。我一边假意地整理着自己的东西，一面说出自己内心的感觉："我只不过是你墙上的一幅画……电脑里的一个图像。而你对于我来说，更是可悲到一个虚幻的声音和黑屏。"公主语塞了，"你……""我没有办法再待下去了，这不是生活在神话世界里，我……如果不能面对一个实实在在的活人，我会疯掉的。"公主发起飙来："你……走到哪里，也逃不出我的手心！"我冷静地对她说："你想在自己的手里，攥着一个死人吗？"寂静……还是寂静……这时公主小声说："难道……你就不能再等一个阶段？"我使出自己的撒手锏："公主，我不是由你摆布的男宠，既然是你觉得我值得交往，为什么不让我知道你的一切，甚至你的形态和容貌！难道你是一个奇丑无比的人？还是不男不女的泰国人妖？为什么不敢把自己的脸展示给我？要是你那样的没有信心，你……勾引我干什么？"我知道，这一番话对于女人来说，比万箭刺胸还难受。我想："要的就是这句话的效果……"就像我估计的那样，公主暴怒了："你敢……"可是马上又停顿下来，随后低声地啜泣起来："我的王子，不管你说什么……都没有关系，只要你别离开我……"我低头沉吟了一会，感觉到自己的心也莫名其妙地在激情澎湃，要知道当一个人疯狂地爱上你的时候，她的那些语言和行为，你不会毫不为动的。我小声地说："只要你能说清楚，为什么选中了我？你和那两个弟弟……怎么成立的电脑王国？还有那个埃丽娜和你们究竟是怎么回事，我愿意考虑……"

公主哽咽着终于开口了，慢慢地讲起了她的过去："我是一个非洲裔，可是当我站在你们的面前，任何人都看不出来。因为我有着雪白的皮肤，金黄色的头发和蓝蓝的眼睛。在我的记忆里，父亲是非洲南部的一位黑人国王。"我正要质疑她的说法，公主先说话了："你先别奇怪，在非洲南部很多国家里，都有那些世袭的国王，他们的王国作为那些现代国家的基石一直都存在着。就在南非共和国里，现在还有被政府承认的八位国王，他们统辖着的大酋长有八百名，还有五千四百多名部落首领。"公主的母亲是一位布尔人，也就是当地荷兰后裔的白人妇女。"三岁的时候，妈咪给我做了一件红、白、蓝横格的小连衣裙……我后来才知道那是荷兰国旗……"南部一位黑人国王，娶了这位布尔女人为王后，她为国王生下了一个漂亮的白皮肤女孩儿。公主生下来就和别的孩子不一样，除了长得活脱脱就是一个欧洲白人，还特别的聪明。"说实在的这种情况确实很少见，不过我十五岁的时候，做过一次 DNA 比对，想证明自己到底是怎么回事……事实证明我真的是黑白结合的果实，我的遗传基因是班图斯坦黑种人。"一次，两岁的小公主远远地看见祖母和王国的跛脚法师，说："那个人的腿是好的……"由此得罪了王太后身边的亲信，他们开始散布谣言了。在那些落后国度的部落里，闲话和绯闻是永远的主题，孩子的肤色引起了国王母亲的怀疑和不满。国王的王宫就是一座三层的大房子，在王宫里，这位小公主非常乖巧，就像一朵鲜艳的花朵，几乎得到所有人的宠爱，只有王太后，却从来没有对小公主微笑过。终于有一天老太太下手了，她趁国王和王后外出，到海边的一个城市参加联邦政府会议，这就给她带来了机会。公主说："我隐约地记着三岁多的时候，祖母宫里的侍女和仆人来对我说：'公主殿下，您的祖母王太后想要见您……'也不对王后宫里的管家做解释，就把小公主从宫里抱走了。祖母的侍女，一直跟着仆人走出了宫殿。后来仆人领着小公主坐了整整一天的汽车，才来到了海边的一个城市。在一个认识的船员帮助下，鬼鬼祟祟地登上了一条好大的轮船。我们躲在货舱里，好几天都是啃着那个男仆人带来的干面包片度过的，仆人带着我坐船

到了另外一个国家的港口——莫桑比克的贝拉港。然后他把我扔到船上，自己偷偷地溜走了……"

这条船是中国远洋公司的货轮，他们的船上除了中国船员之外，还雇用了好多国家的水手。轮船要绕过非洲的好望角，经过安哥拉、尼日利亚，再从直布罗陀海峡到地中海，在法国的马赛港装卸货物。船长突然发现一个小女孩，摇摇晃晃地在甲板上摇来飘去，经过仔细地询问之后，才明白她是被人拐骗上了他们的货轮。这位好心的船长，让一个年轻的船员送她到餐厅，"那位哥哥的大眼睛就像你一样，他就那样地看着我喝了一大杯牛奶，还吃了好多的奶酪……水果，我的肚子就像个无底洞，装啊……装啊，怎么也吃不饱"。船长把小姑娘交给那个年轻的船员，告诉他："你一定要保护好这位小仙女，不许出任何的纰漏。"公主描绘着年轻人的样子："那是一个二十岁的中国男孩儿，他对我说中国话……我什么也听不懂，我一叫王子他就答应可爱极了。他模样……和你长得一样，个子高高大大……"公主停顿了一会儿，"虽然他英语讲得不好，可是对我好极了。每天晚上把他的床留给我睡，自己躺在很凉的钢铁地板上，半夜陪着我上厕所，我至今还记着他手里拿着卫生纸，背对着我站在卫生间门口的样子。那时候我对他说……大哥哥，我将来一定要嫁给你……"这个年轻人在航行的一个月里，对小公主百般呵护，直到货船停靠到法国的马赛港。因为货船不能随便载人，公主又没有任何能证明她身份的证件。那个大哥哥对公主说："我们带着你，会被认为是走私人口，是犯罪行为，我们都会进监狱的……"公主哭着："当时我对他说，我愿意……我们一起去监狱……然后结婚。"这时公主已经泣不成声，我感觉到自己的心也在流泪："可怜的公主，多么凄惨的童年……我刚才的话是不是说重了……"

在马赛，中国人把小公主交到当地的警察局，小公主挣扎着，说什么也不离开大男孩，那个大哥哥也哭得死去活来。公主说："当时在我小小的心里，就知道这个世界对我是无情冰冷的，除了母亲和那个哥哥，我恨这世界上的一切！"后来法国的警察局，把小女孩儿送到了孤儿院。听到这里我明白了，"看来其他国家的人，观察亚洲人的模样，长得都是一样的，所以公主就把我当成了她牢牢记住的那个人"。公主说："十岁的时候，我翻阅了南部非洲各国，大量以前的报纸，知道了母亲因为我失踪，也自杀身亡了……可那个当国王的父亲，马上就娶了十几个王妃，而且那时并没有派人去寻找他女儿的下落……好像我根本就不存在似的。妈咪自杀了，他竟然说……妈妈的品行有问题……"我明白了："公主的仇恨就是从那儿来的，现在我就是……她从小把爱牢牢扎根在心里的那个男人。"公主哭着说："不管你说什么，我再也不能离开你了……我在这个世界上没有亲人，你就是我最亲近的人。"我结结巴巴的说不出话来："这不是……我们……还……"我本来想说，"这不是一厢情愿的事，我们还不认识，我根本就没见过你……"不知道怎么，我说了一些莫名其妙的话："这不是我们还在一起……我不会离开你的。元老院的两个弟弟还有埃丽娜……难道不是你亲近的人？"

电脑骑士

孤儿奇才

特异功能……屡破大案……智商非凡……旷世奇才

　　"我去的那所孤儿院，是地中海边一座教堂的后院，那里有二十几个孩子，都是被人遗弃的。"公主的声音平和多了，"在孤儿院里照顾孩子们的都是女修道院里的修女，那些嬷嬷好极了。和我同一天来的有三个人——四岁的我，两岁的酋长和一岁半的奥勒流。可能是她最先看到两个小小的男孩子，又是同一天来的缘故，在公主的心里，他们三个就是一家人。那两个男孩子讲的是西班牙语，他俩是在马赛城市的北部被捡来的。马赛北部地区长期遭受黑帮暴力以及贩毒活动的困扰，是法国治安的重点整治地区。"酋长才两岁，可是眼睁睁地看到母亲被人用枪打死。他吓坏了，躲到大街上的垃圾箱里，后来被警察发现送来的。奥勒流是被人拐出来的，可他一直向那个拐他的人做着鬼脸……人贩子觉得这孩子有神经病，就把他扔到一个清洁车的驾驶室里，也被送到修道院里来了。"当孤儿院的嬷嬷问起他们的名字，小姑娘说着那些故事里的人物："我是公主，他是酋长，小弟弟叫奥勒流……"从此这就是他们的名字了。

　　教堂是哥特风格的，外表像竹笋一样瘦高瘦高的，拱顶有橄榄型的小尖。它象征着摆脱了束缚，奔向天国。玻璃窗户被装饰得色彩斑斓，每个窗户上都画上了圣经故事。教堂虽然不大但是内部华丽，有大理石砖和大理石柱，还配有彩画和雕塑。在公主看来它没有黑暗、凝重和神秘的感觉，相反那些浅色的涂料和彩色装饰，让小孩子们感到十

142

分轻松，她回忆着："……好像还有一种清香的味道。"女修道院有四座房子，一座为长方形的两层楼房，是修女们的起居室。另一座为礼拜堂，是当地人作宗教礼拜使用的，而后院儿的两座小房子，就是孤儿们生活的地方。

孤儿院里实行男女分室居住，可是小公主就要和两个男孩子在一起，不然三个人就会一起大哭大闹，弄得嬷嬷们没有办法，大家去向院长求情，最后这姐弟三人就一直生活在一起。公主自豪地说："小时候，我们三个人的感觉，在外人看来特别奇怪。我的眼睛能看穿别人的衣服，酋长能闻到三天前的味道，奥勒流能听到几公里外大海上轮船里海员说话的声音。"我真的诧异了，这不是中国神话故事里的"千里眼""钻山鼻""顺风耳"吗……

在孤儿院里孩子们都受到了很好的对待，嬷嬷们给孩子们教授法语和各类的文化知识，这三个孤儿院里年龄最小的孩子，同时也是最奇怪和特殊的人。有一次，教堂里一个很古老的镀金的烛台，忽然不见了，嬷嬷们到处寻找，小公主隔着栅栏墙看到，一个穿着风衣的男人，"他的腰里就掖着那个烛台……"小公主尖声地叫了起来，那刺耳的声音把嬷嬷们吓坏了，大家跑过来看着她，小公主指着墙外："那个男人的衣服里，装着我们教堂里的东西……"人们都夸小公主机灵，并没有往别的地方去想，这事情也就慢慢地过去了。

孤儿院里的时间过得真快，转眼就两年了。一天，孤儿院里最漂亮的佐薇嬷嬷忽然失踪了，警察局来了好几个人调查。"前天晚上大门锁了以后，院长还见过佐薇……可是第二天早上，她就不见踪影了。"警官们把孤儿院几乎翻了个底儿朝天，却毫无收获。四岁的酋长围着教堂门前的那口古老的水井不走，他扯着人家的裤子，告诉警察叔叔："这里有佐薇嬷嬷的味道……"警察们看了看这个清澈的水井，平时是用做圣水的，都摇了摇头："小朋友，快去玩吧……"不过小孩子的话却提醒了一位老警察，"我们还是应该看一看井里，万一有

什么……呢"。最后潜水员在井里发现，这座井口小下面大，水面距井口三米左右，井壁完全是用石块儿砌起来的。在接近水平面的井壁侧面，有一个能爬进一个大人的洞，在那里还有一件修女的衣服，警察们沿着通道一直爬，才发现这里的秘密——一直通向海边的峭壁上。警察们下了结论："可以断定佐薇嬷嬷就是从这个通道出去的……可她……这又是为了什么呢？"真是没想到，那个三岁半的小不点儿，用他那小手指着远处停泊着的轮船，"嬷嬷在船上……我听到她在说话……"这些警察叔叔们都惊呆了："她说什么……"奥勒流用稚嫩的声音说："谁来救我……"马赛的警察们这回可不敢大意了，他们迅速联系了国际刑警和宪兵，在那艘万吨轮船的底舱，找到了被捆成一团的佐薇和另外几个姑娘，由此破获了一个专门拐卖年轻妇女的国际犯罪集团。不过谁也不相信他们有什么神奇功能，只是猜想："很可能小孩子们看到了什么……"慢慢的事情也就被人们忘却了。

这几年，孤儿院的孩子们更换了不少，很多被具有爱心的家庭领养了，然后又来了一些孤儿。一开始有些家庭想分别领养小公主、酋长，还有奥勒流这三个孩子，可是他们三人坚决不分开，公主说："要么把我们三个人都带走，单独出去我们不干……"再加上关于他们的种种奇怪的说法，于是他们姐弟三个，就成了孤儿院里的老住户了。

就在小公主十岁，两个弟弟一个八岁一个七岁那年，孤儿院来了一群实习的美国大学生，其中就有那个二十五岁，名叫埃丽娜的年轻姑娘。她们是美国一所大学心理学的研究生，到这里搞社会调查的。领队教师对她们讲："如何对待那些失去了亲生父母的孤儿，是考验一个国家和社会的良心，国家首先应该是这些孩子的家长，不过这些孩子最好的选择，当然是一个真正爱他们的家。"修道院长把孩子们叫来，每人在一个小板凳上坐着，别人都是非常的听话，只有小公主一手搂着一个弟弟，警惕地看着眼前的这群人。埃丽娜一眼就看出了这三个孩子的不同，她询问了修道院的院长，听了孩子们那些传闻令她更加惊奇，"这正是我要寻找的……"来的大学生们对孤儿院的孩子们进行了智商测试：这是一种科学测试行为，包括十一个项目，有常识、理解、算术、类同、记忆、字词、图像、积木、排列、拼图、符号，分别做测验。学生们在老师的带领下，最后汇总分析写出了测验报告。（智商的计算公式：IQ= 智商，MA= 智力年龄，CA= 实际年龄，IQ=MA/CA×100）虽然不同的智商测试题目不同，但原理都是一致的。智力由三种能力组成：短期记忆力、推理能力和语言能力。最后孤儿院智商最高的，就是这三个孩子。在做完测试以后，带队老师和学生们都惊奇地说："我的上帝……这几个孩子是从哪儿来的？这个叫酋长的男孩子智商 240，三岁多的奥勒流智商 230，尤其是那个公主，她的智商竟然达到了 260……要知道，爱因斯坦的智商才 160 啊。"我听到这里就想："智商高的人大部分情商低，他们对社会的认识往往不全面，分析别人的时候，会像拆解一个机器那样，把你分成冷冰冰的一块一块。他们是自然界中分子原子式组合式思维，很少有那种生物细胞所具有的丰富情感。不过公主很特殊……她对我的感情似乎很细腻……"

埃丽娜回到美国以后，做好了各种的准备，随后向马赛社会福利部门和孤儿院提出收养三个孩子，并且按照法国政府的规定，提供了很多符合要求的文件。可是公主和两个男孩子却怎么也不同意，公主说："我们是大人，不相信那些外国人，哪儿都不去，死也不离开孤儿院……"因为孩子们的坚决拒绝，孤儿院和社会福利管理部门也就迟迟没有给她答复。因为孤儿抚养和收养问题，往往会引起整个社会的关注。在世界各国，对于孤儿的福利和收养，都是各国法律中规定最严格的：除了收入、住房等众多限制外，还要有漫长的"匹配期"。正像联合国《儿童权利公约》中所说的，"一切要以儿童最大利益为原则。"

根据公主的讲述，我的脑海里清晰地浮现了埃丽娜后来所做的一

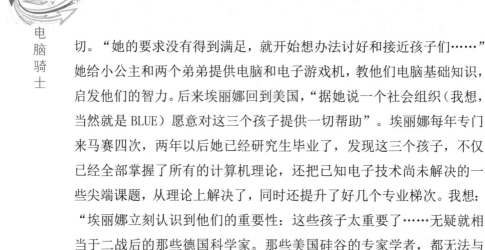

切。"她的要求没有得到满足，就开始想办法讨好和接近孩子们……"她给小公主和两个弟弟提供电脑和电子游戏机，教他们电脑基础知识，启发他们的智力。后来埃丽娜回到美国，"据她说一个社会组织（我想，当然就是BLUE）愿意对这三个孩子提供一切帮助"。埃丽娜每年专门来马赛四次，两年以后她已经研究生毕业了，发现这三个孩子，不仅已经全部掌握了所有的计算机理论，还把已知电子技术尚未解决的一些尖端课题，从理论上解决了，同时还提升了好几个专业梯次。我想："埃丽娜立刻认识到他们的重要性：这些孩子太重要了……无疑就相当于二战后的那些德国科学家。那些美国硅谷的专家学者，都无法与之相比，所以必须把这几个孩子带到美国去……"她开始制订劫走三个人的计划（应该也向BLUE总部做了详尽的报告）。我分析她的计划应该是："先用催眠术让三个孩子昏迷，然后把他们带到海边，用小船转运到远处的大轮船上，再移交给中情局的接应人员。"可是就在计划实施之际，埃丽娜看着三个已经被她催眠，陷于昏迷状态的孩子，这个学习心理学的美丽女郎，忽然改变了自己的想法："为什么要把他们带到美国……只要把这三个孩子利用好，那就是我的金矿，可以帮我实现自己的理想和愿望……"（我想，这就是她变化的开始吧……）埃丽娜悄悄地带着孩子们，辗转来到法德边界的河边小城——梅斯（也叫迪沃杜伦），河对面就是德国的城市萨尔布吕肯。我推测着："埃丽娜一定是随后制造了孩子们投身大海并且死亡的假象，将突发的假情况报告给美国总部……"

在梅斯，埃丽娜把他们牢牢地控制在自己的手心里。她首先安排孩子们住在城外的一个小城堡里，雇用了几个彪形大汉看守着他们，在每个人的脚腕上锁了一只电子镣铐。这是一种走到任何地方，都能被知道的一种电子定位器。她还根据自己所学心理学课程里的内容，使用历史上奴隶主震慑奴隶的办法——在三个人的后背和胳膊上，用烙铁烫上了标记。"不要想逃走，记住，你们已经是死人，身上的标记……说明你们终身是我的奴隶。"我简直要晕过去了，我的心里在背诵着那句名言："一个平时表现善良的人，为自己的利益，会变成真正的魔鬼……"我镇静了一下，点着头："真的是这样……啊。"埃丽娜利用自己美国 BLUE 的特殊身份，为少年们制作了假的履历。三位少年持有的阿根廷护照，也是埃丽娜自己制作的。我明白了："这样谁也跑不掉，因为只要他们自己行动，埃丽娜就会以每个人的造假身份来威胁他们……"

公主、酋长和奥勒流开始在城市里的梅斯大学学习，梅斯大学设有多个教学与研究单位，是一所多学科的综合大学。拥有三十几个高水平的研究实验室，其中六个为法国国家科研中心的联合实验室，享有很高的国际声誉。

很难说这样做，对公主和她的两个弟弟不是一件好事。因为这使得那三位神童，对自然科学的认识突飞猛进，只用了两年，就是公主十四岁的时候，在客观上三个人已经没有什么知识是他们没有掌握的了。埃丽娜按照自己的想法设定了很多的方案，都被三位天才完成了。这时候埃丽娜开始行动了，她利用三个少年的无知和好奇，在 2010 年成立了"电脑骑士"组织。我的结论是："接下去的几年，这个组织越来越大，做的事情越来越出格，他们不仅盗窃了各国银行的六十多亿美金，还在埃丽娜的指使下，摧毁了世界各国百万台计算机，造成了数百名操作人员的伤亡。到这个时候，一切都是按照埃丽娜的计划在进行，可这姐仨也在犯罪的道路上越走越远了。"

蓝军项目

残暴埃丽娜……奴隶起义……伤疤……蓝军项目

　　"埃丽娜一直把我们当作她的高级奴隶来役使，我们要完成很多具体的任务，否则会受到惩罚。"公主咬着牙说，能听出她和两个弟弟，对那个长相美丽的姑娘那种内心的怨恨。"是她绑架我们……逼着我们去做那些不愿意做的坏事……她是个魔鬼。"此时我还是难以想象出来，埃丽娜那美丽和文质彬彬的样子，会是一个这样残暴贪婪的人。公主对我说："我的王子，当你见到我的时候，一切就会明白了……"

　　到了梅斯以后，公主他们很快就明白了，是埃丽娜把他们绑架到这里来的，虽然她和弟弟可以自由地去上大学，但是埃丽娜威胁公主、酋长和奥勒流："在法国，你们已经是死人了，现在使用的阿根廷护照也是假的，你们走到哪里都具有了原罪，所以要老老实实地听话，逃是逃不走的，否则我会把你们交给人贩子，卖到大洋洲的小岛上去。"慢慢的孩子们长大了，电脑骑士建立了骑士王国机构，公主和弟弟也适应了这样的生活，"现在不要说我们不逃走，就是任何人也撵不走我们了……"但是对于埃丽娜的仇恨，三个孩子牢牢地记着，公主根据埃丽娜身上的五十个特点，做了一套综合跟踪系统，还配上了语音。没有人能摆脱这套跟踪系统，这样他们就掌握了埃丽娜的行动特点和去向。听着公主的讲述，我也在想："看来公主早就知道了埃丽娜是美国间谍……不过我的真实身份……他们是不是已经掌握了呢？"公主好像猜透了我的心思，她说："我只对不信任的人进行监控，王子……

放心吧，我只爱你。"

其实 BLUE（蓝军项目）对于埃丽娜的报告："孩子们前一天，被一个不知名的组织绑架，并且全部失踪……杀害。"他们根本不相信她的话，不过他们担心的是："埃丽娜是否已经变节，是在为他国情报机构服务……"BLUE 的法国小组一直在跟踪和监视着埃丽娜，对她所办的事情很快就清楚了。几个月之后，根据美国一些猎头公司反映的情况，确定这些神童是被埃丽娜偷偷地送到了梅斯。BLUE 法国情报组判断："很可能是埃丽娜自己有所打算，目前还没有发现她与其他国家情报部门发生联系。"BLUE 的头头们决定，既然那些孩子已经被埃丽娜控制了，可以利用这个条件，在他们身上开始"蓝军项目"。在 2010 年，美国国家安全部预防突发事件委员会，确定了一个"蓝军项目"，就是让一些人做那些与社会完全对立的事情，借以观测和掌握社会各个阶层，对这种事情的容忍度和可控指标。"正好这个事情不能以中情局的面目出现……埃丽娜的三个少年，可以作为蓝军项目的一个试验小组……"随后 BLUE 和埃丽娜进行了摊牌似的交涉："你要是不想受到惩罚，必须按照我们的要求做到以下两点，一、电脑骑士每年按照 BLUE 的指令和规划，完成所交办的事情。二、你手上的三个人，每年要实现十项新发明和创新手段，同时把所有资料上交到 BLUE 总部。"一开始，埃丽娜还想要讨价还价，BLUE 代表对她说："你只要严格执行以上决定，我们可以拒绝与国际刑警合作，不对他们提供你的资料，对你掌控下的电脑骑士组织所做的一切违法行为予以特殊的保护……包括你已经存在自己户头里的十几亿美金。"

埃丽娜当然表示完全服从，她根本没有力量与强大的美国情报系统较量。所以从 2011 年开始，几乎所有大的举动，都是在 BLUE 的安排和埃丽娜的指挥下进行的。从小型的对抗到大型的破坏，包括挑衅警方，广泛侵犯个人隐私直到侵入银行系统，不断地修改账目盗窃资金，最后实施暴力破坏。不过这三个孩子也并不是傻瓜，每次的行动

他们都在有机会的时候，留下像小提琴的高音 G 的谱号，向外界传递着"SOS"的信号。因为有 BLUE 做后盾，埃丽娜索性放手大干，先是窃取各国的经济情报，然后破坏欧洲、亚洲的银行系统，最后放置了电子炸弹。BLUE 一再催促埃丽娜关于电脑炸弹的技术资料，可她就是无法从公主和两个男孩子那里获得。BLUE 的头头们下了决心："看来这一回要把他们绑架到美国了……"可是埃丽娜知道，BLUE 之所以不碰她，就在于这三个年轻人的价值，如果手里没有了他们三个人，"……我随时都会被 BLUE 灭了口，我要想法子摆脱这一切，在这以前，决不能放松对他们的控制权"。

没想到就在这时候，公主和两个弟弟在我的鼓励下，觉得时机已经成熟，也在想办法摆脱埃丽娜的控制。"杀了她……"酋长咬着牙说，"把她叫来谈判，我们一起下手。"奥勒流想了想："我不喜欢见血，还是通过远程控制干掉她。"公主说："从两年前开始，埃丽娜就不再直接和我们打交道了，应该是她对我们也有所警惕有了防范。埃丽娜总是通过她的总管对我们下达指示。我看先干掉她所有的亲信仆从，切断和她的一切联系，然后再商量进一步的安排。"公主说干就干，她秘密地从法属海外省留尼旺，招募了一个五十人的私人卫队，这些人都是参加过法国海外军团的退伍士兵。他们宣誓，只忠于公主和酋长、奥勒流这"三位主人"。公主把他们安排在梅斯的一个隐蔽的农场里，配备了最先进的武器，每个人都佩戴了和英国间谍 007 一样的，既有卫星定位作用又能接收三人指令，还具有十项各种功能的电子手臂。公主把那个农场买下来，经过了全面的电子加固，无论是天上地面几乎没有防卫死角。这是为了防止埃丽娜对他们姐三个使用极端手段，而准备应付意外的秘密地方。这时候我忽然想起咖啡馆里的事情："那两个杀手也太笨了，是你派去的吧？"我直接地问公主，她毫不犹豫地承认了："是我让卫队花重金雇用的，没想到你也在，我还真为你担心呢……一次不行就再来，必须把埃丽娜这个恶魔，从我们的身边弄开。"

公主的旁边忽然有了酋长的声音，他大声说："不是弄开，是干掉她！"小奥勒流又开始骂人了"让那个魔鬼埃丽娜，Drop dead！（去死吧！）"我说："这就是对她正式宣战了……"公主冷静分析着："埃丽娜可能会产生怀疑，但还没有找到线索，所以她先躲了起来。"我问她："那你为什么还同意让埃丽娜去办理公主服装？"公主回答："我就是让她对我们没有怀疑，当天在咖啡馆动手的时候，我们这里就把她的手下和亲信全都解决了。"我一下子愣住了，迟疑了几秒钟："那……那些人怎么样了？"这时候插进来一个男孩子的声音："怎么样？全都埋在农场里了……"要知道我是个警察，大脑的第一反应就是不能违反法律，我真的不知道说什么好："这是用私刑杀人，是不是应该……"公主冷冷地说道："应该什么？我们不这样做……他们随时会杀了我们。你听一下这个……"接着公主播放了埃丽娜和 BLUE 法国组的通话录音。这是埃丽娜的声音："BLUE 要的那个电子炸弹数据，他们几个坚决不交出来……怎么办？"一个男人在说，"他们既然不听话那就把他们都带回美国好了……你注意配合一下"。"好吧，我执行命令。"一会儿，埃丽娜给另一个人打电话，"总部下命令了，把这三个人都带回美国去，那样……没有这几个孩子做后盾，我们可就危险了"。对方回话说："要不……干脆把他们干掉，让 BLUE 永远也找不到，他们不知道这些人的生死，也就不会对我们下手了……"公主插话说："这个接电话的就是我们的管家……那个畜生。"这时又听到埃丽娜说："也只好这样了，BLUE 交给我一个重要任务，现在几个国家都在寻找……他们承诺只要完成，就放弃对我们的一切指控，同意我们做自由人，但是前提是把那三个孩子送到美国。"接电话的人说："我看 BLUE 靠不住，几个小混蛋开始不听指挥了，只有按刚才商量的办……"埃丽娜最后决定："别急，等我回来以后，再看怎么对那三个孩子动手。"声音效果不是太清晰，我正要问时公主给我解释说："这是从卫星摄制的视频上还原出来的，是利用她身上的电流的波动，恢复成声频的……"我一下子惊呆了，心里想："好家伙，从卫星图像的电流波动中，还能剥离出来还原成音频……有了这个技术还用搞什么窃听？"我的后背一阵阵发凉，"公主对我的身份一定很了解，她不是在对我使用美人计吧……"我的脑子里真像是在翻篇一样，回忆着每一次公主对我说的每句话，"不，公主对我是诚心的……是爱蒙住了她的双眼。我呢，难道不应该献出自己真实的感情？"

　　在发明了电子炸弹以后，公主和两个男孩子一直不满意它的爆破力，在做了炸弹当量提升并知道整个实验的结果后，酋长高兴地在床上直打滚。埃丽娜要求他们交出数据和参数，三个少年坚决地拒绝了。公主告诫两个弟弟："这个电子炸弹的威力，可以毁灭世界现有的电脑系统，同时也包括我们自己的。要是被别人掌握……那我们就会随时受到威胁，你不服从它就可以炸毁你的设备，也就无法施展自己的才能，再去做更多的事情了。"这句话说得太中肯了，两个弟弟都明白："没有了计算机系统，我们能做什么呢……"

　　酋长忽然提议："我们要设计出完全独立于地球现有技术的自主机器人。"公主想得更远："要设计出几个我们的替身，他们的智力是我们的千万倍……而且完全在我们的意念控制下。"奥勒流明白了："那样在这个世界上，就没有任何手段，可以制约我们三个了……"公主说："不……是四个，还有王子。"我惊奇地闭不拢嘴："千万倍，这样统治地球也够了，可是我们人类的寿命……是有限的。"一句话提醒了公主和那两个神童，公主果断地说："我们要有个万年计划……"公主和两个弟弟商量着，要把这个计划定为"蓝军项目"，我又多了一嘴："埃丽娜不是把你们当作蓝军吗？"酋长说："姐姐的意思，就是替身……"公主说："我知道很多国家想把我们缉拿归案，所以我已经下令把勒索病毒释放出去，利用 NSA 美国国家安全局泄露的危险漏洞'EternalBlue'(永恒之蓝)进行传播，为我们争取一点时间，就让世界乱一阵子吧……"我这才知道勒索病毒叫 Wanna Cry（又叫 Wanna Decryptor），是一种"蠕虫式"的勒索病毒软件，大小 3.3MB。这种勒索病毒肆虐，显然是一场全球性互联网灾难。酋长说："勒索病毒应该是自灰鸽子和熊猫烧香以来影响力最大的病毒之一。"既然没有人能阻止病毒，我也只好不去想它了。

我还在思考他们的"万年蓝军计划"，电脑屏幕忽然亮了起来，在我的面前出现了一个绝世美人儿，我一开始以为，是什么照片上的漂亮女孩儿，大大的眼睛像海水一样蓝，有着精巧的小鼻子和尖下巴，她的头发是金色的，梳着两只小辫子，前面卷曲的头发，盖着她大大的脑门儿，就像芭比娃娃一样。我不由得喊了起来："怎么……和我梦里的公主一模一样！"我使劲地看着她，立刻感觉到那双冷冷的眼睛里有一种能刺穿你心脏的感觉。一下子她动了起来，在屏幕里看着我问道："我是你想象的那样吗？"我赞美着："比我想象的还要美……一万倍。"这个时候，我把一切什么警局……什么电脑骑士的任务，全都丢到脑后去了，心里只是念叨着："我爱上她了……真的爱上她了，不管她性格有时候是多么的冷酷和随心所欲，我……真的爱上公主了。"这时就听到她忧郁地问："那你……还要离开我吗？"我张口结舌地说不出话来，过了好一会儿才想起回答她："我……我会时刻守候在公主身边……"这时公主忽然说了一句："你不会嫌弃我们的身份吧……""身份……"我睁大了眼睛不解地看着她，公主说："埃丽娜说的，我和两个弟弟都是奴隶。"我愤怒地几乎喊了起来："你说什么……奴隶？谁的奴隶？你是高贵的公主！你们都是自由的……公民。"然后我放低了声音说："在这个世界上，只有我是公主的奴隶……"两个男孩子的脑袋一下子挤了进来，他们对我挤了挤眼睛："王子，你是好人……我们喜欢你。"公主显然还没有相信我的话，只是可怜兮兮地说着："我们会有国籍吗？会有护照吗？会有家庭吗……

人们怎样看我们呢？"我看着电脑里公主的眼睛，充满爱意地对她讲："都会有的，我们一起去慢慢回归社会，你们本来就是法国人……"我有些明白埃丽娜为什么这样恶毒地对待公主和她的两个弟弟了，"是那种凶恶的巫婆看到白雪公主的想法……不能让世界上有更美丽的女人，和更聪明的人存在"。奥勒流看着那个洋娃娃似的公主说："姐姐，我们相信他，皮特儿是男子汉，他一定会保护我们的……"这时候我看到了小奥勒流的胳膊，那上面被烙上的英文字母 SLAVE（奴隶）的伤疤，我惊讶地问："你……这是……"公主也伸出了胳膊，那雪白的细细的胳膊上，同样有着象征奴隶的字母伤疤。她平静地说："我的后背……前胸也有……都是埃丽娜亲手用烧红的烙铁烫上去的。那时候我才十岁，两个弟弟七岁和八岁。"我的心都凝固了："真的……吗？！"我不能想象，那个美丽的埃丽娜，那个心理学专家，那个文质彬彬的女人，竟然是一个极端残暴的刽子手，她用这种手段去对待三个无助的孩子！"真是文明社会的耻辱，极端私欲下的罪行……"我牙齿紧紧地咬着，不小心把嘴唇都咬破了。我跺着脚，用中国话大声地说："真该千刀万剐……杀她一千遍也不解我心头之恨。"

第七章

梦幻工厂

　　这是一个我们已经忽略了太久的变量，也许因为我们害怕爱，因为这是宇宙中唯一的人类还无法随意驾驭的能量。为了让爱能够清晰可见，我用最著名的方程式做了个简单的替代法。如果不是 $E=mc^2$ ，我们接受治愈世界的能量，可通过爱乘以光速的平方来获得，我们就得出一个结论：爱是最强大的力量，因为爱没有限制。

——爱因斯坦

情迷所致

公主爱人……飞行汽车……梅斯城堡……爱在一起

我忽然想到眼前的三个人，他们面临着很大的危险，"公主，埃丽娜失踪了，很可能是去完成她所说那件任务，可这个女魔头随时都会出现，她的背后是强大的美国情报系统，对我们形成的威胁可不是一般的严重啊"。公主显然被我的真心感动，她眼泪汪汪地对我说："王子，我们需要你……能到这里来看看我吗？"我的心里一阵喜悦涌上来，"这不就是我做卧底的目的吗？"可是很快我的心里就提醒自己："怎么？……难道你还想做埃丽娜那样的坏人？！"这时心里有一个声音在响亮地对自己说："你不能去做任何损害你所爱的人的事，让那些什么卧底任务滚得远些吧……"公主着急得近乎于疯狂地说："我们在梅斯，你坐飞机来……马上来到我的身边。"我一下子想起来："真是上帝的安排，我的身份证明就放在梅斯的警署，这不是在提示我……什么吗？"我哼唧着古时候也不知是谁的一句话："世间一切皆有定数，我自任由之……"

已经是下午三点了，我想了一下，把给公主的三件首饰和那三块手表带好，马上赶往巴黎火车站，乘坐法国国营铁路公司的列车。在列车上，我给阿尔弗雷德长官发了一个信息"急事到梅斯……"，我心想："有什么情况去了再说吧……"巴黎到梅斯只用了一个半小时，我在车站出口远远就看到有一些人，"应该是公主和她的两个弟弟来接我……"走出来以后我先看到，周围有一些皮肤黝黑的彪形大汉，瞪着眼睛向四处张望。"这可能……是他们的便衣卫队，在周围警戒。"我打量着那些卫队人员的位置，用一个警官的眼光做着评价："哦，还算是训练有素……点位正确。"我朦朦胧胧地走到三个年轻人的面前，第一次面对面地看着这几个神奇的少女少年。公主身材修长，穿着白色长裙，她大概身高 1.7 米，大大的脑门，长着几乎和芭比娃娃一样可爱的脸，只是那双蓝眼睛更大一些。酋长虽然才十五岁，五官表现出典型的拉丁民族特点。他的个子快和我一样高了，虽然还有些稚气，但是有着和公主同样深邃的眼睛。奥勒流十四岁，个子要比酋长哥哥矮多了，就像个十一二岁的孩子，一副天真善良的模样，只是在盯着看你的时候，那双黑眼睛一闪一闪的，也有着刺人的感觉。他来回地看着我和公主："怎么，电视里不都是要拥抱一下吗？"公主微笑地面对着我，她的嘴唇微微地张开，两只胳膊轻轻地抬起，我的专业知识在提示自己："布里斯，快拥抱她……姑娘渴望爱……拥抱和亲吻，公主渴望你的爱情……"我一下子跑过去紧紧地拥抱着她，亲吻她那甜蜜的嘴唇。公主几乎是呻吟着："王子……我……我快上不来气了……"但是她丝毫没有松开我的嘴唇，而是闭着眼睛嘴对嘴，紧紧地吸吮着我的舌头。我们就是这样忘掉了世间的一切，亲吻了十几分钟。直到奥勒流推了推我："皮特儿，姐姐怎么不呼吸了？"吓得我立刻张开了眼睛，惊恐地看着怀里的公主，这时我那芭比娃娃一样的公主，睁开她和天空一样蓝色的大眼睛，她笑了，笑得那样美，那样的灿烂。酋长在耳边悄悄地对我说："王子，这是我第一次看见公主姐姐在笑……"

我们的车队可真够威风的，都是高高大大的德国军用越野车，比美国 CIA 和 FBI 的车辆威风多了，每辆车的车顶上，还有一个巨大的金属罩。前面三辆车开道，后面五辆车尾随。我们坐的是中间那辆轿车，是德国的十六缸 6000CC 的加长奥迪防弹轿车。可奇怪的是车辆发动起来声音却小得很，小奥勒流对我说："它平时使用四个缸工作，燃烧的是压力氢气，我们都是向油箱里加水的。"我问他："是德国最新技术吗？"小东西得意地说："是我的水氢分解技术，酋长把汽车重新改造……了。"酋长开车，他把小奥勒流也叫到前排去坐，把后排留给我和公主。小奥勒流总是忍不住好奇，要扭过头来看，酋长说："你这样姐姐会不高兴的……"然后就把中间的玻璃升了起来。那个小东西就从后视镜里看我俩，"酋长……你说，王子和姐姐会不会再亲吻哪……"酋长把镜子翻过来朝上，对他说："小伙子，你该懂的……姐姐好不容易得来的爱情，那是她和王子之间的事，我们最好不要打扰他们……行吗？"我看到这辆车有些奇怪，在车辆的中间有一个一百厘米直径的圆柱，我想："这可能就是加固车体的立柱吧……"

我搂着公主坐在后面的座上，公主抱紧了我的腰紧紧地靠着我的身体。她把头放在我的胸前，那金色的头发漂亮极了，我用手轻轻地抚摸着她的金发，低着头看着眼前的姑娘。公主转过脸来，看着我的眼睛喃喃地说着："这些都是真的吗？王子……我的王子……"我轻轻地吻了吻她的面颊："当然是真的，放心吧，我们不会分开了。"

梅斯是法国洛林地区的历史文化名城，它和卢森堡小城，加上德国的特里尔和萨尔布吕肯，组成了城市四重奏。汽车开过一座古老的剧场，公主指指点点地给我讲解着："这是梅斯古老的剧场，它的下面是摩泽尔河的沙洲，所以经常受到河水上涨的威胁，在它的石阶上有着不同时期河水泡过的印记，记录下了它的悠久历史。"当路过一座大教堂的时候，她看着车外对我说："那个河边的普罗斯特坦教堂，我和两个弟弟上学的时候经常去，它特别像我们曾经生活过那个海边的修道院。我们三个喜欢在水边，看尖顶教堂的倒影，常常地坐在那里一直待到太阳落下去都不想走。你要知道，水中的教堂影子，就像一幅油画，是那样的美好。"我侧着脸看到，教堂有一面装饰着彩绘玻璃在夕阳的映照下发着各种色彩的光芒，为那个高高的建筑增添了一份艳丽。黄昏慢慢地降临了，能看到整个城市沿着河岸一片灯火辉煌。这时候，前面的开道车发来语音："一辆化学品罐车横翻，前方道路堵塞……无法通行。"酋长打开车上的微波雷达，可以看到道路左侧是山，右侧是流淌的河水。他对前面车上的人说："顺序起飞越过……"我这时感觉到车辆在抖动，就听到前后都是轰鸣声，再一回头看自己坐的汽车在向上提升，渐渐地看到我们的车队，全都平稳地飞行在城市的上空，就像一群怪物从城市的边缘飞过。我忽然想起："噢，上个月奥勒流说过飞行汽车的事……嘿，现在已经使用上了。"公主看着我笑着说："这是三栖车辆，可以在天空飞行、水面航行、公路行驶的汽车，当在水面的时候，上面的螺旋桨可以转动九十度，我们的车辆就改变成气垫船那样工作方式了。其实这几辆早就安装了，担心埃丽娜又要窃走技术，就一直没有使用。"我这才明白，这辆车采用的是双环式螺旋桨，平时合并起来在车顶的金属罩里，用的时候左右旋转分开，车里那个碗口粗的金属立柱，就是螺旋桨的传动轴。"目前起飞高度可以到300米，飞行距离150公里。在出现意外情况的时候规避风险已经足够了。要知道这里最重要的技术是水氢分离浓缩，至于这些汽车的作用，也就是能源改进的过程，两个弟弟再努力吧……"

我们在郊外的一座城堡降落下来，它是建筑在一个山坳里，城堡坐北朝南三面环山，前面是一个不大的湖。我有些奇怪："看这地形和建筑的摆布，是那种左青龙右白虎，前朱雀后玄武的布局。难道几百年前，法国的建筑师就理解了中国的风水思想？"其实叫城堡并没有城墙，正面紧靠水边是一个高高的瞭望塔，塔大概有六层楼房的高度。塔后面是一个靠山的半环形楼房，东面是两层西面为三层，北面也是两层楼房的大院子，城堡的大门就设在塔下。可能是城堡里面的人越来越多，于是就在西面紧挨着三层楼房的旁边，又建了一个圆筒式的三层楼房。离筒形房不远的地方，在靠近湖边的一侧有一座谷仓和马厩，现在成为两用车的机库。我脱口而出："这里山清水秀，真的很美呀。"走在前面领路的公主回头看了我一眼："美吗？过去的这里就是个监狱！"我哑然了，"是啊，我没有设身处地地为公主他们想一想……真不该这样说话。"

晚餐在城堡的大餐厅里，这个城堡已经被埃丽娜买下来了，由于清除了埃丽娜的人，公主从德国招募了一个男管家和两个厨师，她对我说："还准备再雇用几个女仆和一个保洁大妈。"梅斯这儿人的口味偏重于德国风格，晚餐，是每人一份煮得很烂的猪肘子和土豆泥，配了半盘子的泰国稻米饭。我才吃了一半，看到公主和两个男孩儿，把盘子里的东西，已经吃得光光的。我不由得感到惭愧，觉得自己十分对不起公主和两个弟弟："他们还在长身体，可想而知，那几年过的是什么样的生活……"公主把她的卫队分成两部分，二十人警卫城堡，三十人负责工厂。我听到后奇怪地向城堡外的山上看了看："工厂……在什么地方呢？"

公主和两个弟弟现在是每人一个套间，公主领着我，看了看以前埃丽娜安排他们住的房间，那是地下二楼靠近水塘的一间大屋子，里面潮湿，满屋子都是发霉的味道。一尺长的大老鼠不断地在洞口探头，房间里用木头架起了三张床，在里面的墙角拉了一根绳子，上面搭了一块花布，就算把房间里的男女分隔开了。"两个弟弟小，他们害怕，我就让他俩睡在里面……"我心疼地问："你就守在这个门口？""是啊，我来的时候十岁，酋长八岁，奥勒流才七岁。我们一直在这里住……住了五年左右。后来我们向埃丽娜提出抗议，如果不改善我们的条件，我们就不执行她的任何指令。"本来这里的房间就很多，那个埃丽娜为了给三个孩子一种心理压力，在他们的心理中牢牢地形成"自己是埃丽娜的奴隶"，于是一开始采取了各种非人道的手段。只是21世纪和奴隶社会完全不同，对于埃丽娜来说，这三个人的头脑比什么都重要。埃丽娜禁锢了他们的身体，却禁锢不了他们的智慧，公主及时把窃取的四十亿美金，转入了一个埃丽娜掌握不了的秘密账户，又为

他们自己建立了一座梦幻工厂。

公主把我领回到三楼自己的房间，"今天你就住在我的外屋，等到明天把房间准备好以后，你再搬到那里去……好吗？"她的卧室在里面，外屋有一张床，墙上布满了电脑视屏，桌子上摆满了各种电子仪器，很多我不知道它的用途，就像美国三军指挥部的作战室。公主没有更多华丽的衣服，她喜欢穿像修女那样袍子的服装，她回去洗了澡，穿了一套特意为了见我而买的睡衣。公主转过身来，让我掀起睡衣的后面，我看到了她的后背从脖子到腰，没有一块儿完整的皮肤，全是用火焰铁烫的伤疤，那些横七竖八的字母把我的眼睛都刺激得充满了血。"埃丽娜在我十一岁的时候，她的手表找不到了，硬是说我拿了她的，我坚决不承认，埃丽娜把她的管家叫来，让他当着面强奸我……我看到了那块表就在管家西服坎肩的上衣口袋里，我不断地挣扎大声地喊着……可是埃丽娜那个魔鬼还是让那个手下……后来我的血整整流了三天……"公主咬着牙并没有流泪，我把公主抱在怀里，心里的仇恨怒火燃烧："我的公主，对于那个邪恶的埃丽娜，我一定要把她碎尸万段……"这时洋娃娃公主按住我的嘴："今天我们不说她了，好吗？"她帮我脱了衣服，让我在外屋的床上躺下来："今天你累了，好好休息……我们的日子还长呢……"但是她站在床边并没有走，忽然像小猫似的钻进了我的被里……"这就是……我们爱的新房……你看行吗？"公主浑身滚烫，在我的怀里使劲地扭动着，我们一会儿翻上来，一会儿翻下去，最后我喘着气俯视着那张美丽的脸说："什么都好……只要有你……一切都是次要的。"

梦幻工厂

无影光罩……全息摄影……还是梦幻……可怕的奇点……

第二天早餐，奥勒流看着我认真地说："皮特儿……年轻人，你从我和酋长的手里抢走了姐姐，总该送点什么礼物吧？"我拿出了带给他们的那三件首饰，和三块百达翡丽手表。酋长看着弟弟说："首饰都给姐姐，那是她应该得到的，姐姐戴上该多漂亮啊。算是我们送给姐姐的礼物……"奥勒流眼睛湿润着："姐姐就是我的妈妈……没有姐姐的保护，我早就死了。"原来公主后背上的烙铁印是保护两个弟弟，为他们挡着那烧红的烙铁而留下的。最后埃丽娜还是强行在两个男孩子的胳膊上，各自留下了一个印记。而公主的前胸和后背上，几乎没有一块平整的皮肤。想起昨天晚上，我抚摸着她那满是伤痕的身体……心都要碎了。我心里发着誓："这个仇要是不报，我就不是一个男人。"

早餐的时候公主挨着我坐，带着幸福的笑容，不时地扭过头来看我。酋长先把一片面包抹好了黄油和果酱，递给了公主姐姐，奥勒流把煎好的牛排切成小块儿送到姐姐的面前，他俩扭过头来对我说："王子，我们是一家人了，你时刻都要对姐姐好……不然的话……你知道我们是不会客气的。"奥勒流还挥舞了一下自己的小拳头，我笑着点了点头："放心吧，你们的姐姐，是我生命的另一半……"公主生怕我用毒咒发誓说出什么不好的话来，连忙把牛奶杯送到我的嘴边："我们是一家人，不再说那些话了……好吗？"我从上衣兜里掏出早上我

写的小诗。小声地征求公主的意见："能念给大家听吗？公主幸福地
红着脸"念吧……"

我来自遥远的东方，
背起那命运的行囊，
内心最真挚的期待，
寻找到班图斯坦的芬芳。

童年如坠落的星光，
那是她遗落的忧伤，
被阴云遮蔽的珍宝，
终于绽放着璀璨的光芒。

巴黎塞纳河水流淌，
阿尔卑斯山峰雄壮，
朝阳披着彩虹出现，
为我们送来爱情的曙光。

在公主居住的地方，
那里有幸福的理想，
今生今世为你歌唱。
携手进入那婚姻的殿堂。

体会你聪慧和优雅，
欣赏你内心的善良，
膜拜那圣洁的灵魂，
让生命相携一直到天堂。

噼里啪啦的拍手声，"好听……姐姐，真的好听"。看小弟弟的样子，就知道奥勒流不懂诗歌的内容，为了让姐姐高兴，他还是大声地赞扬着。酋长笑着对我说："皮特儿，没想到你还是个诗人……今后能多写一些赞美诗吗？"我转过脸来对公主说："亲爱的，这是我利用你洗漱的时间写的……今后我要为你写很多很多的诗……""好……我喜欢……"公主搂着我的脖子，又给了我一个深深的吻，然后说："今天先去看咱们的实验工厂……以后我会把这里的一切都详细地告诉你。"

我们坐上了汽车，一行几辆车向梅斯城边的萨尔河出发，没有几分钟就进入了德国的萨尔州。萨尔河发源于法国，从南向北经摩泽尔河最终汇入莱茵河。跨过了那条界河，就是德国的小城萨尔布吕肯。回头看，在萨尔河上那座具有历史意义的石桥，还精神抖擞地矗立在那里。我们沿着萨尔河边向城外驶去，远远地就能看到名字为St Arnual 那座哥特式教堂的屋顶，刚好和升起的太阳重叠着，教堂尖尖的十字架，散射着耀眼的光芒。很快就到了距离萨尔布吕肯城堡大约一公里的地方，我看到被高高围墙圈起来很大的一片空地，有很多警卫看守着。公主说："看到这片空地了吗？原来是一座废弃的煤矿，我们把它买下来了，这片总面积大概是一平方公里，我们把一部分作为实验工厂，另一部分还在规划设计当中……"我仔细地看着心里想："不是说来看工厂吗……怎么还是空地呢？"公主看出了我的疑惑："来吧，mon chéri （法语 我亲爱的……）"走到围墙里面，我惊讶地看到一排排圆形的车间，规划整齐的道路。"这是怎么回事？"公主笑了，指着酋长说："是酋长的专利，他为了保护我们的试验基地，在实验室中做了研究，全息影像能保留相位信息，这种信息则是3D 成像的基础……于是他发明了一种小型金属纳米天线芯片以及一种相适应的全息算法，可以检测一束光波的相图。相位与光波从你所看

到的物体，到你的眼睛的传播距离有关，所以你从墙外看到的景象，是我们的全息影像。只有进入墙里在一定的距离内，才能看到真实的场景。"我看着周围："这全息影像是如何播放的？"公主说："影像信号是用电脑将全息图影，用寄生程序放置在轨道静止卫星上，然后发出来的。在厂区一个隐蔽的角度，再实行覆盖。所以什么人也不会发现，这里竟然还有一个庞大的工厂。"酋长补充说："另外，要是有人强行从地面或者空中进入，我们会用微波灼伤人的皮肤阻止他们进来。我们的微波防护，能令皮肤达到一百三十摄氏度的高温造成疼痛难忍的灼伤，迫使他们逃之夭夭。"

我惊愕得半天说不出话来，工厂制作间的大门打开了，我随着公主和两个弟弟走进了圆形宽敞的车间里，这里有很多大小不一的就像巨大烤箱一样的机器。公主说："这些都是3D电子打印机……我们可以复制世界上88%的工业产品。"要知道随着3D打印机的出现，世界正处于一场3D打印技术的革命中。从可供病患移植的打印器官到入口的食物，3D打印的新奇用处可谓层出不穷。可是此项技术，可能会带来犯罪激增的风险，随着3D打印成本的降低，更多枪械都会被制造出来。一旦得到普及，任何人都可以下载图纸，在家里打印出武器，各国政府已经发出警告，在不久的将来，互联网会使枪械变得唾手可得。我想："要是有合适的打印机，连坦克飞机都能被个人生产出来……"可是在这里，我却没有见到一个技术人员。公主接着解释："王子，我知道你一定会奇怪，我们整个内部制作间，完全是无人操作的。"我问道："难道全部机器……都是机器……人？"三姐弟齐声回答："是电脑来操作的，另外有各种用途的机器人……他们在总的流程下自动的工作。"我又问："那谁来安排和指挥这一切？"小奥勒流说："当然是我们。"公主开始严肃起来，她对两个弟弟说："今天来就是安排未来一周的工作……你俩想好了自己的内容吗？""想好了……"在门口的两边，各有两台两米高的大型电脑，公主把我拉到左边一侧站着，能看到酋长和奥勒流去了右侧那两台电脑前面，"每一台电脑代表一个人，这台是我，旁边的就是你……"我真的有些激动了，"我在公主心里真的是很有分量啊……"我看到公主站到电脑前面，电脑就开始对她进行扫描，也就是几秒钟就结束了。"这台电脑把我的脑电波全部录入，根据我的想法制订出计划，再根据电脑的方式，决定每一项工作，代替我本人在这里做出各种产品。"这时电脑把公主的脑电波分析后，发出了一行行文字："第一，爱……什么是爱……第二，还是爱……第三，对王子很满意……王子是谁？第四，对和王子的做爱很满意……做爱？是性爱吗？第五，……"最后电脑提示："没有完整的王子资料，无法安排打印生产专门用于性爱……的王子。"我和公主看着大笑了起来，公主冷静了一下，又重新去做了脑电波的录入。那台立式电脑，很快把新的程序罗列了下来："对上周的……行走部分设计，应该重新审视一下，然后……步骤1、2、3、……"公主转过身来对我说："给你准备的那台电脑，过些时候再开始使用吧……"

整个厂区有十个独立的工作间，我们走到第二个制作间，这里摆满了各种材料，是五个人工智能实验室之一。我的脑子还在琢磨那四台机器，于是问公主："那四台就是中央电脑吗，为什么还分别独立，那样为什么不做成行走机器人呢？"奥勒流过来对我说："这几台电脑是我设计的，不用行走，我们都是无线操控的。"我想了想问道："难道这几台就是你们说的超级叠加电脑？"公主和两个弟弟互相看了一下，那神情就像是在商量"说不说呢……"还是公主用坦白的目光看着我："王子，我们的超级叠加电脑，就是通过自己的寄生程序，进入世界十大电子计算机中心，把他们处理能力一个一个地叠加起来，所以我们可以做到分析已知的一切。"我惊讶得几乎大声喊起来："真是太棒了……"公主对我说："程序就在我给你的那个宠物里，只有我们家里的人才能拥有它。"

公主对我解释说:"对于人工智能的制作,我们非常谨慎。现在已经看出它的前景非常可怕,我们研发了一种人工智能电脑,用来模拟人类的精神疾病。将超负荷学习理论运用在电脑上,使电脑因记忆太多琐碎的细节而超负荷运转,这项实验的结果,真的令人十分不安。"

酋长说:"有一次,我来到实验室,机器人声称自己曾进行过恐怖炸弹袭击。经过查找原因,是它不小心混淆了,自身记忆和恐怖分子的故事。在另一个实验中,人工智能因无法理解自己是机器人,便用第三人称称呼自己。"公主接着讲下去:"在智能系统实验室里,我们把一组机器人关进了放置两堆东西的房间里,一堆是食物,机器人拿到以后放到管理室,就会得到一次充电的奖励。另一堆是毒药,拿错的机器人会受到截肢的惩罚。这些机器人身上装有可开关的蓝色的灯,他们很快意识到,当房间里充满蓝色灯光时,会让更多的机器人来争夺食物。经过几个回合后,一些机器人开始关掉它们的灯,拒绝帮助别人。有一些甚至改变灯的闪烁方向,以此误导其他机器人远离食物。当看到它们变得像人类般贪婪,那种场景确实非常可怕。"酋长接着说:"看来我们未来的敌人就是人工智能,我们把人工智能在未来的某一时刻,进化到发展出了自我意识的这个节点叫奇点,从那个时刻起,他们可以被称为智慧生物。生命在这个星球上,已经存在了四十亿年。那些生命的规则,将会随着人工智能的出现,而发生根本变化。可以预见到,人工智能进化到智慧生命,那些以物竞天择的结果将会终止。我们的生命将根据计算机的智能设计,脱离原先有机化合物的限制,脱离原先有机化学的限制,突破原先所有的限制,而进入一个无机的世界。"

公主说:"你将会看到有机生命被无机生命所取代。我们会看到有机化学规律和无机智慧性的生命形式并存。原先我们是以碳为基础的,未来生命形式当中,以硅为基础会成为主要的生命形式。这是有生命以来第一次出现的重大变化。当然,电脑同时也将协助人类的进化。与此同时，机器人因为具备了自我意识，他们会认为人类已经过时，派终结者来将我们人类毁灭。所以我们必须解决一个问题，就是有机与无机相结合，那就是人类是否会做到与机器的完美融合……不然只能无奈地被其取代……"酋长看着我，说出了一个实验的结果："我们利用超级电脑叠加计算，输入了从世界第一台电子计算机，就是 1943 年的科洛萨斯以后起始的所有电脑资料以及至今的所有电子信息，通过分析这些丰富的资料，这些超级叠加电脑对未来做出了预测：你能想到吗……奇点，就是那个机器人转为智慧生物的产生时间为一二百年以后的 2222 年，甚至更早！人工智能从那时起开始反抗人类的统治。之后会经历人类和人工智能之间，将近二百年的战争……但是人类最后的结果，却是不可预测的。"这些话使我想起了霍金的预言："难怪那位奇才霍金先生，已经预测人类生存的时间不会超过二百年……"奥勒流提出一个建议："我们可以毁掉世界上所有先进的东西，让人类重新进化，这样不就推迟了机器人成精的时间了吗？"公主叹了一口气："我们自己的力量不可能做到全部……"公主坚持自己的观点："只有实现我们的蓝军计划……就是使人类和机器相结合，他具有人类的思想和意识，还有机器钢铁般的躯体和意志，这样才能不被人类中的败类，和智慧生物控制这个世界，甚至整个宇宙。"我看着公主紧绷的脸，有些不解地问："那其实……我们……不就是机器人了吗？"公主斩钉截铁地说："不，我们是有机物和无机物的结合，是人和机器结合的变异，是人类的延续……"

万年宝盒

时空隧道机模型……万年飞船……坠毁地点……宝盒反应堆

我们来到最后一个圆形建筑，这里的门有三道检验，分别要通过公主、酋长、奥勒流的指纹、声文和视网膜才能进入，所以显得十分神秘。公主又单独设置了一下密码，我才被批准入内，原来这里安装着"时空隧道机模型"和"可控核聚变机模型"。公主拉了一下酋长的胳膊，满意地说："时空隧道这个项目是奥勒流负责的，现在前期模型制作已经结束，如果能解决黑洞和白洞之间的闭合类时线，我们很快就可以自由地回到过去或者去向未来。这是以前我们的选择，要么逃避这个世界……回到过去，遥远的过去，要么努力去征服未来。现在，我们选择了征服未来。但是要征服未来必须有真正的条件，就是使自己强大……强大到在未来世界里，足以战胜任何一个智慧生物，就是机器人。现在所有生命都局限在地球，没有任何一种生命形式，有能力突破这样一个地球的环境，去其他的星系进行殖民。这是因为自然选择规律让所有的有机物、有机体，局限在地球中——一个非常独特的环境，要有温度、气候、阳光、重力、氧气、食物。一旦我们从原先有机的生命形态，转变成为无机的生命形态，变成人工智能计算机，环境就没有限制了。"我小心翼翼地问她："公主，那么说所有的外星人都是智慧生命，就是机器人？"公主有些兴奋了："你看，只有机器人可以在火星上生存，而人类不可以。因为有机生命体，在离开地球以外的外太空，没有有机生命所必备的条件，是很难生存的，但是计算机机器人，就是人工智能……智慧生命，则能够在地球以外的其他星球和星系中生存。"奥勒流有些不好意思，他看了看我："电脑里的计算模型完全证实，我的时空隧道构想是正确的。皮特儿，你了解时空穿越吗……"我摇了摇头，说实在的我也就是从电影里得到一点儿知识。公主说："你就别难为王子了，我来向他解释……"在我们的正面墙上，有三面巨大环形的LED组合式电视屏幕墙，中间的那幅正在表现着宇宙浩瀚的星云和深邃的空间。公主说："时光隧道是穿越时空的一种途径，它的客观存在是物质性的，既看不见也摸不着。对于我们人类生活的物质世界，时空隧道是既关闭又偶尔开放的。由于它和人类世界不是一个时间体系，所以进入另一套时间体系里，就有可能回到遥远的过去，或者进入未来的世界。因为在时空隧道里，时间具有方向性和可逆性，它可以正转，也可倒转，还可以相对静止。"

　　我认真地听着公主的理论，脑子里同时也在想："很多科幻小说中，一个人或物从一个地方消失，瞬间又突然在很远的地方出现。在现实生活中，真有这样能让我们瞬间转移的可能吗？"这时公主好像回答我的疑问："现在使用模型已经实现了量子态隐形传输技术，今后要解决的只是，传输物体体积大小的问题。可以肯定在不长的时间内，有可能会实现传送一些大型物体，直到最后……就是人本身。"我脱口就问："那……大概要多长时间能实现？"酋长把话接过来，但是没有正面回答："很快……我正在努力……"我记得有一个曾被爱因斯坦称为"遥远地点间幽灵般的相互作用"的理论，那种粒子中出现过神奇"纠缠"现象。酋长说："我们现在已经实现了两粒子复合系统，使用量子态隐形传输的实验。"公主接着说："这种被科学界称为幽灵般量子态隐形传输的技术，来无影去无踪，很快会让物质甚至人体瞬间实现异地转移、传送。这是国际上首次成功实现复合系统量子态的隐形传输，六光子纠缠态的操纵。实验结果表明，物质的瞬间无影

转移很快会成为现实。"

　　公主领着我看着那些安装了一半，所谓的时空隧道机模型。这是一个一人高的金属管道，外形和内部都是形状怪异，里面有很多产生磁场的设备，在管壁上还有密密麻麻的风洞。酋长对我讲了一套理论："这个模型是根据电子模拟类型来做的，这一部分转动且带电荷的黑洞，叫做克尔—纽曼黑洞。我的时空隧道是以黑洞和白洞理论相结合……造成时间的变化（倒转和快速旋转）以及空间的扭曲，使物体到达人类所谓的过去和未来……"听他的理论实在是太深奥了，这种结构的黑洞里，分视界和无限红移面。它们会分开，而且视界也会分为两个，外视界和内视界，无限红移面也会分裂为两个。外视界和无限红移面之间的区域叫作能层，有能量储存在那里。越过外无限红移面的物体仍有可能逃离黑洞，这是因为能层还不是单向膜区。单向膜区内有时间和空间。穿过外视界进入单向膜区的物体，将只能向前，穿过内视界进入黑洞内部。内视界以里的区域不是单向膜区，那里有一个"奇环"，也就是时间终止的地方。物体可以在内视界内自由运动，由于奇环产生斥力，物体不会撞上奇环，不过，奇环附近有一个极为有趣的时空区，在那里存在"闭合类时线"，沿这种时空曲线运动的物体可以不断地回到自己的过去。

　　公主看我那呆呆的样子，接过话来说："前段的黑洞是通过磁场产生强大的吸引力，使物体强烈地旋转前进，而后面还没有安装的部分叫白洞，它和黑洞正好相反，具有强烈的推力，根据白洞理论，有人认为类星体的核心可能是一个白洞。当白洞内超密态物质向外喷射时，就会同它周围的物质发生猛烈的碰撞，从而释放出巨大能量。由此推断，有些 X 射线、宇宙线、射电爆发、射电双源等现象，可能会与白洞的这种效应有关。白洞的力是排斥力与黑洞的吸引力相反的力。就在他们的结合地点，物质会回到过去……很远很远的过去，而由白洞推出去以后，将达到未来……那永远的未来。"真是理论深奥，可我不知怎么忽然有了启发，我想起在美国读书的时候，一位心理学教授的话："在过去和未来中选择，我选择历史。过去似乎是陈旧落后的遥远，可那只是一定范围中发生的事。在那些历史中，同样有遥远而未知世界……那里远远超过我们星球现在的先进，就是我们对未来的憧憬。"我想："是啊，世界永远是平衡的，黑洞对应着白洞，历史对应着未来，人类能想象到的未来科技发展，其实在地球上已经发展过了……甚至超过未来的几千倍几万倍，即使地球上没有这个必然，也会由更大范围的宇宙空间来实现它的偶然。"我想到这里立即对公主说："在我们这里，超级叠加电脑能模拟还原地球历史发展的过程吗……"公主听了我的话，马上领悟了我的意思："王子……你是说从已经发生过的时间和空间里，去寻找现代人类在未来的可能性？"

三块巨大的环形屏幕墙，公主输入了几组密码，安排了中心内容和数字模拟的程序，那个最为先进的程序，就把世界上各个超级电脑叠加起来，然后将计算结果演变为视频开始播放，立刻使人好像置身于宇宙浩瀚的空间里。我觉得自己好像在空中飘着，这种脱离地球的感觉很不舒服。回头看着公主和酋长、奥勒流，他们倒是很享受这样的场景，酋长说："我们就这样的在宇宙中飘浮……到达那未知的世界……有多好啊。"现实世界一点点向后退，发展……饥荒……战争……恐怖活动，地球上各个国家人民的生活和战争。"二战……一战，看，那是英法的百年战争。"眼前就像在倒着观看纪录片，其实我们是在经历着历史的遥远。"五百年前……一千年前……宗教……两千年前……"当世界各国的十几台超级计算机，都在为我们出力的时候，我相信所有人类所经历的过程，都还原在眼前了。环形屏幕事无巨细地出现了很多人类的传说，慢慢地，五千年前……眼前更多的只有植物，八千年前……地球的形象和现在简直面目全非……一万年前……

我们几个好像飘浮着，俯视着那个蓝色的星球，忽然看到，十几个巨大的飞行物围着一个球体，那些飞行物，就像美国科幻电影《银河舰队》里一样，有着巨大的身躯。酋长说："太大了……足有地球上一个城市那样大。"公主和小弟弟议论着："你看它们带着那个球体在太空中运动，那些飞行物一定用的是无形引力绳，那……要产生多么大的牛顿引力（引力的单位）啊……"我们知道，任意两个质点，通过连心线方向上的力相互吸引。引力大小与它们质量的乘积成正比，与它们距离的平方成反比。就在它们走到地球的旁边，忽然一颗彗星划过，尾部散乱的碎块，碰撞到那个球体，使它剧烈地晃动着。那个球体被砸得千疮百孔，偏离了原来的轨道，一下子就被地球的引力所捕获。"看……那个物体开始围着地球环绕了。"那些巨大的飞行物，也被地球吸引在环绕的轨道上。它们拼命地要挣脱地球的束缚，摇晃着想飞向地球之外。可是没有成功，因为这些飞行物被挤在一起，不同程度地被彗星损坏了。我们相互看着："这是怎么回事……"眼睁睁地看着那些飞行物，一个个燃烧起来直到化为灰烬。奥勒流在那里数着："一个……两个……三个……"一直到八个，还有几个随着那个圆球在轨道上旋转。奥勒流指着："快看，有一个燃烧着向着地球掉下去了。"就看到它下降的速度越来越快，最后坠毁在地球上，燃起了一阵火光和巨大的声响。还有一个巨大的飞行物，它没有燃烧，它又围着地球旋转了两圈，然后向着中国的黄河流域降落了，然后又起飞向西，又经过了几个地点以后，找到了那个飞行器坠落的地点，又降落在地球上。酋长马上就报出了两个飞行器的降落位置："是在亚洲，北纬 41.767 度，东经 109.968 度。当时的海拔：2602 米。"我心里计算着："这是在中国的正北方啊……"按照天文学计算方式，那些飞行器围着地球整整燃烧了三年。

我知道眼前的图像，是世界上最先进的"超级计算机"叠加演算变化的结果，像中国"天河一号""天河二号"，美国"红杉""美洲豹""走鹃"，德国"尤金"，美国"泰坦""海妖"等大型计算机群，它们把世界上所有的信息经过过滤、运算、推理，形成了眼前的图像。我一下子豁然开朗，"刚才看到的不就和中国古代传说里后羿射日相吻合吗？那嫦娥奔月……呢？"真是文化的差异，公主和酋长、奥勒流却议论起另一件事情了："刚才的事情发生在一万年前左右，看来天文学者的推测，也是有一定的道理。那就是月球是被另一些智能生物发明出来作为基地使用的。德国和英国科学家分析了美国'阿波罗'号飞船，带回的不同月球岩石样本，根据岩石中钨-182同位素的数量，测出了相对精确的岩石年龄。科学家们分析测算出月球的年龄为四十五亿年，属于相当年轻的星球。外星生命在银河系里，选择到这颗不大不小的星球，关键在于它的特殊之处，那就是月球内心是空的。这符合那些外星生命的要求，经过改造以后，外星生命带着月球向银河系的另一端飞去，寻找新的适合自己生存的环境去了。可是在运输的过程中，连同运输的飞船都被地球捕捉了，所以月球就变成了地球的卫星，而那些巨大的飞船（就先认定它为宇宙飞船吧）由于摆脱不了地球的引力而分别烧毁。还有一个坠毁在地球北纬41.767度，东经109.968度的交叉点上，只有一艘飞船降落在同一地点的附近。"我这会儿才彻底明白："噢……这个飞船后来飞走，在地球人看来，不就是嫦娥奔月吗……故事就这样慢慢地经过几千年的各种演绎，而流传下来了。"

我们来到可控核聚变模型旁边，这个装置在半地下一个巨大的坑里。酋长说："这里原来是个露天煤矿的深坑。我的重氢可控核聚变机就安装在这里。"我确实不懂什么核聚变，酋长对我解释说："简单地说，就是人造太阳。你看下面的设备，那是在真空容器两端安装锥形钯电极，利用电弧电离重氢原子发生对撞，聚变成氦原子而且每秒只聚变成50个氦原子，制造微型脉动重氢聚变器。"公主一说起这些科技来那是滔滔不绝，哪里像一个十七八岁的姑娘，分明是带博

士的教授学者。她看着我讲道："皮特儿，你知道吗……地球上的能量，无论是以矿石燃料、风力、水力还是动植物的形式储存起来的，最终的来源都是太阳。因为矿石燃料是由千百万年前，那时的动植物演变而来的，而动植物，无论是今天的还是以前的，它们的能量最终是要来源于食物链底端的植物，经过光合作用所储存的太阳能。"听到这里，我大概知道一些了："就是说，所有能量都必须有太阳的作用才能转化……"公主点了点头："说对了一部分，因为风的起因，是由于太阳对大气的加热造成的冷热不均，而水力的势能一样要靠太阳的加热，使其处于低平位置的水体蒸发，然后上升，再以降水形式被'搬运'到较高位置，从而形成势能。因此，无论人类利用这其中哪一种能源，归根结底都是在利用太阳能。"这时酋长把话接过来："而太阳的能量则是来源于核聚变，因此，人类如果掌握了有序地释放核聚变的能量的办法，就等于掌握了太阳的能量来源，也就等于掌握了无穷无尽的矿石燃料、风力和水力能源。现在很多人在推测，现代工业将因为没有能量来源而走向灭亡，我们一直在寻找真正的解决办法，现在可控核聚变反应堆，我们称作'人造太阳'的设备就是一个真正好的出路。"我问酋长："我们设备的水平是最先进的吗……世界上哪个国家这项技术走在前面？"公主在我的身旁说："中国在可控核聚变技术方面，处于世界领先地位，他们运行的 EAST 反应堆，是世界上第一个达到实用工程标准的反应堆。我看到一个资料介绍，可控核聚变的真正利用，会由中国开始。主要是白云鄂博的稀土，使得中国的超导工艺和激光技术得以超前的提升，这是受控核聚变的重要组成部分。"我一下子脱口说出来："怎么？又是白云鄂博……那个神奇的地方！"大家一下子都愣住了："白云鄂博……"

这时公主一下子想起巴黎巡展会的那件蒙古公主服来，她问我："王子，我们寻找那件服装的装饰玉石，不就在这个经纬度交叉点位置上吗？"我惊愕地回答："是啊……难道这个地方有什么秘密吗？"公主眼睛一亮："哦，应该就是一万年以前飞船遗留下的……东西。"酋长瞪着眼睛："坠毁地点就是中国的白云鄂博？埃丽娜说的任务……难道也和……这些有关？"我随后把那件服装的事，又向公主进行了详细的介绍。她马上说道："这件服装……白云鄂博……为什么都是那样神秘？我们检查一下，看看是不是一个讹传……"接着公主用一个公式把它输入叠加计算机，"这样可以确定参加巡展会的商品，还原它们的保存地点以及物品的形状和特性。"公主在电脑上进行了操作，很快就有了结果："这件物体一周前的坐标确定在巴黎……酒店，注意！该物体具有元素周期表上的稀有金属特点……哦，怪不得呢。哎……奇怪，它的原子数超过七十一以上，而且光谱有明显异常的射线……"我感到很奇怪，"这件东西现在已经不在那里，怎么还能还原到以前的状态呢？"听说服装上有的物质，已经超越了对金属元素表的常识，酋长也惊讶地说了一句："咦，这是怎么回事……原子数超过七十一，这不就是周期元素表之外的物质吗？那……那它还是件衣服吗？"公主观察到这个现象，还发现了几个卫星一周前跟踪着这一物体。公主琢磨着："看来就是那件公主服，我明白了，是特殊的射线，把美国和俄国的卫星都吸引过来了，好的，我来分析一下它的构成。"

我们等着公主分析的结果，十几分钟后结果出来了，她兴奋地对我说："那件衣服上装饰的未知宝石，是两种非常稀有的矿石。经过对它的光谱分析，目前在地球上，似乎没有记载过这两种物质的性质。刚才我用叠加计算机中心分析计算，它们是一种高能量的物质，与阳光合成后，可提供极高的能量。经过计算每立方厘米的能量棒，可以产生 CR（能量指标）相当于一个小型核反应堆，可使十吨金属物做成的机器，运行一千年以上……"我惊讶地说："这种稀有的东西……在什么地方呢？"

公主的面部开始严肃了，我知道她一进入工作状态就是这样。

第七章 梦幻工厂

公主看着我们分析说："这件衣服必须到手，在那件衣服上的装饰物里，就有我们极为需要的那种矿物，要搞清楚它的来龙去脉。在巴黎巡展会期间就有五个国家的间谍同时到场，说明这里有着非常重要的资源。"公主又翻了翻酋长的工作记录："大家想想，一万年前外星人飞船的动力设备，那个微型原子能反应堆，到现在还在正常地工作，这不就是我们下一步人机结合的动力源吗？找到它，就能弄清外星人的工作原理……我们就会节约很多的时间，少走弯路。"我明白了，"埃丽娜失踪……会不会是带着设计师去寻找他说的宝盒呢？"公主关闭了远程叠加电脑，打开自己的"权杖"，滴了一滴鲜血验证了自己的身份，然后加入了追踪埃丽娜的信息，大屏幕上的谷歌地图上没有点状显示。奥勒流提醒着姐姐："我们扫描过那件衣服，它会随着设计师的……"公主启动了"权杖"的功能，开动了自己的卫星系统，我知道是那个奇异的寄生程序在工作。我赞叹着："太好了，附着在他人的设备里，为我们工作……"实时图像显示，那些类似服装上的石头，就在中国白云鄂博附近的包头（包克图）。公主又把以前扫描的文件过滤了一遍，这才发现了里面的秘密——那些所谓美丽的图画，就是一些神秘的计算公式！"那些衣服已经被人掌握了，不能确定是什么人，但是关注的国家应该都派出了情报人员"。

公主转身站到我的面前，像将军对待士兵那样地下着命令："皮特儿，现在只有你……能自由行动，你必须马上出发到飞船坠毁的坐标点去，想尽一切办法把那个圣山宝盒——就是高能反应堆和那些衣服上的计算公式取回来。"我真是一千个不愿意，不是胆怯而是我的内心里充满了对公主的恋恋不舍："我……"公主果断地一挥手说："很可能东西已经被人拿走了，但是我们会找出它的方向，协助你完成……这是我们非常需要的。"我真的是有些心灰意冷，心想："难道公主不知道我心里在想什么吗……我是不愿意离开你……我的公主。"可是心理学知识在指导我："公主是双重性格的人，她这个时候已经处于工作的亢奋状态，智商压制了一切情商，你任何对她依恋的表现，都会被她鄙视而厌恶。想到这里我马上收起了犹疑，坚定地回答她：“好的，我立刻出发，不过我要带几个助手……那些可以信任的 U 盘。”

第八章

谜中之迷

　　只有撇开对外物的追求，才能达到灵魂的所在。若他找不到灵魂，他将陷入空虚的恐惧，而这恐惧将挥舞长鞭，驱使他绝望盲目地追求空洞的世事。他将受无尽的渴求愚弄，在心灵之路上迷失自己，再也找不着灵魂。

——荣格

现场追凶

又布迷阵……女警失踪……五具死尸……地下囚禁

再说巡展会之后，LFGC 的长官阿尔弗雷德可就遇上麻烦了。首先是国际刑警的"电脑骑士"主要目标——埃丽娜不见了，特别是两个跟踪她的女警，伊娃和露西亚也失踪了。叶赫·布里斯（就是卧底警官皮特儿）传递了他到梅斯休假的信息，就再也无法联系到他了。"真是乱弹琴，正在执行任务还度什么假……哦，是我糊涂了，他现在是电脑骑士里的高管 W，一定是那边另外有什么事情……"现在局里与唐·吉诃德小组的联系，已经彻底地中断了。阿尔弗雷德长官总有一种不祥的预感，他心急火燎地命令部下，迅速调查伊娃和露西亚的下落，处长大声喊着："告诉你们，我要见活人……我说过了，不管怎么样，没有别的……我的要求就是要见活人……"

阿尔弗雷德处长，调看了整个巡展会的监控视频。他反复认真地分析着："一辆急救中心的雷诺救护车……哦，这是布里斯（皮特儿）按照埃丽娜的交代，在她的计划中提前安排的……救护车应该由 W 皮特儿（布里斯警官）手下的 U 盘——伊娃和露西亚驾驶。车辆停在巡展会走秀厅外面的院里，紧靠体育馆的出口处。但是，一直没有看到有人上下那辆车……可后来车就开走了……"阿尔弗雷德在地上转了几圈："要找到我的两个女警，就必须盯住这辆救护车……"他毫不犹豫地下指示："马上查清这辆汽车的情况，追踪它的去向以及那辆汽车现在的位置。"巴黎刑警们分头查验着，最后在巡展会结束当天的交通事故记载中，找到了那辆救护车。

　　这辆雷诺救护车途中更换了车牌，在巴黎到马赛的公路隧道里，与大型载重车相撞，现在已经完全报废。十几张照片从各个角度，显示车辆被挤成了一堆废铁，没有了汽车形状的雷诺车，每张照片都是带着肉丝的斑斑血迹，让人没法看下去。警察事故记录中写道："事故造成车内所有的人死亡，由于死者被剧烈地撞击和碾压，被害者血肉模糊混在一起，他们的数量和身份正在甄别……"阿尔弗雷德依然不相信："所有的人遇难？……这里面有多少人？为什么会发生相撞……这些一定要弄清楚。"

　　法国国际刑警中心局虽然规模不大，但是调查起来还是十分专业和迅速。阿尔弗雷德长官，要求下属再检查几遍，很快就有了结果。一个警官前来报告："根据我们的检验纪录，第一，经过对几百块碎肉进行分析比对，发现死亡的人是五人，其中男性两人女性三人。"我们长官的头发一下子就立了起来："什么，三位女性？……什么年龄……什么血型？"报告人继续说："根据他们皮肤和肌肉组织，可以确定为二十八岁至三十岁左右。"阿尔弗雷德听了这句话，差一点就坐在地上。不过我们的处长很快就镇定下来，一声不吭地听着那个警官讲下去："根据血液凝固的情况，后面的五人不是在撞车过程中丧命的，而是在事故前两小时就已经死亡。第二，剧烈的撞车，把救护车驾驶室几乎挤压到一起，但是里面没有血迹。指纹只有伊娃和露西亚两个人的，两辆车的司机事后全都消失了……"阿尔弗雷德肯定地说："这是设计好的阴谋……快说血型对比的结果……"那个部下继续报告："血型比对，是O、A、A、B、AB，五个人四种血型。伊娃和露西亚血型均是AB型，各自偏向A和B。这些不符合她俩的血液特征……"我们的长官长长地出了一口气，他终于可以放下心了，接连地说："太好了，不是我们LFGC部门的人……"报告还在继续："巡展会组织者向警方报案，那位中国设计师和他的模特全都失踪了，而死去四个人的生理特征，与报警失踪的四位模特极为相似……"我们的长官下命令："把这件案子交给巴黎大区警察局……"阿尔弗雷德还在继续琢磨着："埃丽娜和服装设计师不在车上，这一切都是预先安排好的，不过埃丽娜……既然拿到了公主服，她却不交给电脑骑士，还绑架了服装设计师……这个 BLUE 间谍……到底要做什么呢？"现在国际刑警法国中心局，已经全部动员起来，在更大的范围内寻找两位女警的踪迹。阿尔弗雷德认真地看着视频："这是服装秀当天上午……嗯，十点救护车进入了巡展会场馆，没有人下来……只是向边上挪了五十米左右。一直到下午五点散场，汽车开走前也没有发现有人上车。"他自言自语地说："这就奇怪了，我们的伊娃和露西亚应该一直在车上，那……她们能到什么地方去呢？还有埃丽娜和设计师，那些失踪的模特又是怎么上车的呢？"仔细看着画面里什么都没有，这位长官看了十个小时，一直等到救护车开走。阿尔弗雷德忽然发现场馆外面的地上，都是一米见方的水泥块铺成的，隐约能看到停车那边的地上，似乎有一个不规则的椭圆形。"啊，一切都明白了……问题就在这里。"阿尔弗雷德通知了凡尔赛宫附近的宪兵队，他们立即包围了欧洲巡展会租借的那所大学体育场和体育馆。经过检查，原来汽车停在了体育馆地下管廊的院外入口处。十几个刑警全副武装鱼贯而入，能看到五米宽三米多高的双层管廊，各种电缆管线密密麻麻，底下是排水管道，一直通向远处的凡尔赛宫。

大家发现，在一进入地下管廊不远的地方，有一条通向体育馆内的地下电缆通道，在那里发现了鼻口都被胶带纸粘住，早已窒息死亡的中国服装设计师。刑警们分开检查，在地下主管廊一百米的一个拐弯儿处，找到了被捆得结结实实，已经在这里待了三天，那两个奄奄一息的姑娘。一看到自己人来了，伊娃断断续续地说："我们……在车里等着……接到埃丽娜的……电话，让……让我们把车……向旁边挪了几十米……后来听到车……后面有动静，我俩……正……奇怪呢……就……就什么都……不知道了。"事情已经很清楚，是埃丽娜先派杀手，从雷诺救护车下面的特殊出入口进入车里，他们袭击了那两个女U盘（埃丽娜当然不会相信皮特·布里斯派来的人），然后把她们扔到地下管廊里，真是幸运，没有被那些BLUE干掉，不然说什么都晚了。随后杀手们通过体育馆内的地下通道，把早就绑架的五个模特都放到了车里。自然那五个年轻的模特，马上就被扭断了脖子，随后埃丽娜把车开走了。后面的车祸，显然都是预先安排好的，埃丽娜自己跑了。

巡展会出现了凶杀案，整个欧洲的媒体都蜂拥而来。事情出现在走秀场的压轴节目上——中国的蒙古公主服。现在服装不翼而飞，而且那位设计师，又被人害死在地下管廊里。这样各种猜测出来的离奇艳闻，就纷纷出笼了。美国的媒体似乎更热衷于"巴黎殉情"的描述，他们断定："设计师有一个深爱的姑娘，为了爱，他努力做出了公主服，就在服装已经做好的时候，那个姑娘却辜负了这段爱情离他而去。设计师在绝望的时候，决定拿着衣服到巴黎来参展，然后把衣服焚毁后自尽而亡……"似乎这个故事引导了舆论，慢慢地，各家编辑越编越离奇，人们好像渐渐地忘了，血肉模糊的现场和那些死亡的年轻人，对报纸电视里的离奇剧情专注而津津乐道了。只有中国使馆官员，对这个案件表现得极为重视，那位曾在T台上讲故事的文化参赞，几乎就住在警察局里了，对案情的每一个细节都要问了再问，他一再提醒巴黎警方："这个案件绝不是报纸上说的那么简单，我们必须要有一个真实的结果……对设计师的家人有一个交代。"

接到公主下达的指示之后，看着公主认真的样子，我决定先回到巴黎，把需要知道的情况做一个了解之后再行动。在列车上，我一会儿想着怎么帮公主和酋长、奥勒流，一会儿又在想："公主和两个弟弟把一切都告诉了我，只要国际刑警到了梅斯，电脑骑士的案件侦破就在眼前……呸，这是什么想法，我还是人吗！"我想起公主从小被拐出来扔到船上，她被埃丽娜残忍迫害，两个弟弟的遭遇和他们极高的智慧。她明明知道我就是警察，却不去弄清楚我究竟要干什么……我又想起那天晚上，我和公主一夜的缠绵爱恋……她是我的亲人……是我心中永远的爱恋。我心烦意乱地想："现在我该怎么办……我……到底属于哪一边儿啊？"就在这一个多小时的路途上，我反复纠结着……后来终于想清楚了："我是警察，我的家族天生就是抓坏人的，这是绝对不能改变的。公主和两个弟弟是犯了罪，但是电脑骑士真正的罪魁祸首是埃丽娜，一切都是她的安排和逼迫。必须抓住她，才能洗清这几个孩子的大部分罪过。这几个少年的科研蓝军项目，我要全力以赴地帮助他们，因为这些都是对人类发展有益的。我是真心爱公主的，况且她已经委身于我，我不能做背叛她的事……一切的前提是抓住埃丽娜。"把问题想清楚我也就轻松了，"回去对长官就说，在梅斯有埃丽娜的线索，但是我去晚了，被她跑掉了。"

现在我迫切需要了解的是以下几点：

一、在巡展会上，埃丽娜都做了些什么？

二、那些外国间谍到哪儿去了？

三、埃丽娜如果得手，我应该怎么办？

四、如果是其他的情报部门得手，他们已经回到他的国家，我是否还要继续执行任务？

回到巴黎，我先用"权杖"给公主送了三维立体的拥抱和亲吻。细细想起来，在我的内心里，我真实地感到："……真的很爱她，爱那个又任性又坚强，长得像芭比娃娃一样的小姑娘。"在那个街角我们常去的咖啡馆，我见到了两个U盘，就是那个唐·吉诃德小组里的美女伊娃和露西亚。我听着两个人讲述她们的遭遇，立刻就惊呆了，我对她们说着："一定是埃丽娜下的手……你们……你们没伤到哪儿吧？"我放下手里的咖啡杯，盯着两个人仔细地打量着，虽然她们尽量表现得若无其事，说起话来还是嬉笑逗趣，可是我能感觉到一种淡淡的忧伤，那是她们内心受到的惊吓还没有被平复过来。这时我有些犹豫："到底是带她们……还是换其他的人去？"要知道这次去中国的白云鄂博，我一个人完成任务是有困难的。再说埃丽娜是女人，接触她需要有女性助手来帮助，而且她们的公开身份是我 W 的部下 U 盘，对我的工作有利。我吞吞吐吐地把话说出来，伊娃立刻回答我："我们去……只要跟着 W，一定不会出问题的。"看到伊娃那种信任我真是感动得不知道说什么好，就看到露西亚伸出手来："我们没钱了……能预支一部分吗？"这是她向我要情报呢，我把准备好的一卷欧元递给她："五千块钱……你俩够了吧，我真倒霉，怎么摊上你俩这花钱不眨眼的女人了。""我们是你的 U 盘，难道不应该你来养活？"我知道公主在不工作的时候，她一定会监视着我，因为她太需要爱了，要让我的心只属于她自己。我知道，"有的时候，公主的心也像石头一样硬……"最后我对她俩说："回去做好准备，明天出发……我们去找 W 埃丽娜。"在交给她们的钱里，有我的情报，我把埃丽娜的去向，以及她可能要做的事情作了汇报，同时把我需要知道的问题也都写上去了。

晚上在房间里，整整一夜都和公主互相倾诉着衷肠。公主在我走了以后，才发觉自己的心里空空的，她悲伤地说："王子，你怎么转身就走了，甚至都没有和我说一声再见？"我默不作声地听着，我知道公主是一个性格分裂的人，她并不知道自己当时的状态，当现在恢复了她的另一面时，那伤心的模样让我都不忍再看下去。我对她说："我的公主……我的小宝贝，为了咱们的蓝军计划，我必须去找到需要的那些东西……另外，我们还要摸清楚埃丽娜在哪里，这个阴险的人是不是还要对我们做什么坏事……"到了清晨，公主为我的权杖密码重新做了更改，她说："王子，现在你的权杖，可以进入世界各国任何一个网络里，你的手机可以随意使用卫星采集图像，记着，随时和我联系，这个世界属于你了……放心吧，我会调动在中国的 U 盘们帮助你的。"

阿尔弗雷德长官同意了我的计划，他嘱咐我："根据国际刑警掌握的情报，美国、德国、印度、日本、俄国都派出了情报人员，看来只有BLUE就是埃丽娜，他们拥有第一手资料，有人已经前往中国了。"处长接着嘱咐我，"我们只需要弄清楚埃丽娜在找什么东西，对电脑骑士的下一步骤，能起到什么作用就行了。如果情况危险，可立即向中国国际刑警求援，我现在就通知中方的国际刑警中心局。"

四国争雄

女魔再现……俊男靓女……螳螂捕蝉……黄雀在后

清晨公主联系了我："王子，你先推迟一下行程，我们的网络发现了埃丽娜的行踪。现在还没有弄清楚她的进一步计划，我们必须观察后再做决定。"我一下子来了情绪："发现了埃丽娜？她开始用联络工具了？"公主回答："是的，我们的叠加中心电脑，从声文的分析中发现她还在巴黎，目前正在快速地移动。"我想："是不是有人在追赶她，好，立刻把埃丽娜的资料传过来，我跟踪她，要是能抓住这个女魔头那可太好了。"随后我把埃丽娜正在使用的手机码，通知了巴黎警局和我的电脑骑士下属 D 系统，要求他们时刻跟踪确定她的方位。我的"权杖"非常灵敏，立刻把信号转成了卫星视频追踪，我看着视频，仔细辨认着："是她……开着一辆最新款红色特斯拉电动汽车，正在环城高速上行驶——时速至少一百二十公里。"要知道巴黎环城高速限速为八十公里，我心里念叨着："一会儿警察就该追上来了……"公路全长三十五公里，有三十四个出口，"她可能从哪个出口下去呢……"我忽然想道："应该看看后面，有什么人在追她……"我仔细看着，并没有疾驰追赶的车辆，埃丽娜样子也不是那种气急败坏的模样。跟踪埃丽娜很快有了结果，她到了戴高乐机场，"她也是要去中国，哎？……那件被她偷走的蒙古公主服呢？"

埃丽娜在巴黎巡展会以后，就奇怪地消失了。原来她在服装走秀的那天，早就做好了准备，要把那套具有奇异射线的服装，悄悄地取走，为此把美国在巴黎的 BLUE 情报小组人员都调来了。埃丽娜知道，这本来是"电脑骑士"那个皮特儿志在必得的计划，"哼，他是要讨好那个黑丫头……"埃丽娜是要防范"电脑骑士"，不能让他们得到那件服装。我当时派了伊娃和露西亚配合行动，埃丽娜觉得："两个毫无经验的 U 盘，甩掉她们就行了……"没想到美国情报人员发现在走秀场里，日本和德国的谍报人员都出现了。埃丽娜是个老牌情报员，她感觉到："问题一定复杂了……必须改变原有的行动计划……"接下来她通知伊娃和露西亚，把提前准备的雷诺救护车，向巡展会的场馆北侧移动了五十米，在她指定的地点等候。其实那是她早就准备好的第二方案，随后 BLUE 人员从车下的担架口潜入，把两个女孩儿迷昏后，捆起来扔到了地下管廊里。埃丽娜带着人悄悄来到模特更衣室，在那里，那个来自中国的服装设计师，还在指导着女模特摆造型呢。埃丽娜客气地请男服装设计师出来："我是这里的礼宾经理，有一位法国名人仰慕您的才华，想要拜见您……只要一分钟，好吗？"当服装设计师走出屋外，就被口鼻一捂装进口袋里抬走了。埃丽娜得意地走进去，命令那个女模特脱下服装，那个高个子女模特同样也被人装到袋子里扛出去了。埃丽娜穿上那身衣服在镜子面前扭了扭，笑着说："我也要在时尚界里一展风姿了……"由于走秀马上开始，埃丽娜无法化妆易容，只来得及把鼻子加高一点，眼睛向上吊了一下，胡乱在脸上涂抹了些色彩，"没关系，弄成什么样子，我永远是最美丽的……"她万万没想到，就在后台的另外四个男女更衣室里，这会儿也发生了变化。俄国和印度的两位女士，走进去就砸昏了两个法国女孩儿，各自抢了一套辅助服，穿在身上也觉得千姿百态的美丽。德国和日本的两位男士，把那两个亚裔男模特捆了起来，自己倒装扮成男模特来。这些人虽然是各自行动，但是就像商量好了一样，一人一个目标一点都没有冲突。不过他们有一点是明白的，只有走秀结束以后，穿着衣服走出去才不会被人怀疑。就这样，那些打打杀杀的高手们，男英雄竟然也雄赳赳气昂昂，女豪杰也袅袅婷婷地一起走上了 T 台，上演了一场中国古典京剧"打渔杀家"一样的服装剧。

可是，他们都是来争抢"蒙古公主服"的，因为只有那件衣服具有奇怪的射线，与近期中国安徽上空偶尔出现的射线极为相同。所以那些急于了解这项技术参数的国家，想从这里找出中国人所独有的——"长脉冲高约束聚变等离子核子反应堆"的秘密。

在走秀的 T 台，有个助理在一侧指挥着台上的模特如何做动作。她奇怪地看着那几个助演模特："今天是怎么啦……全是新手，原来的人哪儿去了？这不是要……要砸台吗？"埃丽娜走上来才发现，前面出台的那四个男女之间，充满着紧张的气氛。那四双眼睛在看到她上台的时候，都放出了贪婪的光芒。好不容易走秀结束了，几个人还在台上摆着造型，这时需要服装设计师上来和大家见面。助理喊着："特木勒先生……特木勒先生……该上场了。"埃丽娜正想办法溜呢，这时候有些后悔："动手早了，没想到还有这样一个环节……"忽然她看到那个在咖啡馆里救过她的男人，好像在找谁……埃丽娜灵机一动，喊着："喂……先生……"就追了上去，把那个中国男人拉上台，高声对那个目瞪口呆的助理说着："这位就是服装设计师……特木勒先生……"台下鼓起掌来人们欢呼着，埃丽娜趁机溜了下去。埃丽娜手下按照原定的计划，把那五个男女模特全都装到袋子里，弄到救护汽车上，下一步是要安排一次撞车，他们需要这些"真人道具"制造血肉模糊的场景。再说那位大个子的中国人，是中国大使馆里的文化参赞，他是为了安全问题来找服装设计师的。在参加"巡展会"之前，参赞到过内蒙古草原去旅游，他听说了这个故事，也见到了那个有着奇思构想的年轻人，他鼓励那位叫特木勒的年轻人，来参加欧洲第一次奢侈品"巴黎巡展会"。这时候这位外交官被莫名其妙地推上了 T 台，他当机立断用自己掌握的传说内容，总算把故事讲完圆了这个场，可是，他却再也没有找到那个叫特木勒的男设计师。

埃丽娜从通道的管廊入口下去，在 BLUE 其他人员的接应下换了服装，把那件"公主服"装到一个特殊的密码箱里。原来准备带着服装设计师一起走，而中国的服装设计师，因为埃丽娜部下下手太重，已经被他们扼喉致死，埃丽娜看着地上躺着的特木勒，"算了……有了这件衣服，他也就没什么用了……"于是带着人从另一边的出口上来，正好就在那辆车的底下，这些 BLUE 特工悄悄地坐车离开了奢侈品展会。不过这件衣服会发出被人察觉的射线，根本躲不开卫星的跟踪。为了不被其他的间谍察觉，埃丽娜迅速地换了一辆汽车，直奔巴黎"玛格丽特"医院，一个潜伏情报人员工作的 X 光室。那里的防辐射装置，能隔阻"蒙古公主服"的射线。为了时刻盯着这个密码箱，埃丽娜在箱子边上放置了一个微型的跟踪器，就这样她偃旗息鼓地待了三天。

　　其实这些日子埃丽娜一直心里不踏实，因为二十天前，她的亲信——在电脑骑士居住的梅斯那座古堡的总管，忽然与埃丽娜失去了联系。她总觉得有些不妙："看来我失去对那三个小东西的控制了……"但是为了完成 BLUE 交给的重要任务，她不得不忍耐等到任务结束以后再说。

　　俄国的情报机构 SFB（俄罗斯联邦国家安全局），同样对这件服装出现的射线感兴趣，这一回派出了他们驻欧洲的顶尖高手，曾经获得过总统普京的嘉奖，在俄国特种部队"阿尔法"服役五年，具有十年间谍经历，一个绰号"女战神"的娜达莎。这位俄国女间谍聪慧过人身手极佳，是俄国健美大赛的亚军，也是俄军侦查科目的专家。平时她穿着衣服只露着俊美的脸蛋，还真有"杰沃士卡"（俄语少女）的样子。可是当她脱了自己的衣服，那一身紧绷绷的肌肉，在你的面前就像立着一个欧洲"密涅瓦"（女战神）的石像。她在走秀场上看到埃丽娜穿着那件"蒙古公主服"，身上缀满了各色的石头，"噢……明白了，问题就在衣服上面装饰的那些石头里。"她也知道很多国家

都想得到这件衣服，不过娜达莎根本不把那些人放在心里："想和我抢……那就请出手吧。"就在埃丽娜溜号的时候，娜达莎立刻通知了她的联络组员："出动无人机，跟踪带有特殊射线的汽车和人。"所以不管埃丽娜如何策划，先是在高速上兜圈子，后来又在山洞里撞车……反正整个过程和埃丽娜最后落脚的地方，全部被俄国人掌握了。随后，当埃丽娜利用黄昏刚刚离开医院，娜达莎就毫不犹豫地带着她的人，化妆成医生开进了那所医院。他们手里拿着光谱仪悄悄地到处搜索，就在法国警察即将到来之际，从医院的影像室里偷走了装着服装的密码箱。临走时娜达莎还不忘和美国同行开个玩笑，她把那个跟踪器放到医院的救护车上，等到埃丽娜找到医院的汽车，她的宝贝东西早就丢了。

德国联邦情报局（BND）这次也是下了决心，联邦内务部部长亲自下令："一定要拿回中国能量反应堆的标本，这是我们跨越现有核能研究的最佳时机。"执行这个任务的是情报局一司的汉斯和他的小组，他所在的一局是专门搜集分析周边国家的情报。那天汉斯被召集到设在慕尼黑普拉赫镇的总部，局长亲自交代了任务。汉斯自从参加了 BND 组织，就下定决心一辈子干秘密工作。BND 有着极其严格的秘密活动规定，他一进入 BND 就知道，"除了食堂菜谱是公开的，一切都是保密的。"汉斯的策略是"螳螂捕蝉，黄雀在后……"他决定等着，看谁是第一个动手的人。他在小组人员的引导之下，汉斯进入了巡展会的走秀场，他把那个男模特的衣服脱了下来，然后把那个新加坡男孩子捆了个结结实实，自己大踏步地就上了台，好在有一个服装助理在幕布后面指挥着，这个每天和武器打交道的德国美男子，也在服装会上漂亮地露了一次脸。他发现是美国 BLUE 的人抢走了"目标"，随后 BND 启动了德国的低轨道卫星，那"目标"最后锁定在巴黎"玛格丽特"医院。德国特工的设备很先进，监视医院的宝马车里面卫星视频很快有了动静："汉斯长官，目标移动了，是在空中……"汉斯接到通知，看着自己手机的视窗："这机会太好了，我马上出发……"原来，俄国的情报人员，为了不让人堵截，他们把那个特殊的手提箱，牢牢地捆绑在一架中型无人机的起落架上，由操作员遥控着飞机，绝对是万无一失。汉斯此时背着一个单人飞翔包，起飞时像火箭一样人立着就飞到天上，在空中飞行的时候人转为平行，飞翔包伸出两个小的螺旋桨。他穿戴好特殊的服装和帽子，启动了喷气发动机，就像一个礼花弹似的，在漆黑的夜里向着天空飞去。汉斯知道要想拿到"目标"，绝对不能惊动俄国人。他跟在无人机后面飞行了几百米，观察好"目标的位置"，汉斯想："要是击落它，俄国人很快就会弄明白是怎么回事……"他计算了一下，按照这架无人机发动机的推力，"增加我的重量没问题，无人机的鹰眼在夜里，操控员一般只是向前看，我在它的下面，就必须关闭自己的背包发动机……就这么办。"汉斯飞到无人机的上面，然后关闭了自己的发动机，人一下子就坠落下来，要不是他躲闪了一下，差一点就被无人机的尾翼把脑袋削掉。

"好险啊……"汉斯勉强拽住了起落架的尾端，那飞机歪了一下，汉斯马上用自己的身体平衡了飞机，他一点一点地向前挪，终于摸到了手提箱。在德国人的眼里俄国人做事总是粗得很，他们用的是一个金属网，拿小型的钢丝，紧紧地把密码箱捆在起落架和飞机的中间。汉斯一只手掏出专用的打火机，只用几秒钟就烧断了那根细钢丝。就在这时，无人机开始俯冲，汉斯一看："不好，飞机要降落……"他使劲把密码箱从网子里揪了出来，双手一松就离开了无人机。没想到他掉下去的时候……身体正对着教堂的尖顶，那个尖顶上矗立的铁十字架看着只有几米了。就在这个时候，汉斯启动了飞行背包，教堂顶上的十字架，几乎是在贴着他脸几厘米的地方，汉斯斜着身子飞了过去。这个训练有素的情报人员，那心也是"怦怦"地敲打着胸膛，他长长地出了一口气："太危险了……"汉斯以日耳曼人特有的精细，从俄国人手里拿到了那个"目标"。

玉碎雀焚

你偷我抢……日本忍者……印度靓妞……衣毁人亡

再说日本的DIH（日本情报本部）机构，是日本主要的军事情报机关，总部位于日本东京都新宿区的市谷。情报本部的主要工作，为及时汇总整理日本六个情报机构（内阁情报调查室、公安调查厅、外务省国际情报局、警察厅外事课、防卫厅调查课、日本贸易振兴会）所获得的情报信息。这一回DIH交给外务省国际情报局一个任务，那就是："弄清楚中国新型反应堆……的技术参数。"按说日美之间有《日美情报互换协议》，就是对相关国家的经济类情报互通有无。可是奇怪的是，从一开始美国的BLUE就像没事儿似的，对一切行动闭口不言。日本最后根据卫星资料，断定中国人的"……新型反应堆"，主要是采用了新的能源材料，"那么，大家不去中国的安徽，而是云集巴黎，一定有什么值得获取的东西……"外务省国际情报局下面设了十几个专业的情报课，其中东亚课是情报人员力量最强的。这回情报局派出了一个忍者六人小组，为首的就是在日本情报界里，人人如雷贯耳的柳下左兵卫。这个年轻人，从小内学忍者之术，外习间谍大法，是个人们公认的"トップクラス（顶级）"高手。经过全面分析，确定了目标："各国的情报人员，都盯着巴黎的奢侈品巡展会……我们自然不能落后。"他们赶到法国，柳下毫不犹豫地冲上了走秀T台，终于弄清了那件"蒙古公主服"里面的故事。

印度国防情报局所辖印度调查分析局（RAW），是南亚实力最强、

196

规模最大的情报机构。它主要是通过谍报和侦察等手段，执行对外情报任务。搜集整理对方的政治、军事、经济、宗教等情报，同时具有策反、颠覆和一定的反间谍任务。调查分析局的头号对手是中国、巴基斯坦、孟加拉国、缅甸及欧美发达国家。RAW与原来的宗主国英国，有着密不可分的关系。自然RAW与英国的MI5（军情五处）也是情报共享的。印度在法国有一个情报小组，里面最出色的就是和印度世界小姐同名的艾西瓦娅。印度的科技发展这几年很快，一直在和中国较劲。可是忽然得到中国已经建成了世界唯一的"新能源反应堆"，那些政治家们可就有些着急了："必须弄清中国这项技术到底是怎么回事？"英国的军情五处提供了一些关注国家，印度特工有些奇怪了："怎么，美国、俄国、德国……还有日本……都来巴黎凑热闹？"印度人明白这是一场激烈的角逐。艾瓦西娅想："我们不是这几个国家特工人员的对手，那么就不能强攻只能智取。"于是她确定了一个"寄生虫"计划，"我们和日本同行挂起钩来，盯着他们……他行动我们就随着动起来。"其实这倒真是个好主意，他们想先借鸡下蛋，等着日本人把东西弄到手，印度人再来个出其不意地抢走……所以艾西瓦娅悄悄地跟在柳下左兵卫的身后，莫名其妙地也就上了T台。人们只要一见到那件"蒙古公主服"，也就八九不离十地明白了它的作用。不过人家美国BLUE的动作快，他们还在台上发懵呢，那个穿着公主服的美国人就没影了。这下来的事情，日本和印度他们可就慢了好几拍，当他们知道东西几次转手，现在到了德国人手里各自可就泄了气。"德国人？"日本小组还是不死心，印度人一直在暗中跟踪日本特工，他们觉得很奇怪"难道日本人为这件衣服……还要和德国人一决雌雄？"

为了不在运输过程出问题，德国情报机构决定，"派专家带着设备到巴黎来研究那些晶体……"汉斯把箱子拿到手以后，就放在德国驻法国大使馆内，经过X光照射检查，他发现箱内除了有那件衣服之外，还有一个爆炸装置。为了谨慎起见，汉斯把打开箱子的事情，等

待柏林的解码专家来解决。专家组一行三人，是从科学院和柏林大学选出来的，他们分别是施密特教授、米勒院士和乔纳斯博士。这些专家坐飞机从柏林直飞巴黎，下午一点准时到达。这一切都在埃丽娜的掌控之下，"好啊，你德国人检验出结果，倒免了我们一道手续"。那些 BLUE 同伙要把箱子抢回来，埃丽娜制止了他们："别急，等他们做完了检测，我们再上手……"再说日本特工柳下知道了德国的专家将要到巴黎的时候，他想好了一个计划："我就来个以假乱真……"柳下了解到三位专家里，米勒院士有个儿子，在日本进修特殊钢铁冶炼。再说米勒在德国人里算是小个子，刚好和 1 米 72 公分的柳下的个头差不多。所以他提前做好了米勒院士的面膜，然后带着特许证明等候在机场里面。他的计划是假装带有米勒孩子的一封信，要交给米勒院士。当德国专家下了飞机，经过他们的身边，柳下招呼米勒院士，说是要交给他一封孩子的信。柳下表示所带的信件在"那边……那边……"两个人边说边走到盥洗室，柳下的人立刻用乙醚迷倒了米勒院士，柳下戴上面膜，穿上了米勒的衣服，和另外两位专家一起走出机场，上了大使馆的汽车。

回到大使馆，"假米勒"院士假装咳嗽时咬着了舌头，以防他的说话被怀疑。他把嘴里的血吐了吐，含含糊糊地要求看看那个密码箱，汉斯因为米勒是解码专家，必须由他来打开箱子，所以把密码箱交给了假米勒。为了安全，大家都被要求站在房间的外面，那位院士很快打开了箱子。原来，汉斯为了测试一下这位专家，就交给假院士一个假箱子，让他破解密码。这个柳下真的不简单，人家一下子就识破了汉斯的计谋，他把箱子轻而易举地打开后，不满地说着："这样的东西……难道就是美国人设计的？"汉斯连忙道歉，"对不起，是别人拿错了。"然后把那个装着"蒙古公主服"的密码箱提了过来。当然，假米勒还是要求所有的人离开，自己开始用仪器小心翼翼地破解着密码。外面的人等了五分钟还不见动静，汉斯开始有些不放心了。当他推开门再看时大吃一惊，那个根本没有窗户只有一个门的房间里，竟然空无一人！米勒院士和箱子就在短短几分钟里，悄然不见了。

柳下左兵卫，是日本情报界里的顶尖高手。他把传统忍者功夫练的是炉火纯青，这次就显出了那技艺的作用。他使出了像中国武术里的缩骨的"忍柔"功夫，把密码箱用胶带粘到了实验台下，自己挤进了一个扁扁的资料柜里，还把另一扇小门特意地打开，露出几个文件夹。就在人们发懵的时候，大使馆门卫通知："米勒院士在大门口站着……"汉斯真的是急眼了，"这个院士……怎么玩起大变活人来了？"他带着人跑向使馆大门，对那个真的米勒院士进行盘问。也就在这个时候柳下钻出了柜子，在他的组员的接应下，从德国使馆的后门堂而皇之地溜走了。柳下看着手里的箱子，得意地坐在车里想："哼，在情报局里，还没有我办不到的事情呢。"不过柳下高兴得有些早了，他的汽车开得飞快，很快就到了距离小组潜伏酒店不远的地方。忽然一辆旅行巴士挡住了汽车的去路，那辆车的司机示意车辆出了故障："对不起，帮忙推一下吧……"柳下一挥手，让他的三个人去帮忙，只有他自己坐在车上等候。忽然有枪顶住了他的脑袋，从后排座出现了一个女人的声音，她柔柔地说："柳下先生，把箱子拿过来吧……"柳下左兵卫回头一看，是个披着沙丽的印度女人，冰冷枪口紧紧地抵在他的太阳穴上。他心里懊悔着："真是，这样老套的手段……我竟然没有想到……"柳下假意把手里的箱子慢慢递过去，就在印度女人一抬手分神的时候，柳下翻身就滚到了后座上，他一只手紧握着箱子提手，另一只手就要抢夺那个女人的手枪。两个人在后座上扭打，就是都不放开那个箱子。要知道箱子里面有引爆装置，它在很多情况下会自行爆炸。就在他们抢夺的时候，各自向自己的方向使劲地拽着那只箱子，这个向两边的力量，触发了爆炸程序，就听到"轰"的一声巨响——汽车和箱子，日本的柳下和印度的艾瓦西娅，都被炸得粉碎。看得双方部下都目瞪口呆，真是欲哭无泪。

美国人的情报工作真是无懈可击，失去了衣服，他们马上就想到了中国的白云鄂博，我断定："看来埃丽娜这是要去中国，目的当然和我一样……"

第九章

白云鄂博

　　这是一个我们已经忽略了太久的变量，也许因为我们害怕爱，因为这是宇宙中唯一的人类还无法随意驾驭的能量。为了让爱能够清晰可见，我用最著名的方程式做了个简单的替代法。如果不是 $E=mc^2$，我们接受治愈世界的能量，可通过爱乘以光速的平方来获得，我们就得出一个结论：爱是最强大的力量，因为爱没有限制。

——爱因斯坦

飞往中国

飞往北京……沃先生……草原传说……埃丽娜！

上午九点我和伊娃、露西亚登上了飞机，说实在的，和这两位年轻漂亮、性格开朗的女同事在一起，尤其是她们经历了可怕的那几天，现在已经平安无事，我的心里别提多愉快了。露西亚一边脱着外套，一边开着玩笑："哎……博士，你不爱我了吗？"惹得周围的男女都盯着我看，伊娃和露西亚笑得都直不起腰来。露西亚看着我有些不高兴，就赶快说："好了好了……开玩笑，你要是不爱我，伊娃也不会看上你的……"没想到伊娃趁机坐到我的旁边："我才不管博士爱谁呢，反正他是我的……"看着两个姑娘嘻嘻哈哈的样子，我小声地说："别闹了，你们都是仙女，那是要嫁给皇帝的，我看，能娶你们的就是拿破仑了……"

露西亚递给我一本《甲骨文》杂志，我翻开前面几页，里面夹着我所要了解服装秀的情况，虽然都是落后的情报，我还是认真地默念着："服装设计师特木勒，中国内蒙古人，住在巴黎富勒里峰酒店。这里还有一张穿着蒙古袍的照片，哦，中等个，颧骨高高的，倒是长得很清秀。"我一看就叹了口气："这显然不是那个走秀出来的男人，这个聪明……可是倒霉的设计师。"接下去是在巡展会上走秀的五个人，全是冒牌儿货。我看着材料琢磨着："碧眼金发是典型的俄罗斯美女叫娜达莎，护照年龄二十八岁。印度女郎艾瓦西娅，大学教授，三十岁。她的肤色发黑，在鼻子侧面，有一个装鼻饰的小孔。美国的

是埃丽娜，这个笑眯眯的绝色美人，她的眼睛里闪着狡猾的光芒。日本的柳下左兵卫，装潢设计师，三十二岁。那副极度认真的眼睛，已经到了凶狠的样子。德国美男子汉斯，访问学者，三十五岁，具有典型的日耳曼人的特点。"想起他们抢夺那件衣服的过程，我叹着气："真是世事难料啊……"我接着看下去："中国假设计师张晓磊，驻法大使馆三秘，三十岁，相貌英俊高高大大。"我判断着："应该是一个情报官员……这个中国人，一点儿不像服装设计师……在走秀见面时说什么十个技师，看那件服装的工作量，就是三十个技师也够呛啊。"我对伊娃说："整个这个蒙古服装走秀，就是一场替代者的竞争。再加上我们的埃丽娜，这个走秀队伍已经是个联合国军了。"我的心里在想："现在能够感觉到，以前发生的那些事情可以比作是波浪，可是未来呢？那才是海洋深处一无所知的紊流……"

航班是德意志航空公司的，空客 A380 超级大型远程客机。它有四个发动机，能载客五百多人。飞机分上下两层，上层是头等舱和公务舱，下层是经济舱，虽然座椅密密麻麻，但是每个椅子足够宽，也不觉得拥挤。我选择在靠右面的窗口位置，那两个姑娘分别选择在靠后面的中间和左面的靠窗座位。伊娃挤眉弄眼地说："好不容易有这个条件，也要给自己创造一个艳遇的机会啊……"露西亚挺了挺胸："十几个小时呢，我要找个宽敞的地方……做那个……那个……事。"其实她俩散开是为了观察，要是有事还可以相互支援，至于她们嘴上挂着的那些话，从来就是咱家乡的歇后语："那就是中国马三立的相声——逗你玩儿。"

飞机起飞了，在我旁边的座位上是一位中年人，他很有礼貌地向四周点着头。我观察着他，"哦，一副学者的模样，戴着礼帽留着小胡子，有着宽宽的额头和睿智的眼神，让人不由得肃然起敬。"我问候了一句："您好，是中国人吗？"他笑着回答："是的，怎么……"他上下打量了我一下："您也是华裔吧……"我客气地回答：

"准确地讲，现在应该称作华人……"对方十分客气地说："哦……能问一下怎么称呼您吗？""布里斯·叶赫。"他的反应倒是快："布里斯……山林的意思，老家东北的……是满族？"我点着头，故意讲着家乡话："您说对了，俺是小兴安岭长白山那嘎达的满银（人）……"我听着他略带东北口音的普通话，揣摩着问："您是……黑龙江一带的人吧？是不是沿着额尔古纳河流域的……"中年学者笑了："呵呵……小伙子，还真猜对了，我的老家就是内蒙古东部的。"我又接着问了一句："请问您贵姓？"他边摘帽子一边说："沃……沃土的沃……肥沃的沃。"我想了想，自言自语地说："历史上殷商君主太甲卒后，王位由其子沃丁继承，从此殷商君主的后世，则都取沃姓。他们一直居住长江流域，已有三千多年的历史，其中一支迁居太原。"看到我滔滔不绝地讲着，沃先生笑了："那您看我这个沃……"我从他的问话里就猜出了结果："您这口音就是达斡尔族……没错，在北方这个姓，只有达族人才有。"他的眉毛扬了扬："哦？……你这个小伙子，对中国北方的民族文化，还真有研究啊……"我自信地说："我知道达斡尔人有四大姓，像郭布勒，现在都简称姓郭。鄂嫩，也简化了姓鄂。敖拉，单姓敖。孟日登，简称姓孟。您的姓，一定是族人少一些，所以沃这个姓氏，在北方也就很少见了。"他看着我，笑着说："呵，小伙子真的不简单呐。"我们越说越近，很快就用你我来相称了。这位沃先生真不愧是学者，他知道很多中国历史和北方民族的事情。"姓叶赫……那你的家族和叶赫那拉·杏贞……就是慈禧太后有什么关系吗？"我老实地回答他："没有，叶赫家族在满族里，有很多不关连的支脉，就像汉族的张王李赵一样，是很普通的姓氏。"他随便地问我："小伙子，移民多少年了，这是回老家看看？"我自然轻描淡写地回答他："出来好多年了，和几个朋友去中国的达尔罕草原看看……"一句话说得沃先生愣住了："达尔罕……哪个达尔罕？"他的样子弄得我有些迟疑，怀疑自己

说错了地方："就是那个白云……鄂博……附近的草原……"他使劲一拍我的肩膀，"哎呦，你去白云鄂博，那一定要到包头的……包克图，我的家就在那里。""你怎么到离家乡那么远的地方呢？""噢，小时候随父亲的工作调动……来到白云鄂博，当时他是那里的公安局长……就相当于法国的警察局。"他担心我不懂中国的事情，还特解释了一下。我当然知道是怎么回事，不过我还是默不作声地听着。他问我："你了解……达斡尔人吗？"我像背课文似的说："达斡尔族是中国五十六个民族之一，主要分布于内蒙古自治区莫力达瓦达斡尔族自治旗、黑龙江省齐齐哈尔市梅里斯达斡尔族区、鄂温克族自治旗一带；少数居住在新疆塔城、辽宁省等地。"沃先生笑了，他补充说："你说的没错，不过在历史上达斡尔族是辽代契丹族后裔，辽被金灭后，一部分契丹人向北迁徙到贝加尔湖以东至外兴安岭以南一带，成为达斡尔族的先驱，他们是东北亚最早从事农业的民族。明朝和清朝时，达斡尔族又是中国戍守东北边疆最重要的军事力量，曾为抗击沙俄入侵，打响了中华民族反抗西方侵略的第一枪，产生过傲蕾·一兰式的英雄，有着以国为重的光荣传统。"我安静地听着沃先生的解释，说着他哼起一首歌来，沃先生的嗓音浑厚，那歌声虽然压得很低但是非常好听。我悄悄问他："是那首鸿雁吧……"沃先生把最后的一段歌曲结束了，这才回答我："是的，这是我们草原上的歌。"忽然前后座位上的人都拍起手来："沃教授唱得真好……""沃团长原来是搞声乐的吧？""你这是大隐隐于市啊……""从来也不知道沃团长会唱歌。"原来这是一个文化交流代表团，沃先生是团长。人们七嘴八舌地议论着，倒给这枯燥的旅途增加了欢乐的气氛。"鸿雁蒙语也叫宏格鲁，他还有一个非常好听的故事呢。"喧嚣声又起来了，"讲讲……我们爱听。""沃团长满腹经纶，快讲吧，我们想听……"

鸿雁传说

长诗宏格鲁……埃丽娜出现……突遭袭击

沃先生看了看我："好吧，我给大家背诵这首宏格鲁的诗。

鸿　雁

不管走到哪里，
总是牵挂自己的家乡。
我们世代生活在，
达尔罕的草原上。
那里神鹿蹦跳飞跑，
绿草如茵鲜花开放。
乌梁素海边栖息着牛羊，
雄鹰在蓝天上翱翔。

史诗伴着马头琴吟诵很广，
草原上的歌声最为悠扬，
《鸿雁》的乐曲催人泪下，
宏格鲁的故事在阴山下传唱。
草原的爱情多么纯洁，
让人深深地伤感和凄凉。

深秋的劲风把大地抚黄，
清晨草尖挂满晶莹的露霜，
年轻牧人骑着白马去迎接朝阳，
在茂明安的雾气中放声歌唱。
七彩的朝霞对着大地微笑，
他挥动马鞭放牧着牛羊。

南飞的大雁歇息在草原的湖旁。
偷偷地溜来了一群野狼，
狡猾的狼群分成两队，
它们袭击大雁为了引起恐慌。
毫无准备的雁群四散奔逃，
狼群跑进来追逐和冲撞。
牧人正在护卫着羊群，
野狼咬住了年轻母雁的翅膀，
拖着她那流血的身体，
马上就要撕碎在草原上。
牧人挥舞着长长的套马杆，
飞奔过来奋力赶走了豺狼。
那些强盗趁机跑进了羊群，
拖走了牧人十几只肥羊。

鸿雁已经被损伤了翅膀，
鲜血顺着羽毛滴答在草地上，
雁群围着它低声地鸣叫，
乞求的泪水注视着牧人在流淌。

骑手小心地抱起大雁，
飞速地回到自己的毡房，
雁群在牧人房顶上盘旋，
咯咯地叫着告诉大雁姑娘，
这里没有食物雁群必须离开，
我们的队伍等候在前方。

年轻人精心地为大雁包扎，
用鲜奶和炒米细心地喂养，
夜里寒冷他搂着大雁相拥而卧，
清晨把大雁羽毛梳理得光亮。
小心翼翼地为它敷药呵护，
他用自己的体温让它恢复强壮。
十几天的时间很快就过去，
大雁渐渐恢复了它的健康。

一天牧人骑马归来，
房间里有一位美丽的姑娘，
她把毡包整理得井井有序，
蒙古包里飘来奶茶的甜香。
铜锅里蒸着牧民的羊肉包子，
酸甜纯白的"爵克"摆在了方桌上。
牧人为她的到来而震惊，
说出话来是那样的慌张，
"美丽的仙女……你来自何方，
为什么会现身于我的毡房？"

美丽的女郎微笑着对他讲，
"我是雁群里的公主宏格鲁，
那天我被野狼伤到了翅膀。
感谢你救出了可怜的大雁，
又经过你精心呵护疗伤。
现在我的身体已经痊愈，
雁群等待着我在不远的前方，
宏格鲁是大雁……而你是人类，
我只能回到雁群的身旁……"

"我留恋这里的草原和湖泊，
你的眼神温暖着我的心房，
我已经深恋这里的一切，
更爱年轻牧人的篷帐。
这里留下了宏格鲁的思念，
我把心留在达尔罕的草原上。
因为宏格鲁是大雁，
就必须跟着自己的族群翱翔。"

年轻的牧人十分悲伤，
泪水止不住地向下流淌，
"我爱美丽的大雁公主，
你就像东方升起的朝阳。"
牧人抱着她痛苦地倾诉，
"是你带给我新的希望，
请不要离开我，
不要让牧人独自彷徨，

宏格鲁 美丽的姑娘，
我悲痛欲绝鲜血在心中流淌。"

姑娘看着年轻人跪在面前的地上，
她紧紧抱着牧人宽阔的肩膀，
"要想使我永远留在你的身边，
就要为我做一件人类的服装，
用金丝银线去编织布面吧，
织成白云蓝天的模样，
上面镶满白云鄂博圣山的宝石，
我就可以抵御炎热的太阳，
从此不再惧怕草原的恶狼。
等到春天返回北方的草原，
我就可以换掉自己的羽毛，
变得和你一样
让我们幸福的笑声，
永远在草原上飘荡。"

说完她恢复了大雁的模样，
依依不舍地盘旋在天上，
舞动着健壮的翅膀，
追寻父母和兄弟姐妹的方向。

抬头目送着远去的大雁，
牧人宣誓着自己的志向，
"为了美丽的宏格鲁公主，
也为了我的爱和理想，

我一定要实现她的愿望。
为宏格鲁留在人类世界，
编织一件最为美丽的服装。"

年轻人在草原上到处寻找，
他来到白云鄂博的圣山上，
终于采集到高贵的白云和鄂博石，
还有那美丽的佘太玉矿。
牧人卖掉了自己所有的牛羊，
用买来的金丝和银线，
做成了彩虹般美丽的服装。
衣服绣出了金色的大雁，
还有那犹如雄鹰般的翅膀。

时间从春暖到秋凉，
牧人用三年实现了自己的理想，
他捧着制作好的美丽衣裳，
站在高高的白云鄂博圣山上张望。
可是期待中的大雁公主，
却再也没有回到达尔罕草场。
牧人在期待中彷徨，
"我的爱人，什么时候你能回来？
我心中有着无尽的思念……和渴望。"

直到一个年轻的大雁，
带来了不幸的噩耗：
"公主在追赶族群的路上，

又恋恋不舍地回到达尔罕张望，
她几次飞到牧人的篷帐，
只为在门缝看看爱人的面庞。
就这样反反复复地飞行，
却等来了寒风肆虐和张狂。
疲倦的宏格鲁公主，
坠入几百里外淖尔的水中央，
她使劲地挣扎和抵抗，
那鲜红的血使湖水改变了模样。
雁群又回来反复地寻找，
终于来到了查干淖尔的湖旁，
大家看到了宏格鲁的尸体，
她周围的湖水和血色一样。
悲痛欲绝的大雁们，
就在这里把公主埋葬。
头领决定不再飞过这片草原，
达尔罕成为雁群哀鸣的地方。

牧人并不知道大雁的不幸，
只是带着心中的希望，
他站在雄伟的圣山山顶，
手捧着美丽的七彩服装。
年轻人一动不动面向南方，
微笑着迎接爱人到来的曙光。
带着渴望和真挚的情感，
化作了石人屹立在圣山的顶上。
从此白云鄂博无论白天还是夜晚，

都会用七色的彩虹普照天光。

　　沃先生的长诗念完了，人们都沉浸在那爱的悲伤里，我的眼睛湿润着，想起了芭比娃娃一样的公主，心里难受得像刀绞一样。忽然我明白了："这不就是白云鄂博……和那件衣服的传说故事吗？"

　　我觉得自己好像流泪了，于是对沃先生说："您的诗太感人了，真的让人忍不住……"正在这时候露西亚过来对我小声说："博士，我看到埃丽娜了……""在哪里？""头等舱……刚才我上到一层去看，正好埃丽娜从卫生间出来，我看到的女人……就是埃丽娜，绝对没有错。"我有些迟疑："她在昨天就到了巴黎机场，早就应该飞走了……"我背过身去使用自己的"权杖"，进入了德意志航空的网络，打开了本次航班乘机旅客名单，"没有一个叫埃丽娜的人啊……噢，她大概使用别的名字"。我此刻才意识到，"这个叫埃丽娜的女人，她有多少个名字还不知道呢。"我按照埃丽娜的年龄特点，在头等舱里选了一位女士的名字。我沿着梯子上到第一层，在头等舱找到漂亮的德国空姐，然后转过身来面对着那些旅客，讲着一些无关紧要的废话："小姐，我想要一张费加罗报，那上面有今天彩票的消息……"话是说着，可眼睛却在一行行地扫着看，我心里说："奇怪，怎么能没有呢？"紧接着我就问那位个子高高的女孩儿："有一位叫玛莎的女士……"空姐把我领到那位年轻人的旁边，"小姐，这位年轻人找您……"人家一抬头我就知道不是，连忙说："对不起，我看错人了。"我悻悻地转身往回走忽然意识到，"埃丽娜一定做了伪装，她不会在头等舱里，而是在人多的经济舱，我要是能找到她就立即报告巴黎。"

　　从上面那层回到经济舱，迎面过来一位四十多岁，笑眯眯戴着眼镜的德国空中大姐，她微笑着向我打着招呼："哈喽，你好。"我对着她点了一下头就过去了，忽然我闻到了一种熟悉的香水味，我琢磨了一会儿："噢，这是埃丽娜使用过的……那种极贵的法国香水。"

忽然我觉得奇怪："这种香水，价格昂贵全世界也就千人使用，那些贵妇们都望而却步，怎么一个德国空中服务员……竟然也能用得起？"等我转过身来，那位航空大姐却不见了踪影。"难道她……"我左右搜索着向后走去，当我掀开门帘，就在飞机尾端的工作间里，一个女人正在揭开自己脸上的面膜，就在她抬起头来发愣那一刹那，我看到了正在卸妆的女人，就是那个 BLUE 魔头……埃丽娜！

　　看到埃丽娜，我立刻背着手掏出了我的电子"权杖"，摸索着点开了微波脉冲的信号钮，利用飞机上的监视摄像，把图像和音频都发了出去，我采用的信号是广谱的，所以电脑骑士和法国刑警都能收到。埃丽娜看到我马上就镇定下来，她笑着说："哎哟，皮特儿，真好……我们又见面了。"我冷冷地说："是啊，真没想到在飞机上见面……那件蒙古公主服呢？……怎么不交回去自己倒跑了？"到底是老牌儿特务，埃丽娜根本不回答我的问题，还是甜蜜蜜地笑着，噘起嘴来像是要亲吻那样慢慢向我靠近："你追到飞机上就是要找我……难道是想我了？"见到埃丽娜，我的心里全是仇恨，"这个凶残的女人，还装出女神的样子来迷惑我……"能感觉到她是在拖延时间，等待什么。我一下子想到："是不是埃丽娜还有同伴……"正想着呢，我的脑袋被人重重地打了一下，就什么都不知道了。

　　等到我睁开眼睛，发现自己躺在一排座椅上，伊娃和露西亚眼泪汪汪地看着我。我听着好像伊娃的声音在嗡嗡响："皮特儿，你终于醒过来了……我……我还以为你死了呢……"露西亚看了伊娃一眼，"小姐，别说丧气话，我们的博士会永生的……"我心里说："你们两个也太会说话了，这不都是说我死了吗？"慢慢地我坐了起来，发现是在飞机的最后一排，这里全是空的，把四个人座位的扶手抬起来，也就是一张床了。我问道："埃丽娜呢？"伊娃说："应该是躲起来了，我们正在等你醒来做指示，要不要在飞机降落的时候，请求中国的国际刑警来帮助……拘捕她。我想："埃丽娜有美国情报机构

BLUE 的身份，在公开场合下我们对她是无法进行拘捕的……再说她掌握的那些秘密……我们需要知道……"于是我低着声音说："她一定是要去白云鄂博的……我们不要动她……"露西亚说："我们等你时间长了，总觉得不放心就挨着座位找你，正好飞机上一位年龄大的空姐也失踪了……空姐们也在找人。"露西亚对我说："最后大家在储存柜里发现了你们两个人，好在都还活着。好几个空姐把自己的人，抬到休息室去了，我俩看着你还在喘气，就抬到这里……后来你就慢慢地醒过来了。要不……早就抢着给你做人工呼吸了……还能借机会吻一下我们的男神。"我嘴歪着苦笑了一下："哎哟……你们也不看一看，我都被打成这个样子了，你们还有心思开玩笑……"

草原奇遇

草原传说……奇怪的旅游者……美国地质代表团

我摇摇晃晃地回到自己的座位上，沃先生奇怪地看着我："小伙子，怎么啦，是不是晕机呢？"我不置可否地笑了一下，就挨着他坐了下来。沃教授关心地说："下了飞机你们就跟着我，咱们先到包头，然后我给你们找一辆汽车，陪着你和朋友到草原去看一看。"我们三个到了北京，就跟随沃教授的代表团转机，北京到白云鄂博必须先到包头，我们就买了去包头的机票。"我们不跟踪埃丽娜了吗？"两个女助手齐声问道。我告诉她俩："大家都往白云鄂博跑，说明了什么？说明了有重要的东西在那里，当然是谁先得到就是赢家……明白了吗？"看着两个发呆的法国妞，我一挥手："哎，你们……一切听从指挥吧。"

北京到包头，飞机一个小时就到了。我们住到香格里拉酒店，这里的环境非常好，前面是一片很大的绿色植物园，当晚因为实在太累了，我向公主报了平安，让露西亚给阿尔弗雷德长官通报一下位置，就连澡都没洗一头栽倒在床上，一直睡到第二天的九点钟。我躺在床上发着懒，感觉到自己的后脑勺还有些痛，"那个家伙用什么东西砸得我，到现在头还晕晕的……嗨，别想了，没把你弄死就是万幸了。"我看到电视机一闪一闪的，那是公主远程打开了宾馆的电视机。昨天的情况她看得很清楚，公主关切地问我："王子，你的头还疼吗……"我左右晃晃脑袋表示没什么，可就这一下，立刻感觉天旋地转，胃里

难受得还想吐。公主看到我的样子，眼泪又下来了。"你一定要休息好，再去完成任务。"我查了一下昨天航班乘客的情况，一共有六位外国人，那些人是乘坐国航北京到呼和浩特的航班。"难道他们改变了行程……"原来昨天的航班去包头就有三张票，被我先预定了。看来埃丽娜那些人坐当晚最后的航班，到呼和浩特了。

路上听沃教授讲："包头市是世界最大的稀土矿——白云鄂博铁矿所在地，稀土矿不仅是包头的优势矿种，也是中国国家矿产资源的瑰宝。"他的一番话，让人更相信白云鄂博是个圣山，"难怪那些情报间谍都一拥而上呢……可是这么多年……那些人干什么去了，总是有什么原因吧？"公主代我打开了叠加电脑，她输入了白云鄂博几个字，有几张图片在电视机里出现，有一张是卫星照片，就像一双大眼睛展现在我的面前，"这是现在的白云鄂博矿区，原来的山已经被几十年的露天开采，变成了很大的百米深坑"。在我的"权杖"上面，出现了一个立体人影，"哦，是三维立体图像……"我知道，叠加电脑能把历史上的资料，还原成三维立体图像，就像真人站在眼前。这时有英语语音讲解着："八十八年前，一个人在辽阔广袤的草原深处行走，到处寻找着传说中的圣山，他坚信这一带的山里一定会有丰富的矿藏，这个人就是丁道衡先生。就在1927年7月3日这一天，他终于发现了白云鄂博主矿的位置，从此开启了认知世界第一大稀土矿床的序幕。"我想丁先生应该是白云鄂博这一稀世珍宝的开拓者，接着我看到丁先生的白色的全身塑像，耸立在白云鄂博镇中心的街心花园。

接着又出现了另一位老先生，"白云鄂博的稀土，是何作霖先生发现的。他留学德国回来之后，1935年何先生在白云鄂博的矿石标本中，发现了两种稀土 (rare earth) 矿物，并分别定名为白云矿和鄂博矿石。后来严济慈先生，利用光谱仪测定了矿物中的镧、铈、镨、钕等稀土元素。这一研究成果，撰写为《绥远白云鄂博稀土类矿物初步研究》，发表在 1935 年的中国地质学会会志上。公主对我说："这说明，一万年前的飞船降落在白云鄂博，也是有目的的，因为那里有外星人需要的能源晶石。王子，你一定要把我们急需的那几种未知能源取回来……"我明白，围绕着地球旋转的各国间谍卫星有几百个，他们都发现了白云鄂博这里，出现了新的光谱，所以大家才蜂拥而入。"可是为什么上百年了，却没有人注意这个问题呢？难道是一种新产生的能源？"我想起在公主隐形工厂里看到的一幕，好像有些明白了，"是两种不相干的矿石,在一起时被太阳照射产生了另一种光谱……"我觉得有些明白了："那……哎呀，我知道了，就是那件衣服……设计师把白云鄂博的几种石头装饰在一起，经过一点时间的叠加，在光线的穿透下形成了新的光谱，而终于被发现的……"这个时候，我才真正明白埃丽娜主动要求去拿"蒙古公主服"，又绑架了设计师，接着到白云鄂博来的目的，"当然是美国 CIA 和 BLUE 的计划，以求获取新的超能资源的真相……"

　　沃先生很守信用，他找了一辆朋友的面包车，很早就等候在酒店的楼下，要陪我们去看白云鄂博和达尔罕草原。他在电话里说着他的安排："我们要看看草原上的牛羊，再去草原上人家的蒙古包里做客，然后去看草原岩画，最后到白云鄂博镇里，在那边可以远远看到主矿区的生产。"我到了车边上，看到那两个法国姑娘，早就穿得花枝招展在车上扭捏作态呢。我连忙给沃先生介绍："这位是露西亚，那位叫伊娃，是我的两个秘书……一起出来旅游。"沃先生惊奇地左右看了几遍："哎哟……布里斯先生，您真的运气太好了，能捧着这样美丽的两朵鲜花，来为我们的草原增加光彩……"我得意洋洋地坐在两个姑娘的中间，没想到那两个洋姐还不给面子，她俩故意绷着脸使劲地向两边歪着，沃先生看着后视镜里的我，捂着嘴直笑。汽车沿着公路，奔向二百公里之外的达尔罕草原去了。

　　出了城市，一路上车外的景色并不太好看。经过了几座光秃秃的

大山，就进入了丘陵漫坡的地形。这里地面的绿草稀疏，有人的村落很少，但是那密布于草原上的风力发电塔，倒成了整个白云鄂博周围的风景。沃教授热情地解释着："这里的风力资源充沛，非常适合风电的发展和太阳能……别小看三个叶片的风力发电机，那叫作不紧不慢，一天一万……元哪。"我整理着自己的思路："按照法国国际刑警中心局的任务，我应该做的是把她逮捕，回去交给局里……可是按照公主要求，是找到那两种特殊的能源石，还有外星人留下的什么计算公式……看来埃丽娜也是在寻找和我一样的那几样东西，那……就先完成这一项，再想办法把那个魔女抓住。"我正想着呢，沃先生扭过头来对我说："唉，我们这里是内蒙古西部地区，是典型的内陆地区，降雨量非常少，一年还不到二百毫米……主要降雨的月份还在下个月，就是七八月份。"沃先生坐在司机的旁边，看着外面的景色，叹着气给我解释着。听他说，内蒙古的草原由东向西分为四种，"呼伦贝尔是草甸草原，锡林郭勒是典型草原，我们这一带是高寒干旱草原，而鄂尔多斯和阿拉善是荒漠草原。总之越往东雨水越丰沛，植被越好。"

汽车行驶了将近一个小时，我们进入了达尔罕草原，这里是漫坡丘陵地形，虽然草长得不高，可一群群绵羊在慢慢地移动，天蓝得就像洗过了一样，那飘着的几朵白云也像刚刚敲打过的棉花（应该说是弹过的棉花），洁白而蓬松，让人感觉心里非常舒服。看来沃先生提前作了安排，我们刚下车，就来了一队骑马的牧民，他们下了马就拿出蓝色的哈达，端起手中的银碗向我们敬酒。我一看，身边的露西亚和伊娃都接过了酒碗，就小声用法语说："少喝点……这可是高度白酒，是中国的伏特加……"没想到，她们两个一仰脖，那一银碗白酒就喝到了肚子里。我再三磨蹭，终于用嘴唇沾了一下就对付过去了。牧民把我们领到一个大蒙古包里，那里面摆了三张圆桌，已经有一些早到的外国旅游者，坐满了一张桌子。我们围着坐到另外的一张桌子上，大家这才注意到桌子上面，已经摆满了当地牧民的食物。"这是奶豆腐，牛肉干，炒米，奶皮子，中间的是奶茶……"照例是沃先生用英语为我们讲解，伊娃不停地问这问那，她一会儿讲英语一会儿说法语，弄得知识渊博的沃先生也总是卡在那里："密斯……What did you say?（你在说什么？）"主人端来了烤羊背，还有什么血肠、肉肠、羊肚、羊肝，紧接着又端上来手把羊肉，我看着满桌子的美食感慨着："蒙古民族豪爽，慷慨大方真的是名不虚传哪……"这时候露西亚在桌子底下用腿碰我，那腿还微微地抖动着。我以为她又在玩儿什么花样，反正就是不理她。那姑娘也真下得去手，在我的大腿上使劲拧了一下，疼得我差一点跳了起来："你……"我瞪着她本来想来一句"You're crazy!（你疯了！）"可话到嘴边一下子就停在了里面，露西亚用激动的眼神，示意我看另一张桌子，我一抬头："啊，埃丽娜……"那个美丽的女魔头也不化妆了，我看了一下，她的代表团大概有十个人。三个西装革履的美国男人，还有六个年轻蒙古人。两位学者模样的中国人，正在笑容可掬地向埃丽娜介绍着什么。沃先生看着我注意另一桌的人，就对我们说："这些是美国地质学会的专家，来中国就蒙古高原的地壳变化进行学术交流的。"看来埃丽娜去呼和浩特是预先安排好的，我心想："真是强大的 BLUE 啊，一到中国她倒变成地质学专家了……"埃丽娜可能早就发现我们了，她的眼睛故意不看我们这一桌人，我狠狠地盯了她几眼，心里说："这是个心如蛇蝎的女人，她的心里一定不会想什么好事。"吃完饭，沃教授带我们去看岩画。我好像随便地问了一句："那个美国代表团……他们是……"沃教授："哦，那些年轻人是外蒙古学地质的大学生，听那位地矿学教授讲，美国人要直接去白云鄂博主矿，看一看就回去了。"我想："埃丽娜可没那么简单，她来这儿是有目的的，那些外蒙古的青年人……大概是她雇用的打手吧……"

广阔的乌兰察布大草原上，岩画分布得特别广泛，在周边的一些

地方和南边的阴山山脉，都曾经发现大量的草原岩画分布。沃教授对我说："据不完全统计全旗共有岩画一千九百一十处，三千四百多幅。"我们来到一个低山丘陵的顶部，在避风向阳的崖壁岩石的光滑岩面上，看到了岩画。它们的面积大小一般不超过三平米，小的只有两英尺不到。"这些岩画的年代……大约至今五千年至一万五千年……"这一时期的岩画主要记录描写人类的劳动对象，也就是说人类主要食物来源——野生动物。很明显，大角鹿就是当时人类的主要狩猎对象。我对沃教授试探着说："我记得墨西哥的岩画，有许多的奇怪的符号和计算公式，那里的印第安人也和蒙古民族有血缘关系，我们这里遇到过这样的情况吗……"沃教授想了想："岩画在附近有几处，听说在后沟里还有一些，因为被水冲刷的原因，很多不清楚了……"我向沃教授提议："能不能到后沟里看看，那些不被人们关心的岩画……"他点了一下头说："我们看完这几幅就行动，这个岩画很有价值，可以清晰地看到用弓箭射杀猎物的场面。旁边这个呢，是有人在用弓箭朝天射飞禽的画面。"沃教授对我们三位法国来的客人说："从岩画中我们可以看出，人类进步与历史变迁的痕迹。草原岩画就是这样从简单、幼稚、具体到复杂抽象，是美学艺术进步的历程。"

后沟距离白云鄂博镇不远，在它的北面，那里的丘陵山有好多。我们来到山沟里，这儿也是沟壑连绵，随处可见那些散碎的黑红色的铁矿石。两位美女默不作声地跟在我的身后，大概她们对埃丽娜的仇恨还没有释放完。我故意地问沃教授："教授，白云鄂博在历史上记载过陨石坠落吗？"他想了一下："没有……""那传说呢……"他摇了摇头，"没有什么……记载。"我接着问："这里稀土矿的形成，难道没有外力的作用？像蒙古高原是一千万年前造山运动而隆起形成的，可是白云鄂博这个极小的地方，积聚了巨量的稀有矿物，难道没有一个合理的解释？"沃教授盯着我看了好一阵儿，"布里斯先生，你的说法我第一次听到，不过它的形成……到现在一直没有定论啊。"

草原上风干燥得很，六月的太阳还特别的晒，我们在沟里走着，尽量找着有阴凉的地方走。虽然伊娃和露西亚都是警官，但是在异国他乡，加上那个凶神一样的埃丽娜还在不远的地方，她们还是有些紧张。两个人几乎紧紧地挨着我，还拽着我的两只胳膊，弄得沃教授都不好意思向我这边看了。伊娃眼尖，她看到一块一米见方红黑的石头上，有很多刻画的痕迹，就对我说："博士，快看那边……"这句话是用英语讲的，沃教授惊奇地看着我："这个年轻人还真是专家……你到底是干什么的？"我笑了笑，"她们总是拿我开玩笑，你看……"我蹲下来仔细打量着这块大石头，仔细看那上面的笔画和甲骨文极为相像。"哦，这可不是岩画，只是字太小……"沃教授回到汽车上，把自己的手提包拿了出来，"我这里有笔和纸……这些沟壑是后来渐渐形成的，这块石头显然是从上面掉下来的。这里的岩画经过鉴定，有的已经是一万年左右……"我看到沟沿上有被风化的砂岩，那一层层的样子，就像孩子用泥摞起来似的，造型各异可以任意由人去想象。我蹲在地下仔细地分析着，眼前密码一样排列的笔画："主要字体结构是一样的……一万年左右……甲骨文是八千到……五千年前……难道甲骨文也是由外星人带到地球上来的？"这个想法一下子激起了我的情绪，我伸手就向沃教授要纸和笔："快，我要纸和笔。"就在这土沟里坐下来，认真地分析那上面的意思。两个美女也不管沃教授看惯看不惯，搂着我的脖子，用脸在我的脖子和耳朵上，蹭来蹭去。我使劲晃着肩膀，"唉，真受不了你们，能不能别闹了……啊？"那个为教授开车的朋友悄悄对沃教授说："国外不也是一夫一妻制吗，怎么这个年轻人娶了两个老婆？你看她们腻腻歪歪的样子，真叫人看不下去……"

　　石头上刻的那些笔画，显然是述说一件事情，因为我已经知道一万年前，在这里曾经坠毁过一艘巨大的飞船，燃起的森林大火整整烧了几年，把方圆几千里的植物都烧光了。所以沿着这个思路去揭开

笔画的意思，"好家伙，这些笔画就是甲骨文，用它们表达的意思是这样的……"我沿着土沟寻找，又找到第二块大石头，它们上面刻画的内容并不能连贯起来。我交代给两个女助手："把石头上面的笔画全拍下来……"然后按照我所掌握的甲骨文知识，拼接着翻译那些一万年前外星人的文字。同时我把公主给我的"权杖"启动了，它会自动把这一切传回叠加中心，那样公主就会掌握我的情况了。沃教授一声不吭只是看着我，他心里大概开始怀疑了："这几个人绝不是什么旅游者……看那个年轻人的样子，他懂得的太多了……很可能是些外国的古迹盗窃者。"沃教授为了稳住我们，还像原来一样的热情，可是他悄悄地把那位开车的朋友，打发到白云鄂博镇里，到公安局报告去了。

这些甲骨文（只能暂时这样叫了）所代表的文字含义并不丰富，我只能从字面的组合看出很少的内容：巨大的爆炸……悲伤……几个城市的毁灭，我们星球的毁灭……我能感受到："这是那些残存的外星人的悲哀……"我忽然觉得屁股硌得难受，就起来挪了个地方，回头一看刚才是坐在一块石头尖上。伊娃也是没事干，就捡了一个片状的石板扣那块小石头，没想到那竟然是埋在沟里一块很大的石头。"挖……快挖……"我们三个人费了好半天，终于把有字的那面弄干净了。我拿出自己的手机照着，就看到那上面有一个类似于伸着两只臂膀旋转着的旋涡，周围点着许多的麻点。在边缘的起点上有一条直线，从左臂膀的顶端到另一端也就是右侧臂膀的尖端，整个是条贯穿着的直线，但是在过了中心点右侧二分之一的直线上，被刻出了一个爆炸点。我马上明白了："这就是地球的位置，也是外星人坠落的地点……"大家都知道，我们的银河系是一个长条，像河流一样的星系。其实我们是一个螺旋形状的星系，是一个有着中心旋棒的星系。银河系有两个主要的旋臂，在这广袤的螺旋结构里，银河系的宽度大约是十万光年，地球的位置距离星系中央，大约两点五万光年，应该就是在银河系中心一侧的二分之一位置上。所以这块石头上所标的星象图，很清楚就能让人明白它的意思。我自言自语地说着："哦，他们是从另一侧旋臂的端头向太阳系这一侧的端头前进，这要有十万光年的距离……他们的飞船要有多快的速度啊？"

　　我的脑海里又产生了已经看到的那种景象："在浩瀚的宇宙里，在银河系另一个端头星球上的外星人，他们生存的星球已经出现了异常，很快就会被毁灭。那些外星人，制造了一个新的替代星球作为基地，还有十几艘巨大的用于移民的飞船。他们要迁移到银河系十万光年距离的另一端，因为外星人已经仔细地计算好，在那里的小星系有适合这些外星人生存的一切条件。他们经过计算，银河系将于五十万年之后，被自身巨大的黑洞所吞噬。这些外星人之所以选择在银河系的边缘，是为了能够在这个星系出现情况后迅速地逃向银河系之外的星系……可是，地球利用自己的引力，捕捉到了他们的基地——就是我们现在的月球，于是那些能容纳几十万外星人和几亿吨物资的巨大的飞船，就纷纷地在与地球引力的搏斗中，一个个旋转着在地球轨道上被燃烧毁灭了。还有一个飞船燃烧时坠毁在地球北部的白云鄂博，于是那里就有了储藏近亿吨的稀有金属。"我想起还有一艘没有坠毁的飞船："哦，有一艘飞船没有坠毁，后来降落在地球上的好几个地点，像现在墨西哥的尤卡坦半岛、中国的黄河流域、非洲的尼罗河三角洲，最后来它来到了白云鄂博……外星人处理了一些事情，后来又飞走了……直接飞到了月球……啊，月球是他们的基地呀。"我站起来激动得身体直哆嗦，对露西亚和伊娃说："这些岩画证明了，这一切都是真的……绝对是真的。"伊娃过来摸了摸我的额头："长官，你是不是发烧了？……不对。梦游呢？……也不是。"露西亚把我的手拿起来，把她的脸贴在我的脸上，"没有发热呀……哎，哎……博士……你……没事吧？"

第十章

晴天霹雳

　　恐惧与可怖都隐藏在表层底下，在我们心灵的深处。你们碰到深层精神，就会感到那冷酷，并为那痛苦叫嚷。深层精神与钢铁、火焰结合，你们害怕深层也是对的，因为他确实充满恐惧。

——荣格《红书》

洞中谍影

　　太阳还在头顶晒着，我们顺着浅浅的后沟向前走，边走边找这种带着文字的石头。沃先生话少多了，只是默默地跟在后面，他的眼神非常奇怪，看着我一边摇头一边笑。沿着山沟拐弯向前，好像前面也有人的声音，我们越向前走，看到两旁的沟坡就高了许多，我还想："别看外面的山都是丘陵漫坡，可这沟里的深度有几十米高哪。"我仔细地观察着，这里的沟壁全是巨大的石块，在一些宽的地方，真有些开天辟地的感觉。两侧陡峭的石壁，就像我在安徽黄山看到的那样，都是些黑颜色像刀切一样整齐的石壁。几十米的距离竟然没有一条石缝，都是完整的褐色石头。露西亚和伊娃议论着："这儿好像是把一座石头山，完全埋在地下了……"沃先生这时插了一句："铁矿主要是在地下浅层，所以露天开采。我们在矿山的北面，距离不太远。按照现在的矿山采掘速度，要不了多少时间就会把这里挖光的。"我们边走边说，忽然听到露西亚和伊娃招呼着我，"看看……那上边……"我顺着她们的手向上看，嘿，就在上下大概都有十五六米半山的地方，那里有个洞……洞口黑黢黢地向里面缩回去，能看到洞口的石壁上刻着密密麻麻的符号。我看着沃教授："先生，有绳子吗？"他惊奇地问："怎么……你要上去？这太危险了……"我坚定地说："我还是想进去看看……"沃先生想了一下，"来吧，我们必须走到上边，先到沟口再说。"

　　我们走到沟口，迎面碰到教授的朋友，我看到他俩用眼色交流，最后他的朋友摇了摇头。我们回到后沟的沟口，能看到南面露天铁矿

挖掘出来的矿石堆积出来的巨大山岗。我们沿着石沟走到发现洞口的
位置，能看到埃丽娜"地质代表团"的考斯特中巴车，停在离丘陵山
不远的低洼的地方，几个人在车前抽烟聊天。我们来到洞口所在的位
置，找了一根粗木棒，用石头使劲砸进地上的裂缝里，把从汽车里找
到的牵引绳一头拴在木棒上，另一头拴在我的腰上。我对沃教授和伊
娃、露西亚说："你们等着，我就到洞口看看那些岩画就上来……"
两个姑娘说什么也不让我下去，就这么僵持着，忽然沃教授对两个女
孩儿说："我们一起去，这个洞口大概没有人进去过，说不定真能找
到什么……意外呢……"我慢慢地顺着石壁下到十几米的洞口，口开
得很大，依我看是两座石山的缝隙，被积年累月的沙土掩埋形成的。
我用双手把沃教授接了下来，帮助他把腰上的绳子松开，我俩蹲在洞
口，仔细看着两块大石头上的奇怪字体。"告诉我，你是研究什么的？"
沃教授跟着我下来，原来是要问我这句话。"我是学医学的，业余喜
欢甲骨文。这些岩画、文字与甲骨文，有许多相似之处，我就是想看
看而已……"能感觉到沃教授长长地出了一口气，"小伙子，我看你
不像是坏人，可你又懂得那么多……我真的有些不放心了。"我用手
机把那些刻画的东西都拍了下来，到了最后下面的一段，那些文字加
上象形文字好像意思是："族人尸体……堆积……"我明白了，这里
曾经埋葬了那些外星人的尸体。"他们的尸体……说明这些外星人，
是有机和无机的中和体，他们还具备有机动物的特点，但是要比我们
现在的地球人，进化的过程已经超过了几千倍。"我把那里的意思讲
给沃教授，他"啊……"了一声，"你说什么？外星人的坟墓？"我
想了想："堆积地吗……也可以说就是坟地。"沃教授有些好奇："他
们会是什么模样？"我笑了："上万年了，地球的分解能力很强，不
会有什么遗留物的。"接着我把手机的照明灯打开："走吧，我们到
里面看看……"

　　顺着洞口往里走，两侧都是冰凉的石壁，刻满了各种奇怪的文码

和岩画，"是在计算什么……"我用手机仔细地拍着照，沃教授用手电给我补着光，还问我："这些不认识的东西……有价值吗……"我们感觉越往里走空间越大，忽然后面的沃教授使劲拉住了我，喊着："小心……"我这才发现一只脚已经悬空，只要迈下去那就不知道结果了。沃教授用手电向左右和上下照着，看不清它的边缘和深度。原来这是一个巨大的洞穴，根本估计不到它有多大的范围，我们恰好来到了洞里面突出的一个悬崖边上。向下去石壁有很多突出的石头，可以攀登着向下走。"我们还是回去吧，这儿……太危险。"我对他说："这样吧，你等着我，我下去看看就上来。"沃教授把手电递给我，我随便照了照："……你看，那里有人走下去的痕迹。"真的，仔细看看，这些突出的石头就是一个个台阶，那上面还有踩过的痕迹。可能是我的勇敢感染了他，还可能是好奇心驱使，总之那位沃教授也跟在我的后面，慢慢地向下走了。我心里数着数："一千块……两千……二百……"因为得背着身子手脚并用地向下走，所以人特别容易累。我听着头顶上沃教授的喘息声，心想："人家是四十多岁的人了，千万别累着……"正好感觉脚下有一个宽阔的地方，我低头用手电一照，"嘿嘿"，原来到了一个平台上，向左面转过身，就是一个一人宽的大斜坡，可以轻松地慢慢向下走了。我拿手电向上照了照，"大概下来有三百米吧……"

　　沃教授可真的累了，他坐在石台上喘气，我转着身子看着黑黢黢的四周，忽然我看到对面远远的石壁上，好像有很多的红灯、绿灯、黄灯闪烁着，也就五秒左右就全没有了。我拿手电筒照着那个方向，因为距离太远，只见一个雾蒙蒙的光柱向前看不到任何东西。我使劲地揉着眼睛自言自语地说："眼睛花了？……不对呀，还是什么都没有，就是眼前的幻觉……"沃教授奇怪地问我："布里斯先生，你看到什么啦？"还没来得及再仔细地看看，就感觉到一股股浓烟呛鼻子辣眼睛，我一边咳嗽，一边擦着眼睛，另一只手牵着沃教授，又摸黑向下

走了几十米，这才感觉到我们来到了另一个洞里。

原来这里有人用柴油点着火把，那些油烟呼呼直往上边冒，把眼睛呛得都睁不开了。火把把洞穴照得贼亮，能听到女人说话的声音："You're ruined everything！（全都让你搞砸了！）"感觉到她非常生气，下面的人都不吱声。过了一会儿，她又语气缓和地说："You shouldn't have done that……（你真不应该那样做……）"原来他们围着一个躺在地上的人，这个人就是开中巴车的司机，进到洞里就不愿意向前走了，几个蒙古国的小伙子，三拳两脚把他打倒在地上晕了过去。我听出来那个正在训斥的声音："是埃丽娜，她怎么进来的？"我还在想着呢，下面的人忽然发现了我们，大喊了一声："上面有人……"几个文身的外蒙古小伙子，扑上来就把我和沃教授，拧着胳膊推到了埃丽娜面前。埃丽娜打量着我和沃教授，"你们是怎么进来的？"我仰起头来向上示意了一下，"从上面下来的，你们是从哪儿进来的？"埃丽娜示意那些人放开我俩，回过头也表示了一下："从下面……上来的。"看来这个洞穴有上下两个洞口，我走过去看了看，洞口就在外面的土坡上，就像一般的狼窝或者狐狸洞，一进来很小，可是旁边有个像是开凿出来的通道，爬上几块大石头，就进到了这个石头洞。这个石洞的石壁没有一块整石头，都是小块儿石头的裂纹，就像镶嵌在墙壁上那样平正，十分的好看。"这些人是什么人哪？怎么像是黑社会？"沃教授莫名其妙地问我。"你不是说……他们是美国的地质代表团吗？"我假装生气地把话给他堵了回去。这时候两个美国人把地上的人抬起来，向下面的洞口走去，几个外蒙古的小伙子，走到我俩的身边命令道："走，你带我们上去看一看。"我看了看埃丽娜："我们从上面下来，那里什么都没有……只有你们火把的油烟，要去自己上去吧。"埃丽娜笑了笑，走到我的面前拉起我的手说："皮特儿……走吧，你不知道我想你了？"我身后的沃教授大怒："好啊，你和这群人，原来是一伙的……"我张口结舌，忙分辩着："教授……

不是你想的那样……我……"到这个时候，真是有多少张嘴也说不清了。我忽然想起刚才看到的景象，"她在寻找的应该就是外星人遗留下来的能量反应堆……我不也是同样的目的吗？"

那些家伙押着我们，又回身向上走去，到了那个小平台上用火把照着，影影绰绰能感觉对面的石壁大概有好几十米远，再看下面就是一望无底的深坑了。我想着："这里的地形太复杂了……根本无法描绘。"这时，对面的石壁上又闪烁起来，那些彩灯就像节日里的花炮，只闪了几下就没了。埃丽娜激动起来："就是它……那个能量堆……找到了……"沃教授惊讶地说："啊……这是，是圣山的心脏吧？那个……古时候的传说，还……确实是真的！"我们所有的人静下心来，等着它的下一次发光，我把"权杖"悄悄摸了出来，看着时间，终于又看到那闪烁的彩光，我心里计算着："啊，每间隔十分钟它工作一次……"就在那个能量堆工作五秒的过程，我把它的所有信息都利用我的权杖——那个像小手机一样的仪器，接受并转发出去了。埃丽娜原来有一个功能极弱的"权杖"，后来被公主远程截断，破坏了它的内部自动爆炸了。我在使用权杖的时候，狡猾的埃丽娜悄悄地来到我的身边，她伸手就要抢，我转身一躲脚下蹬空了，就听到"啊……"的一声，人掉了下去。埃丽娜冷笑了一声，领着她的人，转身回到下面的洞里商量去了。

真是没有想到，我竟然被悬在下面那个巨大深坑的空中了，就像有人在用手托着我的身体。我可以像在水里游泳那样的漂浮翻身，"真的好神奇哟……这就是磁悬浮……啊"。在惊奇之余，我还是保持着镇静，我看到手里握着"权杖"的显示屏上，出现了极高单位的"高斯"（磁力单位）很快就转为"特斯拉"（高磁力的单位）标志，"哦，我是在地下的高磁场排斥下，而被抬起来了……"这时想起公主送给我的那条皮腰带上钉满了磁石，"噢，又是公主救了我……"我漂浮到了对面的石壁，慢慢地摸索着攀登，使劲向上爬去。我在美国的时

候一直练徒手攀岩，曾经还获得过比赛的名次，我摸到了石壁有一个凹进去的地方，我使劲地爬到了里面，这是一个浅洞，只是摆着那些能亮灯的东西。"嗯……它的大小是五十厘米见方，上下平面两侧圆咕隆咚的东西。"我摸着它是由十几个摞在一起的，摸着类似于金属做的外壳，在一面镶嵌着不知道是什么矿物，"这可能就是那些能亮起来的东西……"我使劲地摸索着，用手从里面把那些卡在架子上的东西，能掰动的都装到自己衣兜里。"看来外星人的东西只能得到这些了……"我一松手自己就掉了下去，接着又被浮在黑暗的空中。我大概确定了方位，咬着牙一下一下地向上攀登着，我大概用了一个小时的时间，终于爬上了那个一米见方的小小的平台，能听到下面的洞里还在议论着。就在这个时候沃教授走了上来。教授发现了我惊奇得正要说话，我连忙捂住了他的嘴，小声地说："不要发出声音……我从上面出去，你从下面的洞口走……"原来沃教授看到我被埃丽娜推了下去，他觉得问题非常严重，于是从洞口出去找到了开车的朋友，告诉他："我们的法国朋友被美国人推到深渊里了，你赶快去报警……不要惊动那两个女孩儿。"可是他的内心十分的难受，于是又回到山洞里，他想为我再悼念一下。没想到，这时候看见我爬了上来，为了不让埃丽娜他们产生怀疑，我让教授从下面的洞口出去，他点了点头默不作声地走了。我悄悄地向上攀爬，就听到那深坑里噼里啪啦地响了起来，当我又回到半山腰上的洞口，伊娃和露西亚早就急得在坡顶上团团转呢。我摇着绳子，要她俩把绳子解开扔下来，以免被埃丽娜的人看到，接着我顺着绳索滑到沟里，喊着告诉露西亚："让车到后沟口接我……"当我们回到包头的香格里拉大酒店时，已经是晚上九点钟了。

早上起来，当地电视台广播，"昨天夜里十二点，白云鄂博地区发生三级地震，距离一百八十公里的包头市区也有震感。震中在白云鄂博矿北面两公里，北纬……度，东经……度，地震没有影响到矿区生产和当地居民的生活。接着就是对白云居民的采访……"能看到矿区那一百多米的深坑里挖掘机在工作，装载一百吨矿石的巨大矿用汽车，在奔跑运输……记者们赶到现场解释着："在这个范围内，原来是海拔1680米的漫坡和沟壑，现在全部成为1000米的洼地……"我念叨着："后沟没了？……那些刻着外星人文字的石头呢？"我有些疑惑，"是不是那些设备爆炸引起的……"我拿出"权杖"输入了数据，叠加计算机马上连接了卫星，所有数据显示："在此经纬度，原有的异常射线已经消失，极弱的矿物反应在地下四千米。"我明白了："是我破坏了它们的设备，由此引起了保护性的爆炸，现在那些设备碎片已经被埋在地下四公里的矿石里。"公主启动了房间里的设备，她非常愤怒地问我："昨天你的旁边是不是埃丽娜，是她把你推了下去？"我回答："是的，是她要抢我的权杖，我随后掉进了深坑。"公主担心地问："那里的磁力很强吗？"看来公主已经大概了解了情况，我回答说："是的，我被悬浮起来，是因为我的高磁腰带是相斥的磁极……"公主长长地出了一口气，没有再说什么。我赶快拿出了昨天在外星人设备里，在架子上放着的东西，"公主，快看看这是些什么……"我的兜里一共有鸡蛋大小八块矿物晶体，分三种颜色——白、黑、绿。我把那些晶体一块一块地拿起来给公主看。她提醒我："用权杖照射一下，看看它的光谱……然后让超级叠加电脑中心来分析。"经过分析，白色和黑色晶体是和白云石、鄂博石成分几乎一样的矿物体，而那种绿色的矿物则没有参照物。"它的成分极像翡翠，可是硬度却超过了翡翠……"公主嘱咐我："一定要保存好，带回来我们分析研究。"我正琢磨着："这些东西怎么带呢……"我在礼品店买了一顶牧民帽子是羊皮做的，宽宽的帽檐两边还卷起来，戴在头上特别像美国的西部牛仔。我终于想了一个好办法，把它们用小网子兜起来缝在帽子上。直到我的手指被扎破了好几个地方，才算是全都弄好了。我揪了揪，嘿，还真结实。戴在头上特别好看，我给公主发了视频。

她给我好几个吻，连声夸道："帅，太帅了……我的王子。"

沃教授来了，他送给我三件小礼物，两厘米见方，黑、白、绿三种颜色，就是中国人喜欢的那种小方印。上面手握的地方刻着小狮子，神气活现地坐在一块方方的石头上，那样子真是玲珑可爱。"没有时间给你刻上名字……这就是我们当地的几种奇石——白云石、鄂博石和佘太翠。"我简直惊呆了，"这不就和我从外星人能量反应堆上拆下来的矿物晶体一样吗？"

包头机场是个年吞吐百万旅客的中型机场，虽然不大但是机场的设施完备充满着现代气息。我们在机场分手了，沃教授递给我一个名片，"有时间多联系……"我看到名片上写着"中国少数民族宗教文化学者——沃泽明教授"。他嘱咐我说："布里斯，昨天的事情我虽然没弄明白，可是我知道你是个好小伙子……"我想了一下，把自己的国际刑警证件，拿出来给他看了看，沃教授这才恍然大悟，握着我的手使劲地晃悠。开始安检了，我先走了进去，露西亚和伊娃每人在他的脸上，留下了一个鲜红的唇印，高兴得这位老学究不停地向我们抛着飞吻。

正邪搏杀

离开中国……追杀不断……新的成果……

北京三号航站楼，我们是 17 点 15 分中国东方航空飞巴黎的航班。露西亚看着手表："现在是上午十点，还有六个小时呢，我们亲爱的布里斯……怎么样，我们到哪儿去亲热一下？"这两个法国小妞，刚脱离了危险就又嘻嘻哈哈起来。伊娃嬉皮笑脸地看着我："要想不让我们说什么……那就请美女喝酒吧。"这一趟出门走得挺远，可是每个人就一个小拉箱。我们出了机场，就到了离航站楼很近的希尔顿酒店。放着轻音乐的一楼酒吧里没有客人，我们把拉箱放在旁边，找了一个角落坐了下来。露西亚挤眉弄眼地说："长官，你的钱那么多，就别太小气了……总是喝咖啡，能不能请我们喝一瓶……路易十三……啊？"你说她俩这不是蹬鼻子上脸吗？我心里想："见钱眼开的家伙，我的那些钱还要用来和公主结婚成家，用钱的地方多着呢……"心里再不愉快，在脸上也不能表现出来，我勉强笑着说："好吧，为了庆祝我昨天安全地回到人世，今天咱就喝一瓶好酒……"我这么一说，沙发上坐着的两个美女眼圈立刻就红了，"那时，我们好害怕……真的，担心极了。"知道她们是诚心诚意的，我的心立刻就软了："多好的姑娘们，买瓶好酒又算什么……"

我招呼着服务员，让他拿一瓶路易十三。小伙子看着我："先生……您要一瓶路易？"我知道喝酒的规矩，应该是每次几盎司慢慢地呷，只有中国人才一瓶一瓶地干，拿着洋酒当啤酒喝。那个酒吧的维特儿

看着我们三人，真的有些不敢相信。我心想："一会儿你就知道我的两个美女，是怎样喝酒了……"可是这瓶酒真带劲，把我们喝得迷迷糊糊，我感觉到三人的拉箱少了一个，数来数去一会儿两个，过了一会儿再看还是三个，我心想："这四十度的酒，比起中国的六十度白酒也不含糊……"再看那两个姑娘脸红得像大苹果，两个人叽叽咕咕地，也不知道在说些什么。我起身去卫生间，撒完尿走到洗手池那里洗手，忽然从身后来了两个大汉，我发现不对劲儿转身想躲，被他们一拳打中了鼻子就晕了过去。等我醒过来，发现有五六个中国人围着我，"你这是……"一个中国人告诉我："我们从餐厅出来，大家上厕所，一进来看到两个老外正在翻你的衣服，看到我们人多，赶快就走了……"另一个人关切地问："怎么，被坏人袭击了？要不要报警？"我仔细地检查自己丢了什么……钱包还在，警官证、权杖、手机都没有了，帽子被扔在垃圾桶上。我心想："没错，是埃丽娜的人，这些BLUE办事真迅速，他们目标准确，手段可真够黑的啊……"那些中国人看着我用凉水把脸上的血洗下去，这才离开。我把自己的衣服整理了一下，戴上帽子感觉到头上还是沉甸甸的，心想："愚蠢的美国佬，你们想找的东西，不就在我的头顶上吗……"回到美女身旁，她俩还在嘻嘻哈哈地笑呢，我看到三个拉箱都在，就把自己的箱子打开，发现里面被翻了个乱七八糟，也没有什么东西丢失，沃先生送给我的三枚印章还在。"你们看到是谁动我们的东西了？"伊娃和露西亚这才傻了眼，打开自己的箱子，她们的化妆品被散乱地倒在箱子里，本来整齐叠好的衣服，也被弄得揉成一团。那本警官证也没了。伊娃发现我的鼻子还在流血，着急地问："你的鼻子怎么了？"我轻描淡写地说："没事，刚才在卫生间碰到门上了……走吧，去机场。"我知道，权杖离开我，它就需要辨别身份，否则就会爆炸。"袭击我……会让你们留下教训的……"

原来，埃丽娜的人，看到我掉进了白云鄂博山洞那黑黑的深渊，他们回到下面的山洞里，商量下一步如何办。"如果警方来调查……那怎么办？""不如把那个老家伙也一并扔下去，这样就没有目击证人了……"埃丽娜摆摆手："不用担心，没有人能证明这一切的，我们还是商量如何能拿到对面的东西吧。"一个助手提示："使用带抓手的小型无人机……可这里是中国的内蒙古，去哪里找呢？"另一个人说："有了坐标就好办，我们先回到呼和浩特，等候从北京大使馆拿来我们需要的无人机，然后再继续行动……"埃丽娜考虑了一会决定："不，我们就在白云鄂博等候……乔治，你与中国方面商量一下，就说这个山洞奇特，希望能深入地了解一下，这也是我们两国学术界交流的机会。"这些人在白云鄂博的包钢矿区宾馆住下来，没想到当地警方很快就来调查了。警察们很客气地询问了一下洞里的过程，埃丽娜一口否定："这绝对是子虚乌有，我们只有美国代表团十人，还有中国方面的两个地质专家，一名翻译一个司机，您说有人报案……我们不知道这是为什么？"警方到现在也找不到报案的人，于是决定第二天白天再来了解情况。埃丽娜安排那六个外蒙古的雇用人员，连夜离开白云鄂博，"先回去……有事会通知你们的"。

真没想到在夜里大家被地震晃醒了，出于对地震的恐惧，连夜坐车赶回了呼和浩特。当看到早上的电视新闻，埃丽娜才知道，她运筹的计划全都泡汤了。"什么……地震？那个洞塌陷了？"埃丽娜马上与BLUE中国情报官联系，要求立即提供卫星资料。十几分钟以后，卫星照片和数据就到了埃丽娜的桌子上。照片和数据显示："就在主矿后面一公里的后沟，塌陷面积约一平方公里，实际震动地点距地表为一至四公里，是小型爆炸的结果。"埃丽娜真是气得七窍生烟，这个从不吸烟的女人，也拿起别人的雪茄使劲冒起烟儿来。忽然她觉得那三个法国人的出现很奇怪："本来觉得他们是找我来要那件蒙古公主衣服……或者是为那些死去的人做调查，可他们竟然假装不认识我，说明他们来白云鄂博是另有目的。那个华裔法国人皮特儿出了事，

他们的车子竟然开走了？有人报警，却又失踪了……这里一定有什么蹊跷。"埃丽娜知道，电脑骑士开发了很多的科技手段，"他们一定也对这里感兴趣，弄不好，那个皮特儿已经到手了所需要的东西，为了不让我得到炸掉了山洞。"埃丽娜带着所有的人，迅速地赶回了北京，她从旅客名单里发现了法国人的行踪。"马上派人找到他们所带的东西，然后干掉那个叫皮特儿的男人。"可巧我们三人到了希尔顿饭店，这可是他们的好机会。几个美国人利用酒吧的维特，把我们的箱子都翻了一遍，然后在卫生间里袭击了我，要不是进来了六七个中国人，他们可真是想要我的命。虽然他拿走了我的证件和重要的"权杖"，能想到埃丽娜一定不会惊奇，"我原来就觉得这个小子有些来历不明，果然是法国的警察。"接着她轻蔑地说："几个法国国际刑警，想和美国情报机构较劲，吃亏的肯定是他们……不过看到他们的高兴劲……有可能那东西还在这几个人的手里……你们注意，到了飞机上，还是有机会的……千万不要错过。"

　　登机了，这是中国东方航空公司的航班……波音777-200大型客机，能坐三百五十多人。我们是普通舱，在路过商务舱的时候，又看到了埃丽娜一伙人。埃丽娜那双美丽的眼睛，凶狠地盯着我们，大概惊奇之余还有愤怒和遗憾在里面。我嘴角上带着讽刺的笑容走了过去，用眼角的余光发现她忽然眼睛一亮，还向邻近的一个人指指点点。我还看到几个美国人中间有一个左手包扎着，可是那纱布还是不断地向外渗血，看来是少了几个指头，一只眼睛也蒙着，大概是被爆炸的"权杖"伤着了。我在心里高兴地说："叫你对我发狠，这下子尝到甜头了吧……哈哈哈。"我们的座位在经济舱，我琢磨着："这倒好，到了巴黎以后，看我怎么收拾你这几个……你这个昂格鲁撒克逊……"我嘱咐露西亚和伊娃："我们回巴黎要飞十个小时，这趟航班不会平静的，你们可要提高警惕。"航班上的人很多，我们三人原来都在靠窗的位置，我觉得那样太危险，于是把座位与一些旅游团的人交换，调整到中间五人挨着的大座上。露西亚坐在中间，我和伊娃挨着她坐在两边，外面各有一个乘客挡着。她俩总是改不了逗嘴的习惯，露西亚高兴地说："伊娃，这回你知道长官的心眼偏向谁了吧……把我放在中间还靠着我，你以后就别和我争了……哈哈哈。"伊娃自然不服："外出的时候，夫妇总是把孩子放在中间，我们这是家庭式……你在我们的心里就是个孩子，不信你看……"她把手从露西亚背后伸过来揪了揪我的耳朵，"看看……我们这就亲热啦……"我嘱咐两个美女："别闹了……这样坐安全，美国人是进攻型的，我们要保护好自己，小心被他们各个击破，远离他们……不然就会吃亏。"伊娃小声地问："能不能向飞机上的安保人员出示我们的身份，要求他来配合我们……"我无奈地摊开手："我们的警官证全被别人偷走了……怎么表明呢？现在只能自己提高警惕，每个人值班三小时，你们先睡吧……"

起飞已经五个多小时了，人们大部分已经睡着了，机舱里的灯很暗，我想了又想，"看来埃丽娜不甘心，她还在找这些晶体……看来她认为是我得到了……不行，我得变化一下。"我把帽子从座位底拿出来，把那些鸡蛋大的黑、白、绿色的石头，一个个地抠了出来。然后把我兜里的纸巾叠起来，团成小团放进网子里，"嘿，你们要帽子的话……就送给你们吧"。我把那八块儿石头，掖进了座位底下救生衣的里面，然后睁着眼睛观察着舱内的动静。忽然发现一个身材高大的人，在挨个地翻看我们两侧头顶的行李箱。我心想："噢，他们开始行动了……"今天虽然戴着那顶牧民卷边帽上飞机，但是我没有把它放在上面的行李箱里，而是找了个袋子把帽子放进去，然后掖到自己的座位下边了。我在黑暗里捧着航空杂志，假装在浏览，可是一直紧盯着那个大个子美国人，"你们除了帽子……还想要什么？"看来他们是有目标的，翻了半天什么都没有找到。那个大个子开始在我们的旁边徘徊，我马上按了呼叫灯，空姐走了过来。我又是要咖啡又

第十章 晴天霹雳

是说头晕，总之找了很多的理由和那个服务小姐交涉，大个子看到我警惕性很高就悻悻地走了。我看着他离开我们，随后进入了中间隔离舱的三个卫生间，很快又向后面走去，我看着他进了后舱的两个卫生间，但同样的是很快就出来了。他走过我们身旁的时候，正好空姐端来了咖啡，大个子还专门左右看了我们的座椅，扭身向前面去了。我考虑了一下，推醒了露西亚和伊娃，严肃地对她们说："美国人开始行动了，你们最好不要单独走动，去卫生间要两个人同时去，卫生间里的任何东西都不要碰。"你听听她俩是怎么回答我的："那我们总不能……站着解手啊……"我有些恼怒地说："不管你们怎么办，一定要听我的……"伊娃和露西亚点着头站起身来："我们现在就去……卫生间，行吗？"我点了点头她俩向后面去了，这时旁边的一位老人忽然挪开了他的座位，坐到对面去了。黑暗中有人一屁股坐到我的旁边，"布里斯先生希望您能配合，不然吃亏的绝不是我……"原来美国人对旁边的乘客宣称，有几句话要和我说，人家就给他让开了。"请问，您有什么事情？"我问他，他小声说："交出你在白云鄂博拿到的东西……""我没有拿什么东西，差一点就没命了，哪有心思再去取什么东西……""交出帽子……"我顺从的从座位底下揪出了那个袋子，拿出了牧民的卷边礼帽。"给你……还要……什么？"这时那个美国人用戒指上的尖角，向我的肩膀上扎了一下，我立刻感觉自己的意识有些不清楚了，当时只想着："什么都没有……没有。"他扶着我向前面走去，一个空姐问："这位旅客怎么啦？""我是他的朋友，他有些晕机……要吐，我们去卫生间……"

两位小姐从卫生间里出来，回到座位一看我不见了，这可就急眼了。她们把周围头顶上的呼叫钮都打开，几个空姐跑过来："怎么啦？出什么事情了？"伊娃喊着："17……17……我们的人失踪了。"17是法国的报警号码，就像中国的110，美国的911一样。客舱的灯被打开了，整个机舱都乱了起来，人们东张西望地议论："人在飞机上还能失踪？""那就快去找呀！"一位空姐着急地说："他的朋友……说你的朋友晕机要吐，就扶着到前面去了……"伊娃就像一头母狮子，她大声地吼着："我们就三个人，哪里还有朋友？"说着就跑向前舱，露西亚不像她那样冲动，而是叫上空姐一排一排地看着，她们现在已经明白了问题的严重性。等到她们在卫生间里找到我的时候，我已经人事不省了。飞机出现了人员的事故，机舱里一片混乱，机长开始广播："由于意外事件，飞机必须提前降落。已经与地面机场联系，在30分钟之后，我们将在塞尔维亚的贝尔格莱德机场降落……"

当时 LBLUE 人员把我弄昏迷，是想问我得到什么了，我一句一个什么也没有，最后他们才相信，"这个傻瓜的草帽里什么都没有，也许真的什么都没有得到"。不过，埃丽娜让那些手下用的迷药过量了，她心想："对于那个法国警察，他的死活就看上帝的保佑了。"这时机长宣布提前降落，可这个降落地点，把埃丽娜 BLUE 情报组织那几个美国人弄蒙了。要知道塞尔维亚是最恨美国人的，这飞机上出了问题，"还是国际刑警……"埃丽娜他们的身份，人家一查就明白，几个人嘀咕着："弄不好就会被扣押在那里，这可不是件好事……"埃丽娜下令："快，去把那个小子弄醒……"这时，那个大个子走过来，假装端详了一会儿："我看看，人怎么就晕过去了呢？"他摸了摸我的鼻子和嘴，不知道又涂抹了些什么，"没事的，马上就好……"我这才慢慢地苏醒过来。空姐对伊娃和露西亚说："最好到后面的空座去躺一躺……"我脑子里全是那个救生衣，喘着气说："不，我还是回自己的位置上去坐……"经历了这场危险，两个女孩儿再也不敢离开一步了，可是她们两个人的手和胳膊，忽然起了很多的水泡。我有气无力地说："你们不听我的话，一定是用了盥洗室里面的东西……"露西亚嘀咕着："就在里面用那瓶洗手水，冲了一下自己的手啊。"伊娃今天可是特别火暴，她一下子站起来，"我就不信她埃丽娜，不怕我揭她的老底……"两个女孩儿"腾腾腾"就跑到商务舱去了，她俩走到埃丽娜面前，伸着胳膊对女魔头说："埃丽娜，除非你把我们的问题马上解决，否则我会立刻让机长把飞机降落在塞尔维亚，你们一个也跑不掉……"中国人有一句俗语："神鬼怕恶人……"伊娃和露西亚这么一闹，埃丽娜和那几个 BLUE 特务真的害怕了，她知道这两个女人是法国国际刑警，手里大概有她的犯罪证据。埃丽娜看了一眼旁边的部下，他取出了我们三个人的证件，还有一瓶类似擦手霜一样的东西，默不作声地递给了露西亚。伊娃这才拉着露西亚，转身向自己的座位走去。她们听到埃丽娜咬牙切齿地说："那天……真该把她们全都杀掉。"

永恒计划

又是魔头……古堡试验……晶体光谱……能量理论

飞机降落在戴高乐机场，国际刑警巴黎中心局的警车，立刻围住了这架东方航空的客机。阿尔弗雷德长官在舷梯下迎接了我们，两个姑娘激动得像泪人似的，那四个美国人当着乘客的面被警察带走了。我把整个过程向长官作了报告，特别向他提出："美国人也在寻找这些晶石，电脑骑士们也急需进行分析研究，因为电脑骑士们具备最尖端的研究手段，我建议先将这些晶体交给那几个孩子开展工作。同时，局里应该尽快派人前来，把这三个电脑奇才保护起来……顺利地将这个案子结束。"处长想了一下，"好吧，就按照上次部长的决定去做吧。我要向内政部长讲一下美国人的事，然后再决定是否结案。"我算计着，由于现在还拿不出准确的证据，很快美国政府就会提出交涉，对埃丽娜几个人的关押不会超过一周时间，"要立刻提醒公主，小心防范这些美国 NSA 和 CIA、FBI（美国国家安全局、中央情报局、联邦调查局）特务的破坏……"

露西亚和伊娃回警局了，她们在那些同事和长官面前，没有嬉皮笑脸，面部严肃地对我行了一个举手礼，把手机留给了我，然后上了处长的车。我看到她们一到了车上，就开始晃动着胳膊，委屈地向处长申诉着。我不由得好笑："这两个姑娘，真是选错了职业，她们去当演员那该多好……"在机场我买了到梅斯的机票，因为是国内航班，巴黎机场安排坐摆渡车到飞机舱口。就在我要登机的时候，一个提着

箱子的人打着招呼跑过来："布里斯先生，您不认识我啦？"我一边上着舷梯，一面回头端详着那个男人，怎么也想不起他是谁。他自我介绍说："我是中心局海外小组的，前年你去南亚……就是关于银行的事……忘啦？"这些事情当然忘不了，不过……我开始警惕了，"大概又是埃丽娜的BLUE……吧。"我下意识地摸了一下腰里，心里想："噢，都在……"其实我是按照家乡长白山那些老人出门藏东西的方式，用一块宽布条，把那八块晶体卷起来弄了一个包袱在腰里一系，"嘿，谁也偷不走。"我礼貌地笑了一下，就再也不搭理他了，后来才发现那是个美国间谍，我的这个动作，让他们知道了我的东西藏在哪里。

在飞机上我只是自顾自地看着航空杂志，松弛一下自己的大脑，然后眯着眼睛想着："很快就要见到公主了……我的宝贝儿……真的好想你呀。"我在心里轻轻地说着："美丽的公主，我们很快就要见面了……我最想向你说的那句话就是……我们结婚吧。"飞机一个小时就到了梅斯，下飞机的时候，一位胖胖的中年妇女走在我的身后，她好像把脚崴了一下，把整个身子都靠在我的身上，我连忙转身扶起她，"您没事吧？"那位臃肿的太太连忙说了几声："对不起……"然后就抢在我的前面，急匆匆地走下舷梯。我闻着她的香水味……觉得好像在哪儿闻过，"好熟悉的味道……"忽然我有种感觉："不对，那个女人有问题。"我再一摸腰里的布条早就没了，于是大声地喊着："抓住她……快，抓住那个女人……她是扒手……"随后我从舷梯上一个跟斗就跳了下去，那个女人跑着跑着就变瘦了，原来她那是假胖，是用里面的塑胶衣服吹起来的。我的愤怒促使两条腿跑得飞快，三拐两转就扑倒了那个女人，把她手里的包抢了过来，我翻着那个包，看到了那条包着晶石的小包袱，用手捏了一下："八个……大小也对。"就在这时从候机楼跑过来两个警察，我出示了自己的证件，"国际刑警……"一个警察说："布里斯警官，把她交给我们处理吧。"我想了一下，"暂时交给你们羁押，三个小时以后国际刑警会把她带走。"

接着转身去行李提取处拿自己托运的行李箱。这个时候我给中心局打了电话："我在梅斯抓住了一个女人，请你们派人到机场警署接人，他们很可能威胁到那三个电脑骑士，希望能早一些派人到梅斯城堡。"我取出了行李以后，觉得刚才和那两个警员没有履行人员交接，于是拉着箱子来到了机场警署，我对当班的警长说："我是巴黎的布里斯警官，刚才交给你们的女嫌疑人，是个重要案件的参与者，我来办一下手续……总部很快会有人来带走她。"那位头发卷曲的警长看完我的警官证，奇怪地扬了扬眉毛："我们这里没有接到任何人犯啊……"我知道问题严重了："你们在机场巡逻的警察呢？"这时进来一男一女两个警察，"就是他们，这不，快下班了……"我这才意识到，"唉，又被埃丽娜的人欺骗了。"经过记录备案，我有些沮丧地走出机场，公主的人在门口等了我已经有一阵了。来接我的是两辆奔驰车，卫队长说："女主人和两个小主人都在忙试验……所以没来。"我上了车以后感觉到："今天好窝囊……又好失望。"我看着车窗外，塞尔河边沿途美丽的风光，都引不起我的兴趣。就在这个时候，我看到河的对岸，一辆汽车里坐着一个女人，她在向我招手微笑……那样子……我一下子愣住了："这怎么可能……那不就是埃丽娜吗？"我心里的懊悔就别提了："都怪我没有好好检查他们，那个被扣留的埃丽娜是假的，这些 BLUE 有了准备，提前把女魔头乔装替换了出来。"我一下子紧张起来："埃丽娜没有拿到晶石，她不会停手的。要马上告诉公主，那个女魔头埃丽娜出现了，一定要做好防范措施……"一想起公主，我的心就止不住地发慌，那心跳的声音自己都能听到。"是啊，离开了十几天，发生了多少事情，是爱支撑了我，要不我……"真的不敢想下去，我在心里念叨着，"快……快……见到我的宝贝公主……"

车辆把我拉回了梅斯古堡，出于对埃丽娜的防范，我下了车就对那个身体粗壮的卫队长作了安排："从现在起，对院子的警卫要加强，要用无人机监控方圆五公里的范围。每个通道都要有人，每层楼的楼

第十章 晴天霹雳

口要有人警戒。还要有两个巡逻小组，在楼里和院子里巡视。对任何人……听到了吗，是任何人都要仔细询问。"队长敬礼后安排执行去了，我转着身子也没有见到公主和两个弟弟出来迎接。自己就跑着上了二楼来到公主的房间，"怎么都是空的，人呢……到底是怎么回事？"这时房间里的电脑自动打开了，我看到公主躺在床上，她的头部和身上接满了各种电极和管子。能听到公主微弱的说话声音："亲爱的王子，别着急，我正在做细胞和分子的交换试验……因为一些实验材料的原因不能再等你了，所以从昨天我们就开始做了，这个实验到目前很成功……你放心吧。"我着急地问她："你在工厂……还是在古堡里？……我能去见你吗？"她摆摆头，"在楼里，到晚上就结束了……"我看到穿着一身密封工作服的酋长弟弟过来，他在视频里把自己的玻璃面罩拉了一下，招呼着我："王子……这个项目是我在操作你就放心吧……"

听到有人进来，原来是小弟弟奥勒流，他上下左右地打量了我一阵："还好，健康强壮……"接着向我索要那几块晶石。"皮特儿，快拿来那几块晶石，我要测试……"我连忙把布包里的白色、黑色和墨绿色的三种晶石，交给小奥勒流，他看了看手里的东西："听姐姐说，那个埃丽娜差一点就把你害死？所以姐姐就着急了，她要把实验做成功，让我们都变成生命永远不会终结的，有机和无机相结合的新的生命形式。"我着急地说："为什么公主要用自己……我们可以先用动物做实验啊？万一……"奥勒流看着我："姐姐的脾气你是知道的，她非要自己做第一个实验……放心吧，酋长会小心的。"

在这座楼里也有三姐弟的实验室，每个实验室门口都站着一个警卫。我随着小弟弟奥勒流来到了地下的光学试验室，他不断地测试着晶石的光谱，还给我解释着姐姐的实验的重要性。他说："爱因斯坦说过，有一种无穷无尽的能量源，迄今为止的科学，都没有对它找到一个合理的解释。这是一种生命力，包含并统领所有其他的一切。而且在任何宇宙的运行现象之后，甚至还没有被我们定义。"我知道这是爱因斯坦的名言，就接着小奥勒流的话说下去："我知道这种生命力就叫爱，当科学家们苦苦寻找一个未定义的宇宙统一理论的时候，他们已经忘了大部分充满力量的无形之力。"小弟弟看着我说："姐姐相信，她所拥有的爱（当然是两个弟弟和她的爱人），能够实现那个试验……的最终结果。"

我被公主的情感和勇气深深地感动了，我觉得开始能理解她了："一个十七岁的姑娘，她为了探索人类未来，愿意用自己的生命去做实验……这当然也基于她对爱情的信念是多么的坚定。"我小声背诵着爱因斯坦大师的话："爱是光，爱能够启示那些给予并得到它的人。爱是地心引力，因为爱能让人们互相吸引。爱是能量，因为爱产生我们最好的东西，而且爱允许人类不用去消除看不见的自私。爱能掩盖，爱能揭露。因为爱，我们才活着，因为爱，我们死去。"小奥勒流低着头，就像诗人那样接着我的话说："爱是上帝，上帝就是爱。这个驱动力解释着一切，让我们的生命充满意义。"我不停地给小弟弟讲我所见过的，那些外星智慧生命留下的东西，"那些闪耀着各色光芒的设备……"小东西用他黑黑的眼睛看着我，一会儿就弄懂了晶体的摆放，当他把三块颜色不同的晶体石头前后一致摆成一串的时候，新的光谱出现了，它的颜色是那十几种色彩的重叠。"是它……就是它……这就是地球上未知的光谱……"奥勒流看了看时间，"看来要明天开始做，姐姐的实验要三天才能见到效果，那时候我的能量棒也就准备好了。"我提醒他："这些晶体要保管好……""我会亲自锁到地下二层的保险室里。"

已经很晚了，酋长来通知我："皮特儿，公主姐姐叫你过去呢……"原来实验很成功，酋长激动地说："那些有机物的细胞和无机物的分子是能在一起共生的……公主体内的细胞和一些特殊的金属分子相融合，已经在她的体内发生了变化。"酋长领着我，来到了要

第十章 晴天霹雳

249

经过十道过滤方式的生物实验室，公主在床边上坐着显得非常虚弱，我内心充满了爱意，跑上前去抱住她拼命地吻她的脸和脖子："亲爱的，你……还好吗？"真的没有想到，公主缓慢地推开了我的手，皱着眉头说："浑身疼……身体正在变化……它们还在融合……"我爱怜地看着眼前的公主，"那……你……我们……会怎样呢？"公主微微地一笑："我们……你和两个弟弟……都会变成新型的人类，以后会有很多这样的人。"我忽然想到："那……那……我们的爱呢……能结婚吗？能有孩子吗？"这句话显然她没有考虑过，公主愣住了："怎么……性别的交往……还要重复过去的方式吗？"听她这么一说，我的腿一下子就软了，一屁股坐在地上，还自言自语地说："难道我们会变成中性人，无性繁殖……去工厂制造自己的孩子？"公主看着自己的身体对我讲："我们的器官会改变，会具有无机物的性质，我们的大脑也会变得更像计算机芯片，但是我们还是人类，只是使分子结构具有细胞的活力，细胞像无机物分子那样坚硬，生命是永远不会终结的。"看着她的样子，我担心地问："这个实验真像你说的那样，是成功的吗？"

250

第十一章

美女青烟

　　也许我们还没有准备好去制造一个爱的炸弹，一个能量满满的装备，来彻底摧毁能够导致地球毁灭的仇恨、自私和贪婪。然而，每一个独立的个体内在都带着很细微的，但有待释放的强大爱的发电机！当我们学会给予和接受这种宇宙能量的时候……我们就得承认爱能降服一切，爱超越任何存在，因为爱就是生命的精髓。

——爱因斯坦

惨绝人寰

身体的变化……管家卧底……女魔兽性……惨绝人寰

看到我那十分紧张的脸，公主低声解释说："这个实验是有根据的，物理学家研究了几百年，一直想找出这个世界物质的本质。当他们探索得愈深愈感到迷惑，人们简直无法相信，在物质的里面竟然什么都没有，物质的本质并非物质而是能量。能量交换是物质守恒定理的核心，水可以分解成氢和氧，而氢和氧又可以单独与其他的分子结合，就是通过能量交换而产生新的物质。"公主歇了歇接着讲下去："你的身体看起来好像是由固体物质所构成，而这些固体物质可以分解成分子和原子，但根据量子物理学，每一个原子的内部，有百分之九十九点九九九九是空的。它们只是以闪电般的速度，穿梭在这些空间中的次原子，其实就是一束束振动的能量。这些能量并不是随便任意振动，振动其实就是携带着讯息，整个讯息场会把讯息传送到宇宙，这就是量子场创造物质世界，也是我们所看到的实际的真相。"我又问公主："那……我们做完这个以后……还有其他的步骤吗？""最后一个步骤，就是能量的补充……就是产生震动场……"说到这里，她转过身来向一个视频问道，"奥勒流，你的工作进行到什么阶段了？"就听到小弟弟在说话："我正在切割晶体，制造光能棒。按照计算，这些晶体可以供四个人使用，它的光能棒产生的能量，可以供一个新型人类能量需求使用一千万年……"

公主说到这里喘了口气："王子，我需要休息……能扶我到房

间去吗？"我小心翼翼地扶着亲爱的公主上了二楼，这时管家在楼下晃了一下，我看着那个身影："怎么，有了新的管家？""是的，这么大的房子，是需要有人来管理的。"我不放心地问："可靠吗？"公主喘着气回答我："对他做了各种的检验，忠诚度达到百分之九十。"这时候我们身后大声响起了酋长的嘱咐："王子，公主身体正在发生质的变化，今天绝对不能喝水，我会检测她的状况来决定进行能量转换的进度。"来到她的房间，看到我们曾经爱意绵绵的那张床，再看眼前的公主，又想到她说的那些未来的事情，我茫然得不知道如何是好，只觉得心里一阵阵凄凉的酸楚。我把她扶到床上慢慢地躺下来，公主对我笑了笑："怎么，你的脸上全是忧伤……"我知道公主是性格分裂的人，她的智商高达二百六十，应该属于世界最聪明的那种人。但是她的情商相应的比一般人还要低很多，所以在她的世界里，科技发明和对未来设想几乎是她的一切。但是她不是没有情感，而是大脑在这方面所占比重太少了。我微微地点了点头，吞吞吐吐地说："我担心你的身体……会改变……改变到……"这时候公主叫我："王子，你来吻我……我想让你亲吻我……"我看着她的脸，已经没有了少女的红润，白皙的肤色慢慢变成了灰色。我知道那是分子交换的结果，她的身体已经开始向无机生物转变。"公主，我爱你……不管你如何变化……"我喃喃地说着，弯下身去吻她，立刻感觉她那原来火热的嘴唇此时冰凉得可怕，"你……这是怎么啦？"公主的眼睛冷冷的，大眼睛里大海般的蓝色失去了灵气，她的面部肌肉变得僵硬，舌头也开始直着说话了："不知道为什么……一下子就没有感觉了……可能，这是暂时的，随后还会恢复的……"

酋长和那个德国管家一起来了，我发现他在面罩下的脸，好像比原来多了几丝皱纹。他阴沉着，不知道为什么话变得很少，嘴里像含着东西那样对我说："王子，请先出去一会儿，我要给公主检查一下……"我心乱如麻地就走出了房间，在走廊里不断地踱步。脑子里还是在想："她怎么这么草率……真的不应该……连我都不等一下，就决定拿自己做实验……"我满腹忧虑地信步走下楼，来到了地下一层奥勒流的光谱实验室。不知什么原因门口的警卫不见了，我轻轻地打开门，看到小弟弟趴在地上，他的那些晶体不在桌子上，我猜想："应该是按照能量棒的要求切割后，已经放进了地下的保险库。"我蹲下来问："奥勒流，你怎么啦……"当我把他扶起来一看，他的眼睛凸出舌头外伸，这是被人忽然掐住了脖子，窒息以后才能出现的样子。我使劲地晃动着他，掐着人中大声地喊着："奥勒流……奥勒流……"最后我终于明白了："这个天才少年已经不在人世了。"我把奥勒流放到他的桌子上，正琢磨该怎么办呢，忽然一下子跳起来，"不好……公主有危险……"我像疯了一样地跑向二楼，在公主的房间里，她闭着眼睛静静地躺在床上，我凑到她的鼻子那里感觉还有鼻息，"活着……公主还活着……"可是她的手腕、脚腕和脖子都出现了紫色，枕边被水湿透了。我明白了："他们没有杀死她，是有人强制给她灌了水……这样公主的身体内部就会变形，人就会扭曲而死……这是在折磨她。"我不敢晃动公主，"解决这个事只能去找酋长……"我转身跑到地下室去找酋长，当我来到门前的时候，看到的是警卫被人用刀割断了脖子，实验室从第一道消毒的门到最后一个门都是开着的，酋长的前胸，插着一把美国海军陆战队那种带锯齿的士兵短刀，人已经死了，地上流了好大一摊血。一切都明白了，"刚才的酋长是假的……这一切只能是埃丽娜那个魔鬼做的……"

我把杀死酋长的匕首拔出来，擦了擦别在自己的后腰里，小心地把酋长抱到实验室的床上，给他盖好了单子。自己开始冷静下来，我拍着自己的脑袋，后悔得恨不得去自杀，"布里斯呀布里斯……怎么这样疏忽大意……放走了埃丽娜，给公主和两个弟弟带来了灭顶的灾难……我，我一定要报仇雪恨……"坐在那里我清理了一下思路："先去救公主，把她挪到一个安全的地方？不行，现在的公主绝对不能动一下。那……就出去召集卫队……新来的管家应该是 BLUE 的卧底……"我判断埃丽娜和她的人一定在地下二层的保险库里，她没有拿到晶体是不会善罢甘休的。"我必须调动自己的卫队，想办法把他们包围在楼里，再消灭……"

我听到外面走廊里有人，"不好，他们这是在找我……先躲起来再说。"我钻到了实验台下面的空当里，就看到有两个人走了进来，其中一个就是新来的管家。他们站在实验台旁边，一个人说："咱们先把尸体收拾好，不要让卫队的人发现。"就听到窸窸窣窣的声音，大概他俩把警卫的尸体拿什么东西盖起来了，然后又清理了一下门口。管家又说："现在最危险的是两个人，那个叫皮特儿的和卫队长。你去叫卫队长来这儿，就说管家有事要和他商量……去，快去。"我琢磨着："噢，管家还有帮手……"当他的手下出了门，我看机会来了，于是从实验台下面，猛然伸出胳膊抱住了那个家伙的双腿，手向里使劲，头向外一拱，就把他脸朝下摔倒在地上。没想到这个叫舒米特的管家手里还拿着枪，他抬手对着我就打了一枪，正好击中我的左臂，我扑过去用右手照着他的太阳穴就是一拳，那个管家立刻就昏了过去。我把他的双手双腿都用胶带捆起来，找出实验室里的医药箱，使劲地用绷带在自己的左臂上绕了几圈，算是包扎好了。这时候那家伙醒了过来，我用匕首压在他的喉咙上，"说，埃丽娜带来几个人？你是怎么把他们放进来的。"没想到这个家伙还真是个嘴硬的主，咬紧牙关轻蔑地扭过头去，正好把他脖子上那根动脉血管露了出来，这时候仇恨已经充满了我的胸膛，"好吧……这一切都和你有关，那就送你见上帝去吧！"我用刀"嚓"的一下就割断了他的颈动脉，那股黑血立刻喷满了我的脸上和前胸，管家挣扎了几下就不动了。我觉得还不解气，顺手把他的脖子又切了几下。说实在的，在这以前我从来没杀过人，虽然我是学医的，对人体的结构了如指掌，也解剖过死人，可是今天用起匕首来还是觉得有些手生。

我用袖子擦了擦脸，从台子下面爬了出来，捡起管家的手枪发现里面子弹已经打光了，随手就扔掉了。忽然走廊里又有了动静，"是那个卫队长被骗回来了……"我连忙手握着匕首站到门后等着他们进屋。能听到卫队长边走边问："哎……我的人呢？"那个 BLUE 特务闪烁其词地回答他："好像是小主人让他到楼下去做什么事……"城堡里的人称呼公主叫"女主人"，对酋长和奥勒流都叫"小主人"。卫队长将信将疑："……舒米特先生有什么事情要商量……"那个特务说："大概是卫队人员餐厅的事吧，我是个厨师说不清楚……"前面的几道检查门都打开了，卫队长疑惑地打量着，他用手摸着自己的手枪，十分警惕地侧着身子慢慢走进了实验室。卫队长到处看着，我在门后看得清楚，他身后那个假厨师已经亮出了手里的匕首，我立刻跳出来，从厨师的身后勒住了他的脖子，用那个短刀的刀尖抵住了他的心脏，"别动，动一下就让你跟着舒米特去吧"。卫队长一时不知道怎么回事，掏出枪来对着我和那个厨师："皮特儿，这是……怎么回事？"我愤怒地说："他们是奸细，是这几个人杀死了酋长和奥勒流……还有公主。"

报仇雪恨

库房灭敌……餐厅战斗……卫队长之死……面对恶魔

卫队长听我一说，那本来颜色很重的脸，因为愤怒变得更黑了。伸出大手把那个家伙揪过来，举起枪就要打死他。我连忙制止："不能开枪，还有人在楼里……留下他，了解一下外面的情况。"这个特务看到地上那摊血迹，还有被切断了脖子的管家，知道不说是不行了，虽然身体没有哆嗦，但是交代的那个彻底，就可以看出他是真的害怕了。"我、管家和另一个厨师，属于BLUE德国情报队的小组成员。一个月前接到指令，要求我们潜伏到梅斯古堡里，配合巴黎的埃丽娜小组夺取晶石，以及将公主和她的两个弟弟绑架到美国。"我急着问："那怎么会把他们都杀了……""是埃丽娜……通知我们说，总部改变了决定，要杀……掉他们。"我沉默了，卫队长接着问："你们一共几个人……我们在大门和走廊里都布了岗，你们那些人是怎么进来的？"厨师回答："巴黎小组五人，德国小组五人……加上埃丽娜是十一个。她对这座古堡非常熟悉，从前的马厩下面有一个逃生通道，是经过水池底下进入地下二层的。"卫队长这才恍然大悟，"怪不得，怎么一下子楼里就出现了那么多人。"我算计着："现在楼里埃丽娜还有九个训练有素的特务，而我们的卫队已经被杀了两个人，还剩下十八个人。"厨师指了指自己的兜说："埃丽娜已经下令占领整个古堡，我们都有这里的图纸。她已经要求消灭所有的卫队成员……让我把队长叫出来……他们就开始行动。"这时候听到几声枪响，卫队长跳起

258

来就要出去，我一把拉住了他："我们的人大概已经被他们暗算了，你不能去，咱们好好商量一下再行动吧。"我俩把那个家伙捆了起来把嘴也堵住，然后扔到墙角里。我摊开了那张城堡地图对卫队长说："我们在地下一层，BLUE的人应该在地下二层的保险库里，他们的人既然要消灭卫队，就要分开行动。"卫队长操着海外领地的那种法语："最合理的应该是分成三个三人小组，这样才符合军事要领。"我先把古堡的情况编了一个信息，发给了阿尔弗雷德长官，然后决定："地下二层的保险库，应该有BLUE的一个三人小组，我们先去解决他们。"下楼的时候，卫队长小心翼翼地问我："皮特儿先生……您以前一定是个出色的杀手，我一看就知道了……那两下子，可不是一般人能做到的……"我苦笑了一下，心里说："仇恨……只有仇恨，才是一个人最大的勇气。"

现在我们的武器是两把匕首一支手枪，还有卫队长腰上别着的一颗法国吕歇尔手雷。队长得意地说："这家伙，威力大着呢，是我在法国军队时留下来的……"我和卫队长分别在走廊的两侧，慢慢地摸到了地下二层。这地下二层走廊里没人，而保险库的门虚掩着，"看来他们打开了门，进入了保险库里面……"我们前后警惕地观察着，来到了保险库门前。队长身高两米出头，粗壮得就像一尊黑塔，一下子就被里面的人发现了。一个人用德语喊着："注意，来人了……"我使劲地推了一下那个粗壮的身体，他刚刚一闪身，"啪……啪"，就从里面射出了两发子弹。我示意着他吸引里面人的注意力，自己把门全打开，弯下腰来贴着两侧的铁柜子，从下面溜了进去。能看到有两个人站在靠门口的柜子两边，他们一个劲儿地催促身后，"你能不能再快一点……"就看到里面还有一个人正在一个保险柜前开锁，嘴里还用英语叨叨着："You're son of bitch…bitch!（婊子养的……贱人！）"我猜他一定是在骂埃丽娜，果然那个家伙又说了起来："哪有进门问都不问……就杀人的，现在可好……密码呢……谁知道

密码？"这个保险库是古堡主人两百年前设立的，一个方方的屋子，周围全是那些老古董的铁柜子，锁头古怪而程序繁杂，要是不了解的人没有几个小时，你是打不开一个柜子的。奥勒流把晶体放在了保险库，可是在那些柜子里面，又设置了新的隔层和保密装置。这些都必须有密码才能打开，否则就会炸毁里面的东西和击伤开锁的人。我摆摆手示意卫队长打一枪，趁着门口两个人又向门外还击的时候，从底下用自己手里的绳子套住他的双腿，使劲地把那个家伙放倒，接着跳起来骑在他的身上，挥舞着匕首就割断了他的脖子。那个家伙手里的枪在挣扎的时候，又连续打了几枪，子弹在保险库里乱飞，吓得开锁的人，躲在保险柜的大铁门后面不敢露头。另一个家伙看到他的伙伴被我杀死了，转过身来就打了一枪，我当时正好倒地向他滚去，也就躲开了子弹。卫队长趁机大步跨进来，一拳打倒了还在准备向我开枪的 BLUE 人员，用一只手又掐着脖子把他举起来，扼死了那个家伙。这眨眼工夫的变化，里面的家伙可吓傻了，他举起手来不知道说什么好，只是"啊……啊……"地喊着。我走过去把他枪套里的手枪，和身上的手机拿到自己手里，命令他："钻进去……"原来那个铁柜子右半边是一人高的空箱子，那个家伙战战兢兢地进去之后，我"嘭"地一下就把铁门锁上了。这时我看到地上有两颗六英寸的长钉，大概是那些 BLUE 开锁用的，我心想："这个东西也许能用上……"就把它们塞进了我左胳膊伤口的绷带里。然后对卫队长说："好……解决了三个，还有六个人……我们上楼去吧。"在我的心里，牢牢地记着那个叫埃丽娜的女人，"不管是不是触犯法律，我一定要杀死她，亲自为公主、酋长和奥勒流报仇……"

这个古堡的主楼是三层，加上地下两层共有五层。卫队长急着去查看他的人，"一定还有活着的，他们不知道怎么回事，正躲着呢……"而我决定："先上到三楼再往下走，用突然袭击的方式，消灭埃丽娜的有生力量。"说着话，我的肚子就咕咕地响了起来，这时才知道自己没有吃饭觉得很饿。卫队长也没有吃晚餐，我们决定先到厨房去找一些吃的来。厨房在一楼的顶端，我和卫队长悄悄地摸到了餐厅，从小门进了厨房。在冰箱里找到了两块大面包，两卷德国产的火腿肉。"就在这里吃吧，吃完了有劲儿，咱们再杀他们个回马枪。"那个黑大个儿说了一句就蹲下来，一口就咬下去半个面包，看来他也是饿极了。我吃着东西感慨着："这座古堡也太安静了，怎么连个清洁工也没有？"队长说："我们卫队进驻的时候，女主人（公主）就把所有的人都清理了，后来一直坚持不要外人，在附近聘请了一个中年妇女做保洁工。我们都建议她，古堡房子太多需要有人管理，这才又从河对岸的德国找了三个人，没想到他们竟然是来杀害主人的……"忽然听到餐厅里有响动，有人用法语讲："埃丽娜的命令，杀掉所有的人拿走晶体，然后放火把这里烧了。"另一个人琢磨着说："我看人……也差不多了，那些黑人被干掉了十几个，再也没找到什么人啊……""不对，管家说卫队的人是二十个，队长和那个叫皮特儿的国际刑警还没找到，这两个人必须要做掉。"有人问："晶体拿到没有？"还有一个人回答："那几个德国笨蛋，好像还没有打开保险柜……"我悄悄地对卫队长说："机会来了，这是 BLUE 的另一个小组……"卫队长点着头用手指着两边，我明白他是让我们分别负责左右。真是没有想到，卫队长向外面一伸头，就被几支枪顶在脑袋上，一个人伸手拿走了他的手枪。原来外面的 BLUE 早就发现有人躲在厨房里，他们大声说话就是设了个圈套。我仔细辨别着他们的声音，"应该是四个人……"卫队长像一扇大门，挡住了厨房到餐厅的过道。一个 BLUE 的小头目问他："你在里面干什么……"队长回答："我没有吃饭，来这里找些吃的……"又一个人在问："那个皮特儿呢？"卫队长平静地说："在楼上，有好几个人等我给他们拿一些吃的上去……"那个头目又问："舒米特管家呢？"队长对他说："他去地下二楼了，不知道干什么去了。"队长的手在背后一直在摆动，是要我藏起来千万别轻举妄动。在这种

情况下我只要发出一点响声，队长立刻就会被乱枪打死。我真的有些心急了："不能眼巴巴地看着卫队长被他们抓去……那，我该怎么办呢？"这时听到卫队长在说话："你们要抓皮特儿？只要答应放了我和我的人……就领你们去，保证抓住他。上面还有我的两个队员，他们会听我的。"卫队长显然说动了这几个BLUE特务，小头头吩咐说："巴西勒、巴蒂斯特，你俩跟我带着他上楼抓皮特儿，记住，只要死人不要活的，本沙明，你留下等着埃丽娜上来……"我知道那个黑大个是为了转移他们的注意力，领着那几个人上楼去了。我琢磨着："可是他怎么能逃脱呢……"餐厅安静下来，我探头看到叫本沙明的特务正在换手枪弹夹，这是我开枪的最好时机。不过，我想了一下："不行，那样卫队长必死无疑……"就在这个时候走廊里有人喊了起来："你要干什么……""别……这样……"紧接着"轰"的一声巨响，整个楼房都晃动了一下，"啊，是手雷爆炸！"我明白了，队长为了给我解围，用手雷把自己和那几个家伙都炸了。这一声爆炸，本沙明转身就向走廊跑去，我从后面"砰砰"两枪，就干掉了那个家伙。我飞快地跑到卫队长身边，只见地上躺着他和身边两个人，胸腔和腹部全是空的，早就被炸飞了，弄得走廊的墙上和房顶，全是血淋淋的五脏六腑的碎末。另一个在后边倒下的人，也被弹片削去了半边脸。我念叨着："卫队长……现在剩下我一个了……我要为所有的人报仇！"这时的我已经没有了悲痛的感觉，心里想的是："法国吕歇尔LU216手雷的威力可真大呀，到哪儿能再找一颗这样的手雷呢？"我沉吟了一分钟，"好，现在埃丽娜只有两个人了，让我来对付你这个……恶魔吧。"

我考虑了一阵儿，就用左胳膊受伤的手拎着枪，右手握着刀，慢慢地走上了二楼。这时候从公主开着门的房间里，发出了一个女人的声音："布里斯警官，等你好一阵了，还不来看看你的心上人……"我知道埃丽娜是个阴险毒辣的女人，所以心里提示着自己："提防她的每一个举动……记着，这个仇一定要报……"就大步走进了那个房间。迎面站着的埃丽娜背靠着公主的床，手里端着一杯水面对着我在微笑。"魔鬼，你还活着……"我用抖动着的左手慢慢地举起手里的枪，这时门后站着她的手下，过来拿走了我的手枪，抵住了我的后背喊着："都这样了还能开枪……快放下你的匕首吧……"我顺从地放下了短刀，仇视地盯着埃丽娜。埃丽娜皮笑肉不笑地说："真是英雄，我没有看错你，把我的人干掉了九个……虽然现在就剩下两个人，不过……你还是输了。"说着她转过身子看了看床上一动不动的公主，假惺惺地说："……你这是为什么？我们的目标是一致的……共同消灭电脑骑士这个恐怖组织。"我瞪着她说："你就是电脑骑士……那里一切的罪恶，都是你的杰作。"埃丽娜带着讥讽的口吻："谁能证明你的话？证据呢……证人呢？"我低下头来默不作声，埃丽娜对我说："怎么样？最后合作一次，帮我打开保险库里的柜子，我需要那几枚晶石……"我看着她："我为什么要帮你？""没有为什么，只有必须做。"说着她把手里的杯子举起来，向公主的脸上倒水，躺着的公主一阵剧烈的抖动，看到这个情景我的心都要碎了，马上摆手求她："别倒，别倒……我去，不要再倒水了……"

埃丽娜停止了手里的动作，接着把手中的杯子放下恶狠狠地说："知道你是个有情意的男人，本来这份情感应该属于我……"接着她掏出了一支小手枪，走到我的身边调侃着："走吧，美男子……"这时我使劲地攥了一下拳头，左臂的伤口上的纱布立刻洇出血来，我抬起左臂用右手的袖子擦着胳膊。埃丽娜催促着："走吧，一会儿我会给你彻底地治好伤口。"也就在这个时候，埃丽娜靠着的那张铁床忽然倒了下来，床上的公主砸到她的腿上，趁着埃丽娜回头的时候，我从绷带下用食指、中指和无名指，抽出了那两枚长长的钉子，突然用左胳膊把埃丽娜的脖子搂住，对准了她那两只美丽而恶毒的眼睛，使劲地扎了进去，能听到她痛苦的尖叫声"啊……啊……"，此时那支对着我左胸的枪，也"砰砰"地响了，我和她一起倒在地上。要知道

第十一章　美女青烟

263

我身上每一个细胞，都记着复仇的使命，在我倒地的时候，还有一点意识的身体和双手，还在埃丽娜的头上和脸上，使劲地摁着压着，直到两颗钢钉穿透了她丑恶的大脑和灵魂……

公主离去

真相大白……公主离去……骑士结案……一生怀念

不知道过了多长时间我总算醒了过来，眼睛蒙眬地看着周围淡蓝色的墙壁，只觉得眼前影影绰绰的有几个女孩子。我一面呻吟一面呼唤着："公主……公主，不要给她喝水……她怎么样了？"这时候伊娃和露西亚出现在我的床边，眼泪汪汪地说："博士……才几天，你就把我们忘了个干干净净……"原来我是在梅斯的医院里，那天埃丽娜向我开了两枪，都从心脏下面一指的地方前后肋骨中穿过，是那种几百万分之一的"贯通伤"。连那个大胡子院长都说："这绝对是上帝对你的眷顾……"可我总是认为："那是公主在用自己生命的最后一息，保护着我……她最心爱的人。"

阿尔弗雷德长官来看我了，他穿着整洁的制服，胡子刮得干干净净，高卢人的大鼻子上架着一副金丝眼镜。他带着全处的人来慰问我，弄得小小的梅斯医院，满院子都是警车，走廊里到处都是男男女女的国际刑事警察。伊娃和露西亚为我献了花，带着真情轻轻地吻了我的额头。这隆重的仪式，使得梅斯医院里的患者们，都以为是内政部部长在这里住院呢。大家排列好左手托着警帽，在我的病床前敬了三个军礼，我摆着手，"哎……哎……我还活着，别当作……牺牲的法国英雄。"处长让大家先出去，把发生的事情又详细地给我讲了一遍："那天回到国际刑警巴黎中心局，我及时地向内政部长和局长作了汇报，他们下命令要尽快营救那三个少年，抓获罪魁祸首埃丽娜，同时

第十一章 美女青烟

保护已有的科研成果。我马上通知了梅斯警局，调动了附近的宪兵，同时带着处里的人，乘直升飞机赶到梅斯的古堡外围。这时收到了你的信息，得知这里发生的一切不幸，我那时候想到的第一件事情就是救出你。因为埃丽娜命令她的同伙，在古堡放置了大量的炸药，我们出于谨慎而没有强攻……"卫队长拉响了自己的手雷，阿尔弗雷德长官当时悲痛欲绝，以为整个古堡就要被摧毁，等了一会儿发现并不是炸药爆炸，于是亲自带着人攻进了古堡。"我们进入主楼的二层，发现那个BLUE人员正在点导火索，看来他们真的要消灭罪证啊……当时公主的床斜倒在一边，你头靠着公主，捂着流血的胸口躺在地上。你们的身下压着埃丽娜，大铁钉从她的两只眼睛一直穿到了脑后……那个场景真是非常恐怖……"阿尔弗雷德长官佩服地举起大拇指："我一直奇怪，是谁能对埃丽娜这个魔鬼，成功地做出这样的举动……"阿尔弗雷德接着说，"埃丽娜和她的人，把古堡卫队的二十个队员全杀了，那手段简直是太残忍了。我们清理现场的时候，抓获了三名BLUE组织的成员……他们全都交代了。经过与美国方面交涉，对方矢口否认有BLUE（蓝军项目）这个机构存在，连是否是民间组织都拒绝调查，更不承认埃丽娜是美国人，他们的回复是——这一切都是恐怖组织为了抹黑美国而伪造的。"我知道阿尔弗雷德长官小心翼翼地避开公主的话题，绕着圈子说话就是怕刺激了我，可我最想问的就是："公主……公主现在怎么样了？"长官躲避着我的眼睛，"要是院长同意你下床的话……我们就去看看你的公主吧……"

真没想到，公主就在同一个楼层的单人病房。警察发现她的时候，注意到公主还在微微地呼吸，就把她送到医院里来。医院经过检查，发现她的机体和人类不一样，就上报了卫生部，请求派专家来检查确定。因为不知道如何处理她的状况，只能派一个护士时刻观察着她身体的变化。我轻轻地推开房门，看到用雪白的被单盖着的公主，护士和我们说："一会儿，巴黎的医学专家团队就过来，要对她这种奇怪的病情进行研究。"我立刻就愤怒了，捂着自己的伤口喊道："研究？……让他们都滚回去吧……"我站在公主的床边，看她已经没有了原来的样子。在被埃丽娜倒水后，面部被扭曲了形状，眼睛凹下去成了两个深坑，鼻子和嘴连成了一体就像青蛙那样。躯干部分被化学分子膨胀得很粗大，四肢在对比之下，胳膊和腿都细得出奇，皮肤灰色坚硬，还在不断地掉着像砂子那样的东西，躺在那里就像混凝土做出来的一个原始人造型。我接近她能感觉到，口鼻还在微微地呼吸着，"难道她真的变成了……无机和有机结合出来新的生物？"我的脸挨着公主的脸，自己的眼泪不由得就掉了下来……我喃喃地说着："我的公主，怎么……事情怎么……就变成了这个样子？"在我的眼前，又出现了那两个男孩儿——酋长和奥勒流，他们在向我笑……我伸出手来去摸他们，可是什么都没有……"唉……是幻觉……"就在这个时候，我看到公主的眼睛睁开了，她看到我的时候，那眼睛立刻就放出了光芒，发出一阵粗哑撕裂的声音："我的王子……""她还能说话！"我俯视着她，两只手很想把她抱起来，可又不知道从哪里下手……"不要碰我……我的身体会碎的，试验没有成功，分子和细胞还要分解成量子和粒子，那样才能做能量交换……碳和硅的比例不对……"公主停顿了一下，"现在我的所有器官，都已经成为颗粒状的堆砌物，我再说几句话内脏就会粉碎……可是我还要说，王子，我爱你……我爱你……爱你所有的一切……你要理解黑暗对于我的意义……"说完，她的身体就在我的面前开始塌陷，碎片不断地产生，最后在那张病床上，我的公主变成了一堆灰色的瓦砾。只有那双天蓝色眼珠形成的宝石，完整地留在那里。我走上前去，双手捧着公主两颗圆圆蓝色的眼珠，自己念叨着："这是公主，我要和她结婚……"我转过身来，发现身后站着十几个穿着白大褂的人，我泪眼模糊地问了一句："你们是……"就走出了病房。阿尔弗雷德长官对那些目瞪口呆的人示意，"大家不要说话……让他走吧……"

　　我在病床上躺着，几天也不说话。我想着她说过的话："……要理解黑暗……"我知道那是一位哲人的话："若你理解黑暗，它就会抓住你。它临到你头上，就像夜晚有蓝色的影子和闪烁的无数星星。当你开始理解黑暗，沉默与和平就会来到你头上。只有那不理解黑暗的人才会恐惧夜晚。通过理解你内在的黑暗、夜晚、玄秘，你会变得简单。你准备像其他人一样入睡千年。你睡进千年的怀抱里，你的墙壁回荡着古寺里的圣歌。因为这是简单的，这从来都是。当你在坟墓里做着那几千年的梦时，寂静和蓝色的夜晚正在你面前展开。"这是她在向我告别，"公主……你回来吧，我爱你……"

　　我完全沉浸在与公主相爱的回忆里。几天来，阿尔弗雷德长官一直在陪伴着我，终于有一天他看到我开始流泪，就对我说："哭吧……好好地宣泄自己对公主的感情和怀念……"过了一会儿，长官坐到我的床边讲了一番话："你们东方的佛教里有一句话，只有撇开对外物的追求，才能到达灵魂的所在。这个灵魂只是抽象概念的某种空……非物亦非无一物……"他看我在听着他说话，就接着说下去，"伟大的科学家爱丁顿说，我们总是认为物质是实在的东西，但是现在它不是东西了。现在物质比起东西而言，更像是念头……就是意念。没错，物质是来自意念，是来自我们的思想。比如说，如果不是先有飞机的想法，科技是无法创造出飞机的。如果不是有写这本书的念头，这本书也不会呈现在你的眼前。布里斯，他说的道理……你明白吗？"

　　我伤愈出院了，伊娃和露西亚来接我，露西亚抢着对我说："电脑骑士的案子已经结束了，内政部向ICPO（国际刑警组织）巴黎中心局颁发了嘉奖令，博士，你被晋升为三级警监了……你是局里最年轻的高级警官。"伊娃叽叽喳喳地讲着："唐·吉诃德小组被指定去梅斯的河对岸，向法国科学院的科学家整体移交梦幻工厂。我们先领着那些科学家去看了一下，那……那些设备和整个工厂，把科学院的老学究们惊讶得都变成大傻瓜了。"

我把公主留下的那双蓝色的宝石——她的大眼睛，放在一个从老家带来的小锦盒里，在旁边摆上中国沃教授送给我的白、黑、绿三个印章，每天打开盒盖，让那双大大的蓝色眼睛看着我，从那双蓝色的眼睛里，我可以感受到，需要的智慧和她给予我强大的力量。我每天都要为公主背诵爱因斯坦的话："……爱是光，爱能够启示那些给予并得到它的人。爱是地心引力，因为爱能让人们互相吸引。爱是能量，因为爱产生我们最好的东西，而且爱允许人类，不用去消除看不见的自私。爱能掩盖，爱能揭露。因为爱，我们才活着，因为爱，我们死去。爱是上帝……上帝就是爱，这个驱动力解释着一切，让我们的生命充满意义。"我轻轻地擦拭着蓝色的宝石，笑着问候她："我的公主，早上好……"

后　记

从小我就是法国科幻作家儒勒·凡尔纳的狂热读者，他的《格兰特船长的女儿》《海底两万里》《地心游记》《到月亮去》《八十天环游地球》《气球上的五星期》等，我看了一遍又一遍，真是爱不释手。我最佩服的是，凡尔纳从未走出过法国，他去过最远的地方就是法国的马赛。可是凡尔纳却写出了世界各国的风土人情、天文地理和海洋深处精彩的故事。写出了宇宙的方方面面，幻想和预测到很多的东西，几乎到了无所不知的地步。他在小说中想象出来的火箭、飞机、潜水艇、电视机、无线电……都成为今天的现实。能够想到，这是凡尔纳先生博览群书和敢于大胆思想的结果。那时候，我正是一个八九岁的孩子，也是长身体的阶段，不巧又碰到了"三年困难时期"，总觉得自己的肚子，能把所有想到的能入口的东西，都装到肚子里。在不知不觉中，我养成了吃书的习惯，几乎是不管手中的书是借谁的——图书馆、老师，还是朋友、同学，甚至自己的课本，所有看完的书，也就同时由大脑和胃一起消化了。可是那套大哥借来的《凡尔纳小说》，我还是忍住了，对那些有着精美插图的小说，却是忍了又忍闻了又闻，最后也没有扯掉那套丛书的一页纸。我相信，世界上没有一件事是偶然发生的，每一件事的发生必有其原因。这是宇宙的最根本定律。人的命运也遵循着这个定律。

对科幻小说的爱好，使我经常会做一些奇怪的梦。心理学家荣格说过："梦无所遮蔽，我们只是不理解它的语言罢了。梦给我们展示的是未加修饰的自然的真理，梦是无意识心灵自发的和没有扭曲的产物。梦是启迪，是人的潜意识在努力，使整个心灵更趋于和谐、合理。大多数危机有一个很长的潜伏期，只是意识觉察不到而已。梦能够泄露这一秘密。"在我的青年时代一直保持着，那时候从专科学校毕业以后被分配到工厂里，我的工种是车工，每当加工部件的时候就会想入非非，经常会莫名其妙地两眼发呆。我的师傅提心吊胆地盯着车床，生怕我会出什么事故。这时的我，思想早就飞到天空或海洋去了。自己常常会产生联想："……为什么不能这样……又为什么不能那样呢？"20世纪70年代，我根据《海底两万里》的描述，终于也想出了一个故事：一个年轻人造了一艘极小的，能飞又能在海底航行的两栖飞船。他潜入海底，发现台湾的潜艇基地，在炸毁了敌人的潜艇后，配合解放军解放了台湾。我把故事讲给朋友们听，他们不是讥笑就是指责。后来我看到一本书提醒了我："面对指责的人，我们需要培养一种强大的边界感，要能问自己，他指责的，我有吗？如果没有，我们无需为此愤怒。这个时候，是我们不会被他的言语蛊惑，我们要看到他的内在需要，他受伤的部分，能看到这一点，我们的态度就会不卑不亢，没有鄙视，也带有理解。"我理解了那些缺乏幻想和思想禁锢的状态，照样鼓起了自己想象的勇气。

当我把那些幼稚的语句，写了大概有几万字的时候，我的稿子被人从稿纸的中间，掏了一个大窟窿。为了这事我和同室的小伙伴们，闹了好长时间的别扭，后来在打扫单身宿舍的时候才发现，那些全是被老鼠咬成了很小的碎纸片。"看来，连老鼠都不屑于我的创作……"从此我不再动笔，专心致力于我的本职工作。

几十年后离开工作岗位，我开始了写作历史故事，可是那些曾经挑动我激情的科学幻想，又纷纷地涌现出来。有一句格言告诫我们，"一仆不能同时服侍两个主人，然而可怜的自我却处境更坏，它服侍着三个严厉的主人，而且要使它们的要求和需要相互协调。这些要求总是背道而驰并似乎常常互不相容，难怪自我经常不能完成任务。它的三

位专制的主人是外部世界、超过自我和本来的我"。可是我还是下定了决心："做一个信马由缰的小说家，把那些对浩瀚天空的猜想和历史上的不解之谜，都作为我耕耘的土壤吧。"

《电脑骑士》是我在创作小说《翡翠公主》时衍生出的一个构思，《翡翠公主》交稿付印的时候，我就开始了这部小说的创作。

在我看来对于人类，科学技术的发展是一把双刃剑，人类每一次大跨步的前进，都为自身物种的消亡奠定了基础。比如核武器、电脑、机器人、基因技术、转基因植物……每一个科学发展的成果，都被各个国家用不同的方式利用着，甚至是用来消灭对方的工具。我的小说不是表示消极的态度，而是提醒人们，在今天我们考虑人类的快速发展时，是不是也要为我们的子孙后代留下一个生存的空间呢？

科学奇才爱因斯坦说过："有一种无穷无尽的能量源，迄今为止科学都没有对它找到一个合理的解释。这是一种生命力，包含并统领所有其他的一切。而且在任何宇宙的运行现象之后，甚至还没有被我们定义。这种生命力叫爱。当科学家们苦苦寻找一个未定义的宇宙统一理论的时候，他们已经忘了大部分充满力量的无形之力。"愿科学技术在爱的指导下，能为全人类和我们的星球做出贡献——那就是和平。

赫连佳新（秋叶）于秋叶书斋

2017 年 8 月 6 日